中国杂文
年度佳作
2017

耿立 和庄 主编

山西出版传媒集团
山西人民出版社

图书在版编目（CIP）数据

中国杂文年度佳作2017 / 耿立，和庄主编. -- 太原：山西人民出版社，2018.4

ISBN 978-7-203-10343-1

Ⅰ.①中… Ⅱ.①耿… ②和… Ⅲ.①杂文集—中国—当代 Ⅳ.① I267.1

中国版本图书馆 CIP 数据核字 (2018) 第 032137 号

中国杂文年度佳作2017

主　　编：	耿立　和庄
责任编辑：	张书剑
复　　审：	贾娟
终　　审：	秦继华
装帧设计：	八牛·设计

出 版 者：	山西出版传媒集团·山西人民出版社
地　　址：	太原市建设南路21号
邮　　编：	030012
发行营销：	0351-4922220　4955996　4956039　4922127（传真）
天猫官网：	http://sxrmcbs.tmall.com　电话：0351-4922159
E-mail：	sxskcb@163.com　发行部
	sxskcb@126.com　总编室
网　　址：	www.sxskcb.com

经 销 者：	山西出版传媒集团·山西人民出版社
承 印 厂：	山东新华印务有限责任公司

开　　本：	710mm×1000mm　1/16
印　　张：	17
字　　数：	314千字
印　　数：	1—5000册
版　　次：	2018年4月　第1版
印　　次：	2018年4月　第1次印刷
书　　号：	ISBN 978-7-203-10343-1
定　　价：	42.00元

如有印装质量问题请与本社联系调换

序言

先生在场

耿 立

　　文字是在场的方式和确证，我指的是有温度、有实证、不扭曲、敢抗争的文字，这样的文字不使苦痛失重，不做权力的仆役和皂隶，不虚张声势。

　　但文字的在场是难的，因为在场是坚持、风骨、独立不迁，是趋炎附势的反面，坚持与风骨的对立是围剿、是诬陷、是坎凛，也可是无尽的磨难。

　　我敬佩鲁迅，是他的风骨与立场只能选择在场，先生曾说"无尽的远方，无数的人们，都与我有关"，这是先生内在的良知和文字的良知。我想到了黑塞，他曾这样说，作家有一把尺，这把尺就是良心，"作家的良心是作家必须遵守的唯一法则，规避这个法则会有害于他及他的创作"。正是这种保有的正义感和作为人的良心，在"一战"到来之时，让黑塞不能沉默，他在多国报刊发表许多政论、公开信和呼吁：制止战争！战争爆发的当年，黑塞就在《新苏黎世报》上发表了《朋友们，别唱这种调子！》的反战文章。黑塞借用席勒《欢乐颂》的名句来反对"极端爱国主义"和民族沙文主义，提出"爱高于恨，理解高于对立，和平高于战争"。黑塞因反战而贾祸。除了两个朋友敢站出来公开支持黑塞，其他朋友纷纷与之断交，背离他，甚至攻击他。一时间"叛徒"的帽子向黑塞飞来，诽谤的匿名信、恐吓信也纷至沓来。骂他是"卖国贼"，是"没有祖国的家伙"，是"信念流氓"。出版商也中断了与他的合作，黑塞开始被窃听，被监视，被侦查。黑塞虽有幸躲避了前线开战的霰弹，却被文字密织的炮火击得遍体鳞伤。

　　后来的黑塞成了一个"穷困潦倒的小文人"，根据他在给一个朋友信里的描述，他一身旧西服穿得边都起了毛，秋天到时只能从树林里找些栗子果腹。就因为他说出了对这场灾难的认识，呼吁有识者不要宣扬仇恨、传播谎言、颂扬这场人为的灾难。

　　是的，在苦难面前，在场与缺席是恒定作家良知的唯一的标尺，在场，也是立场。我知道，鲁迅真的成为鲁迅，不仅仅是《狂人日记》《阿Q正传》，更是他放弃小说而出手的《纪念刘和珍君》《为了忘却的纪念》，在一次次流血的时候，我们看到的是先生一次次的在场。

在民众和志士的热血洒下的时候，在一个个的暗夜到来的时候，他与乖巧和中庸告别。

不是每个人都选择了"惨象，已使我目不忍视了；流言，尤使我耳不忍闻"；不是每个人在人与文岔道口选择了横站；当"智识阶级"被政治的金钱所收买成了帮凶，当义士的鲜血去蘸了馒头，当上流的"恶趣"肆意覆盖凄惨的民众的血。这时，先生选择了在场。

苏珊·桑塔格说：作家的首要职责不是发表意见，而是讲出真相……以及拒绝成为谎言和假话的同谋。文学是一座细微差别和相反意见的屋子，而不是简化的声音的屋子。作家的职责是使人们不轻易听信于精神抢掠者。作家的职责是让我们看到世界本来的样子，充满各种不同的要求、区域和经验。

作家的职责是描绘各种现实：各种恶臭的现实、各种狂喜的现实。

……

是的，作为散文或者杂文（其实这是有别于周作人所谓美文式散文的别种散文）写作者的鲁迅，始终是一个在场者的形象，在场的鲁迅是与一切的暗黑者不签订合约、不依附权力，而是独自地呈现的鲁迅。

这是一头伛偻的牛、孺子的牛，很多的智识者和当权者恨不得食其肉寝其皮，因为这只孤勇的牛，是一只长啸的夜枭，是打鬼的钟馗。

因为在场，所以鲁迅；因为鲁迅，所以在场！

2017 年 11 月初 珠海

目录

郭嵩焘：说真话的孤独者　　　　　　　　　　　　啸　马 / 001

美国："笨人"建立的工匠国家　　　　　　　　　　段宇宏 / 004

"一根筋"的日本匠人　　　　　　　　　　　　　　唐辛子 / 008

宽裕时代里的蝤蛑　　　　　　　　　　　　　　　李惠男 / 011

清末"新政"的夭折　　　　　　　　　　　　　　　许家祥 / 013

望远镜风波　　　　　　　　　　　　　　　　　　燕　楠 / 016

不完全是尾气　　　　　　　　　　　　　　　　　杨文丰 / 019

造屋不如树人　　　　　　　　　　　　　　　　　黄慧祯 / 030

不会表功　　　　　　　　　　　　　　　　　　　郭庆晨 / 032

来自心灵的全部深度　　　　　　　　　　　　　　冯积岐 / 034

风子·疯子
　　——读杨凝式《韭花帖》　　　　　　　　　　诸荣会 / 038

半俗半雅的生活　　　　　　　　　　　　　　　　王太生 / 044

让灵魂跟上	李伟明 / 046
"蟋蟀宰相"贾似道	晏建怀 / 048
清官刘光第	刘诚龙 / 051
修身远害	李业成 / 054
刺贪劝廉的《红楼梦》	孙　毅 / 056
煎得痛快熬得过瘾	米丽宏 / 058
姓名文化：最大的一笔非物质文化遗产	顾　土 / 060
爱因斯坦为何放弃德国国籍	安立志 / 068
谈　旧	程光炜 / 074
"骗子比儿女还亲"的荒诞与讽喻	张培元 / 077
继承传统文化先要懂"礼敬"	刘梦溪 / 079
恩遇信义与信义赢恩	芳　薇 / 081
沈宰相的一封家书	陆春祥 / 083
"没意思"才真"够意思"	司马心 / 087
乌托邦，不仅仅是想象	刘　畅 / 089
传媒巨头交出的最笨答卷	张军霞 / 092
苍耳2017年杂文一组	苍　耳 / 094
我教孩子读古诗	十年砍柴 / 102
粉墨展倾城	刘　洁 / 107

"首先，你必须自己珍惜生命"	鄢烈山 / 116
监管要跟上"假药广告表演艺术家"的套路	佘宗明 / 119
警惕"假乡贤"变身"新村霸"	王井怀 胡靖国 / 121
老字号价值在老，出路在新	李 慧 / 123
对"无用"书法秉持一颗平常心	练洪洋 / 125
耐烦有恒	陆春祥 / 127
走向世界不要靠拢世界	杜方绥 / 130
学会文明观赏	朱昌俊 / 133
心有理想，便有花儿绽放	张 博 / 135
实诚的老百姓和吝啬的奖励	李晓鹏 / 137
艺术不能总在"神坛"上	毛建国 / 139
慎防"白开水效应"	司徒伟智 / 141
大学生都变成手机党是一种悲哀	梁晓声 / 143
卸下虚名的包袱	李锦涛 / 145
让每个角落都干干净净	凌焕新 / 147
舰队也能越过山岭	何冠军 / 149
保护方言是对多元文化的尊重	朱昌俊 / 151
走出国门，不惹麻烦也是一门学问	陈进红 / 153
知足须忍痒	程学武 / 155

可爱与可怕全在自己	赵荣霞 / 157
《论语》札记	王国华 / 159
"吃羊肉"不及"吃糟糠"	晏建怀 / 163
重要的是教育自己	潘国本 / 165
鲁迅与内山谈"认真"	乐　朋 / 167
做"手有余香"的陌生人	宋　威 / 169
以谦卑之心蓄进取之志	李慧勇 / 171
守望共同的生态家园	陈　凌 / 173
让自己燃烧起来	康　伟 / 175
大妈的胜利？	袁贻辰 / 177
摘取"最大的麦穗"	李树杰 / 179
"一生一世"中的语文问题	戎国强 / 181
管住乱写乱画的手	朱昌俊 / 183
别担心儿童读不懂古诗文	唐晓敏 / 185
让心中住进一位"工匠"	朱　磊 / 187
让认真成为一种习惯	马祖云 / 189
中国人的生死观	赵　焰 / 191
不慌不忙	杨福成 / 196
要守住内心的火焰	刘　瑜 / 198

深挖一眼泉	李慧勇 / 200
好日子咋养不出壮孩子	长　乐 / 202
球场变道场对球员的尊重在哪里？	子　猷 / 204
最快的脚步是"坚持"	宋　威 / 206
往"低处"走走	李　俭 / 208
弄清自己的"第一等事"	吴樵人 / 210
做到最好，你就是英雄	刘汉俊 / 212
你喜欢怎样的"称号"？	徐文秀 / 214
人生慎按"加速键"	位聪聪 / 216
婚恋本该更加纯洁和美好	丁建庭 / 218
游学精髓就在知行合一	翟　力 / 220
"一箭易断，十箭难折"	李浩燃 / 222
外教不能是个"老外"就能当	张　涨 / 224
知情同意书，法律之外还有人心	叶　泉 / 226
从鸡汤到家园有多远	史一棋 / 228
存公心才会有分量	马洲兵 / 230
美好"止于丰饶处"	鲁　浩 / 232
致敬"最温柔的守护者"	张　凡 / 234
治理共享单车，不能穿新鞋走老路	越　名 / 236

别让"刷"出来的荣誉扭曲了孩子的价值观	李亚芳 / 238
网购时代，如何安放一碗泡面	盛玉雷 / 240
南北稻香村何不美美与共	邓海建 / 242
谈谈"创意味"	周舒艺 / 244
博物馆要努力成为"民众的大学"	耿银平 / 246
让渐冻人活在温暖的阳光中	秦　川 / 248
见义勇为就是要用重奖来撑腰	毛建国 / 250
如果写作业也要"拼爹"	熊丙奇 / 252
该让外卖小哥慢下来了	杨达卿 / 254
院士风范，光风霁月	夏振彬 / 256
保护野生动物，光靠严罚还不够	项向荣 / 258
打击你的力量就是你的力量	高　伟 / 260

郭嵩焘：说真话的孤独者

啸　马

晚清湖南才子郭嵩焘，才识不在曾国藩、李鸿章之下，作为中国第一位派驻国外的大使，郭嵩焘的政治生涯凝聚着他那个时代的历史风云。

郭嵩焘和李鸿章、沈葆桢、马新贻同科进士，是著名的"辛未四君子"之一。他的才学很快折服了咸丰皇帝宠信的大臣肃顺。肃顺是开明的满族权贵，他有句口头禅，"咱们旗人多浑蛋"，于是敢起用汉人，将郭嵩焘安排到皇帝身边历练。咸丰皇帝对他也很赏识，命他入值南书房。南书房是皇帝的私人咨询机构，入值南书房就意味着可以亲近皇帝，参与军国大事。咸丰对他寄予厚望，勉励他："南斋司笔墨事却无多，然所以命汝入南斋，却不在多办笔墨。多读有用书，勉力为有用人，他日仍当出办军务。"

郭嵩焘命运的转折点，是在云南中缅边境突然发生的因英国传教士马嘉理与当地居民冲突而被杀的"马嘉理案"。英国迫使清朝派钦差大臣到英国"道歉"，清廷选中了懂得洋务的郭嵩焘，这一下子把郭嵩焘推到风口浪尖。

1876年，郭嵩焘被任命为中国第一任驻英大使，消息传开，引起轩然大波。因为千百年来，中国一直以"天朝上国"自居，引得"万方来朝"，其他国家都是"蛮夷之邦"，要派"贡使"来朝拜，而无中国派使"驻外"的先例。简言之，对外只有体现宗（中国）、藩（外国）关系的"理藩"，而无平等的"外交"一说。鸦片战争后，虽然屡受列强侵略，这种外交观却未根本改变。所以郭嵩焘的亲朋好友都认为此次出使，"徒重辱国而已，虽有智者无所施为""郭侍郎文章学问世之凤麟，此次出使，真为可惜"。更有甚者，视出使为"事鬼"，编对联嘲讽："出乎其类，拔乎其萃，不容于尧舜之世；未能事人，焉能事鬼，何必去父母之邦。"

郭嵩焘顶住了"傲慢与偏见"，以客观、务实的精神履行职责。到英国后，郭嵩焘频频参加外交活动，广交朋友，他不卑不亢的外交风度深得英国人好评。

一次，他在伦敦的旗队街上被一个醉汉用手杖打破了头。旗队街汇集了当时世界上最有影响力的大报馆、通讯社，号称"媒体王国"。中国公使被打，各大报纸的记者闻风云集，看这位公使如何处置这起"辱华"事件。郭嵩焘面对各国记者，彬彬有礼地要求英方释放醉汉，认为醉酒之人不能自我控制，一时失态，无须大动干戈。郭嵩焘优雅的外交风度和大国使者的从容自信，获得英国官方和民间的一致赞誉。

郭嵩焘在出国途中和驻英期间，留心观察并研究西方经济、政治、社会、文化情况。清朝规定，要出使大臣记日记，将所见所闻、所作所为加以记载，随时咨报。郭嵩焘在日记里直言不讳地盛赞伦敦"街市灯如明星万点，车马滔滔，气成烟雾。阛阓之盛，宫室之美，无以复加"。郭嵩焘从途经十数国的地理位置、风土民情、宗教信仰，到土耳其开设议会、制定宪法的改革，苏伊士运河巨大的挖河机器，"重商"对西方富强的作用……都做了介绍，尽可能让国人对世界有更多的了解，摆脱夜郎自大的心态。郭嵩焘在日记里透露了这样的观点：西方的强大首先在于发达的工商业和政治制度；原先中国人着眼的坚船利炮，不过是依附于经济、政治之上的物质技术成果。这是中国官员第一次呼吁政治改革，也释放出一个信号：不能仅仅停留在器物层面，要"师夷长技以制夷"，从而表达了进一步深化改革的政治诉求。

郭嵩焘的日记寄回北京总理各国事务衙门，总理衙门以《使西日记》为名刊印出来，引爆舆论热议。它首先触犯了虚骄自大的清议名流们的自尊神经，郭某人竟然为化外"夷狄"张目，要"天朝上国"向他们学习，岂能容忍。翰林院编修何金寿弹劾郭嵩焘"有二心于英国，欲中国臣事之"。翰林院侍讲张佩纶请朝廷撤换使臣，否则有违民心。李慈铭《越缦堂日记》中说郭嵩焘极力吹捧英国"法度严明，仁义兼至，富强未艾，寰海归心"，这样的人哪里还是大清朝的臣子！湖南人士则称郭嵩焘为"湖南人的耻辱"。梁启超后来追述此事，说郭嵩焘的日记"里头有一段，大概说，现在的夷狄和从前不同，他们也有二千年的文明……这部书传到北京，把满朝士大夫的公愤都激动起来了，人人唾骂"。

慈禧太后下令将《使西日记》毁版，禁止阅读。李鸿章反复看了四遍，给友人信中为郭嵩焘抱不平，说他书呆气，但"洋务确有见地"，朝野如此参毁奏谤，恐怕官吏从此引为鉴戒，噤声若寒蝉，中土必无振兴之期，日后更无法自存，可为寒心。偌大的中华，连一本讲真话的书都容不下，李鸿章心都寒了。

1879年5月，郭嵩焘海外归来，乘船抵达长沙，满城张贴声讨郭嵩焘"勾通洋人"的揭帖，郭嵩焘声名狼藉，在家乡没有立足之地，被迫辞职。

英国外交官、汉学家威妥玛来访，他说："中国若能内修，则无惧强敌。不内修，则东西两洋皆将为敌。中国有地利，有人才，就是没有好政治，所以不能发挥作用。购买西洋几尊大炮、几支小枪，修造几处炮台，于事无补。何况近年才知有外交，尚蒙昧不知有内政，于百姓民生一切，还是不管不问，如此国家岂能自立？"郭嵩焘说："中国说的人多，做的人少，做的人被说的人折磨，我在这里也没什么用了。"

此番归国，郭嵩焘有了新觉悟，认定在清朝体制内，"洋务之不足以有为"。他无法容忍，凡是跟他作对，以骂他、侮辱他为己任者无不立时扬名，被朝廷重用。朋友劝他别谈洋务，他说："不可不谈！不谈洋务，何以保国？"

郭嵩焘以超前的政治眼光，言他人所不敢言，因而葬送了自己的官宦前程，抑郁而终。但他对历史的前行、自己的事业充满信心。死前不久，他写下了这样的诗句："流传百代千龄后，定识人间有此人。"先行者孤独、倔强的身影渐行渐远。后来人对历史心存"温情与敬畏"，是不会忘记那些坚持说真话的忧国志士的。

《书屋》2017年第1期

美国："笨人"建立的工匠国家

段宇宏

谈及世界上具备"工匠精神"的国家，人们总喜欢优先表扬德国和日本，常常会遗漏最大的工匠国家——美国——不要忘了，那是爱迪生、特斯拉、莱特兄弟生长的地方，是谷歌、苹果的故乡。

美国当代最著名的发明家迪恩·卡门如此解释何为工匠："工匠的本质——收集改装可利用的技术来解决问题或创造解决问题的方法从而创造财富，并不仅仅是这个国家的一部分，更是让这个国家生生不息的源泉。"如果说英国是首个宪政国家和工业国家，把人类推进了近代社会，那么说美国为现代人类生活做出了巨大贡献则并不过分，很多"军功章"必须颁发给孜孜不倦的美国工匠。他们的诸多发明高度融入当代生活，成为所有人离不开的日常元素，以至于我们已难以察觉：飞机、电灯、电视机、洗衣机、通信卫星、集成电路、流水装配线、晶体管、激光、电脑、互联网、手机、微波炉、复印机、塑料、尿不湿、拉链……

笔者认为，"工匠精神"不适合"太聪明"的民族，它是附着于"笨人"身上的一种信仰，为了这种信仰他们愿意付出大量汗水。工匠不是单指技术工人，而是一种信仰的载体，他可以是群体或个人，其精神和作为对人们的生活影响巨大，即便其发明或发现不产生广泛影响，也可启发人们的思维。

工匠与技术的故事多少有点大同小异，爱迪生千百回试验发明电灯点亮世界，莱特兄弟不屈不挠制造飞机圆了人类飞行梦，大家有点听腻味了。"工匠精神"涵盖的范围也可以超出科技范畴，体现在政治、军事、社会层面，这些领域不也需要解决问题以及创造解决问题的方法吗？哪怕换个说法，叫"工匠智慧"也行。

工匠们建立的国家

美国就是一群"笨拙"工匠建立的国家，这个国家最有影响力的人，包括一些国家领袖，都曾经以"工匠"身份为人所铭记——优秀的工匠就是别出心裁、不拘一格、自由创造的人，他们不仅促成了美国今天的成就，也丰富和发展了美国文化。

本杰明·富兰克林，担任过美国首位驻外大使，当过宾夕法尼亚州州长，除了作家、记者、出版商的身份，他被公认为美国第一位最著名的工匠，在开国元勋中的名气不亚于华盛顿。富兰克林没有受过系统的理论训练，只是个业余科技爱好者，他对"电"痴迷，研究成果使他在科技圈声名显赫，曾入选英国皇家学会——那时北美人在知识界享有如此殊荣是非常罕见的。

富兰克林放风筝做雷电试验的故事早就传遍全球，几乎家喻户晓。现代有很多学人对故事细节的真实性存疑，但不管怎么说，今天随处可见的"避雷针"又被称为"富克兰林针"，他就是发明者。科技史认为他第一次定义了正电荷与负电荷，"电荷守恒定律"理论的发现归功于富兰克林。富兰克林还有些趣味性十足的发明，比如玻璃口琴、富氏壁炉、远近视双用眼镜。他当邮政部长时，还给四轮马车设计了一款"里程表"，用以计算路程数；据说他还用一组玻璃碗发明了一种新型乐器。

开国总统华盛顿的公共成就为人们所熟悉，但他的农业创新精神以及对工程的热忱就鲜为人知了。华盛顿在自己的弗吉尼亚弗农山庄，热衷于农业试验，喜欢搞农业改革。他尝试栽培一些当时并不普及的作物，如苜蓿、黑麦、斯佩尔特小麦、三叶草，轮流用牛粪、羊粪、泥灰、黑曲霉等来进行肥料试验，在不同配比中发现最佳效果。从总统职位退下来后，华盛顿成为波多马克公司的总裁，在建造运河方面他做出过很多大胆决策，尽管最后未取得成功。

英美"老农（或乡绅）"看起来似乎有些笨拙，但他们的特点是做事踏踏实实，不追求宏大战略，喜欢在生产、经营方面等小处创新，热衷技术问题的解决，思路上大胆但行动时务实。"开放与自由的力量才会点燃工匠精神"，工匠精神的成长需要这样的土壤。

盛行好奇心与较真的土壤

有工匠气质的人生活在美国无疑是幸运的，各类创客、发明家在用自己的创造改变社会的同时,开放、包容的文化也在反哺"工匠精神"。在美国科学界有一种说法:"美国有能力资助最疯狂的研究。"除非极端危险而被法律禁止的某些领域。对于多数技术爱好者,首先你能找到大量志同道合者与众同乐;其次你可以轻易获取相关的专业出版物,从中得到指导;最后你可以自由购买到所需的工具与材料,而且价格便宜。

因为便利,降低了爱好者的时间和金钱成本。一个喜欢自己组装小型飞机的人,在美国可以轻易买到各种部件的高质量成品。如果在中国,一个喜欢制造飞机或汽车的农民,每一个步骤他都要比美国同好们付出更多成本。

有一本杂志名叫《大众机械师》,它创办于1902年,迄今已有九种语言版本,虽然杂志登载的知识非常"高大上",但我们可能想象不到,它在美国刊如其名,是一本大众化杂志。就连很多美国农民也喜欢这本杂志,因为他们热爱大型机械,村镇里定期有机械比赛。

没有民间对工程和机械的热爱,好莱坞的科幻电影就不可能有群众基础,自然也就没有市场。科幻电影中有一种类型片就是机械类电影,尤其是关于大型机械的深受欢迎,《机械战警》《终结者》《环太平洋》《变形金刚》《铁甲钢拳》《钢铁侠》都是经典作品。

拥有海量科普迷和技术狂的美国,遍地都是各种兴趣小组、协会。有些协会之离奇古怪,令人咋舌。"水火箭协会",以水、可乐等液体为"燃料",用塑料瓶、水桶当载体做成火箭,比拼它们的飞行距离或载人飞行能力。将一堆大可乐瓶子固定于塑料板之下,为其设置同时开启的装置,当它们鼓足气后突然开瓶,人坐于可乐火箭之上,测试它的反推力能把人送到多高的距离。试验"水火箭"的爱好者们对此乐此不疲,竞相为刷新纪录奔忙。这种"不务正业"的行为,在我们看来可能无法理解。

工匠精神离不开对世界的好奇心和求知欲,也需要较真精神,只有"笨人"才能不信邪,百折不挠地寻求真相和答案。

"温水煮蛙"这个词汇在生活中被高频引用,这句谚语起源自德国生物学家们提出的著名"煮蛙效应"。大意就是,如果你把青蛙放到沸水里,它会立即跳出来逃生,但当你把它放到冷水里慢慢加温,青蛙不会察觉,最终会被烫死。

有多少人想过,这个说法到底成不成立?更关键的问题是,又有多少人去做试验来论证这个说法?

相关试验早期主要是德国科技人士操刀,从19世纪中期到今天,做煮蛙试验最多的应该数美国人,不仅科学家在做,民间科技爱好者也积极参与。全球最大的视频网站YouTube上,有很多美国人上传试验影像,但因为法律禁止传播伤害小动物的行为，做成公开视频时，他们会用模型代替。

青蛙被不停地煮来煮去，结论在早年曾数次反转。进入当代，美国生物学者和科普作家正式告诉大家，温水煮蛙只是一个流传甚广的传说，真相是：如果青蛙被放在冷水中并逐渐加温，当它对温度略感不适时，会立即跳走，除非容器的深度使其无法脱逃。

美国就有一款专门验证各种长期流行说法的科普节目，名叫《流言终结者》，由探索频道出品。节目由亚当·萨维奇、杰米·海纳曼等五人联合主持，他们是理工科专业人士，各有所长。每期节目中，主持人挑选两到三个流行甚广的说法，亲自做试验来论证它们到底是真的还是假的。他们论证过的流言有：滚动的石头真的不长苔吗（古老谚语）？飞机起降时真需要关手机吗？健怡可乐加曼妥思糖果能否制作喷泉？电影里人中枪后飞出去是真的吗？……

节目组曾论证过富兰克林放风筝引雷电的故事到底是真是假，结果显示，如果当年富兰克林真的成功把雷电引到身上，那么必死无疑。

《流言终结者》2003年开播以来，论证了数百个流言，有的流言经试验证明为真，有的证明为假。充满着工匠精神的节目集趣味与知识于一体，悬念迭出，有时候还非常惊险，因为某些试验难度极大。当碰到的问题远超主持人们的专业水平时，他们会去向这个领域的权威求助。节目深受欢迎，它的模式被很多国家学习，却达不到它那样的影响力，这很大程度上与缺乏工匠精神的土壤有关。

生活在互联网时代，网络谣言大行其道——绿豆汤治百病、小龙虾基因被日军改造、吃转基因玉米导致老鼠比猫大、可乐能杀精、手机辐射致癌，面对形形色色的谣言，我们不但见多不怪，甚至很多人信以为真了。美国、日本的中小学生在老师带领下动手制作机器，或前去参观工厂，看一台汽车、一部手机如何装配完毕，如果我们的年轻人与此同时却在转发谣言，差距将会越拉越大。

现代工匠精神，需要从幼儿时代抓起，从关心细节做起，当一个个具备好奇心和较真精神的孩子成长起来，何愁不能建成工匠国家。

《同舟共进》2017年第1期

"一根筋"的日本匠人

唐辛子

  天才厨师星野光子,是东京著名的米其林三星餐厅主厨,因与餐厅老板产生矛盾而遭陷害,被人捏造"食物中毒"的罪名,从此无法继续在餐饮界立足。为了继续拥有一份做厨师的工作,星野主厨应邀到一家叫三叶小学的公立学校食堂去做炊事员,为三百多位孩子制作学校午餐。

  日本公立学校的校餐不仅成本控制极严,还要求根据儿童成长中所需的热量、碳水化合物、脂肪、蛋白质、多种维生素等,按比例制定营养菜单。为了在严格的成本控制下,制作出既便宜又营养、既美味又美观的"三星校餐",星野主厨彻夜研究各种食材,甚至天还未亮就独自进入厨房工作。学校主办亲子校餐会,星野主厨不惜自掏腰包,收集市场上所有的番茄品种,一一尝试、调配,终于研制出既适合大人又适合孩子口味的"最高番茄酱"……

  上面的故事,是2016年秋日本富士电视台周日晚间剧场播放的一部电视剧《Chef 三星营养午餐》的内容。这部电视剧令人感兴趣的,并不仅是星野厨师扮演者天海祐希出色的表演,还有剧里所展现的那种"一根筋"的日本式匠人精神。

  "一根筋"在中文里通常用来形容性格的偏执顽固、不开窍、认死理。但在日文里,却常常用来形容匠人们对于手艺的固执专一、精益求精。甚至可以这么说,当"一根筋"这个词用在匠人身上时,它已经不再是个形容词,而是一种恒久不变的匠人气质和情结。一个专业匠人与业余手艺人的区别,就在于"一根筋"的有与无。

  在我家附近有一家小小的咖喱店,店铺很旧,店主又吉也很老——今年大概已年满七十了。年迈的又吉从年轻时起,几十年如一日,"一根筋"地永远只做"鸡腿咖喱"这一种咖喱。尽管又吉的店又小又旧,但是鸡腿咖喱的美味远近闻名,甚至连《读卖新闻》《朝日新闻》这些日本主流媒体的美食专栏,都特意撰稿报道他。

又吉的鸡腿咖喱是用好几十种辛香原料一点点调制出来的，吃到嘴里并不会觉得辣，但只吃几勺后就会开始冒汗。又吉说：好的咖喱就是这样，上乘的咖喱从来不会带给人腹胀感。为了制作上乘的咖喱，又吉必须每天从清晨忙到深夜，因为上乘的咖喱需要花时间慢慢地熬，性急不得。

但"一根筋"并不仅仅指对同一份工作几十年如一日的执着，它还是一种不间断的血脉传承。只有在拥有了这种血脉相连的传承之后，匠人们"一根筋"的气质与情绪才能延伸发展为传统。

我有一位家住京都的匠人朋友，叫山本晃久，他们家祖祖辈辈都做镜师——包括平安神宫在内的京都大小神社里供奉的神镜，大多由他们家手工制作。日本首相安倍拜访罗马教皇时，送给教皇的见面礼——一面天主教魔镜，也由山本家父子亲手铸制。那面天主教魔镜，乍看就是一面普通的镜子，但在阳光反射下，会投影出基督的影像。

这种魔镜的制作原理与《梦溪笔谈》里所写的"透光鉴"相近，这种神奇的透光效果，源于镜面 20 微米到 30 微米左右的凹凸波度。人一根头发的粗细大约为 70 微米，20~30 微米左右的凹凸波度相当于半根头发粗细。这种精细的凹凸波度根本无法通过机器实现，只能依赖手工完成。铸造、研削、研磨是制作魔镜的三个基本步骤，而要成为一名合格的镜师，至少需要三十年时间——铸造十年、研削十年、研磨十年。对一名执着于传统手法的镜师而言，必须花上三十年的时间才能令双手拥有炉火纯青的职人触感。若铜镜镜身过厚，或研磨火候不足，或镜身研磨过薄，都无法达到理想的效果。

现在山本家最年轻的镜师传人是山本晃久。为了不让世代相传的手艺失传，晃久大学毕业后便回家继承家业。三十来岁的晃久年轻帅气，被日本媒体称为"日本最后的镜师"——这个称呼听起来是非常浪漫的，但要成为这样的一位镜师，却需要有修行者的禅定。因为每日工作其实就是不断重复一个相同的动作——镜面打磨。我曾问晃久："你不觉得单调吗？"晃久回答，他从未感觉过单调。虽然每天重复着相同的劳动，但心情却是完全不同的。在他打磨镜面时，他想到的是自己的父亲、自己的爷爷、自己的那些祖辈们。他们也和他一样，曾经这样日夜不停地磨砺过——磨砺镜面，磨砺人生，磨砺光阴。而今，他在这不同的时空里，像他的先人一样进行相同的磨砺修行，在这样的修行中完成代代相通的血脉传承。

几十年如一日的执着、一代接一代的传承——这便是"一根筋"的匠人精神，但还不仅仅只有这些。

在大阪道顿堀川向南有一座建于 17 世纪的法善寺。寺前有一条长 80 米、宽

3米的石板小道,被称为"法善寺横町"。"法善寺横町"里有一家日式甜品老铺"夫妇善哉"。这家日式甜品老铺,因大阪出生的小说家织田作之助的成名代表作《夫妇善哉》而出名,是大阪著名的美食观光景点,尤其是到大阪旅游的文学青年,大多会特意找到这家店,吃上一份两碗代表夫妻圆满的红豆汤圆。

但是"夫妇善哉"的店铺极小,仅能摆放下三张桌子,且从1883年创业以来,一百多年间几乎没有什么改变。"生意这么好,为什么不扩大店铺,又或者多开几家分店呢?"有一次,我带着朋友一起去"夫妇善哉"时,看着店铺外排起的长队,忍不住问"夫妇善哉"的女店员。

那位女店员抿嘴一笑,答道:"扩大店铺或者开分店,或许能多赚一些钱,但那样一来,就不再是真正的'夫妇善哉'了。"

原来如此!就像一碗汤一样,原汁原味的才能称为高汤。对于"一根筋"的匠人而言,坚持少而精品质才有保证。如果匠人也像商人一样开始思考要做大做多,那便是匠人资格丧失的开始。因为那样一来,售出的就仅仅是商品,而不会再拥有制作者投入的心情以及饱满的情绪,从而失去肉眼无法看见、却打动人心的无形附加值。

从这样的意义而言,"一根筋"还意味着一种永恒的、决不改变的原点。用匠人们的语言来表达的话,便是"不忘初心"。

《同舟共进》2017年第1期

宽裕时代里的蝤蛑

李惠男

　　高房价等经济压力掩盖了当前人们生活的另一面：一定程度上，我们已经进入了宽裕时代。

　　国庆长假，我们把一些东西带回老家。这其中，有吃不了的粮油——上班族在家开火少，消耗不动；有过时淘汰的衣服——大城市里潮流变化快，总要添点新衣服装点门面。对于前者，父亲说，这些东西我们也吃不动，上次单位发的一袋面才下了半袋。对于后者，母亲说，旧衣服农村的亲戚也不要，人家宁肯便宜点买新的。

　　不知不觉，我们进入了一个充满了吊诡的时代：一部分人仍然吃不饱，一部分人胡吃海塞、无节制地浪费粮食；很多人漂在大城市，买不起房、供不起车，可他们当中的很多人依然骄傲并快乐地做着"吃货"，留恋各处美食。随着建筑科技的发展，人受自然环境的影响越来越少，可男男女女的衣服越来越多，衣橱更新速度越来越快；家里的餐具、电器越买越多，可开火的次数却越来越少；孩子们的玩具越来越多，可童年的色彩并不见得更加丰富……勤俭持家、一分钱掰成两半花、新三年旧三年缝缝补补又三年的时代已经过去。它过去得是那么快，以至于电影《1942》中，花枝被卖给别人后，将自己比较好的棉裤换给栓柱这样的情节播出时，很多80后、90后不理解，影院中甚至有人发出哧哧的笑声。

　　宽裕，不同于富裕。如果说富裕是一个人在生活各方面都不差钱的话，那么宽裕是一个人在某一方面占有过多的资源。某一方面的过多并不能带来其他方面的改善，甚至还会带来问题——形成一种"大手大脚"病。富裕时代，需要有一个成规模的中产阶层支撑。

　　宽裕时代里，社会出现了一种不健康的消费文化。这种宽裕不仅体现在物质产品上，也体现在精神产品上。播放器里下载了几百首歌曲，它们在你上下班的路上被无聊地播放着，很难说哪首歌让你有很深的触动，它们只是让耳朵不寂寞；

电影院一年进了不知多少次,没有哪部电影改变了你的人生,这里只是社交的一个场景而已;手机里有各种新闻客户端、阅读APP、社交平台,一天当中你也有不少时间在"阅读",一个个碎片没留下什么,它们只是让你在人群中避免尴尬……

从短缺时代走过来的人,愿意什么都留有富裕,他们的概念里,多即是好。没有经历过短缺时代的人崇尚随心所欲,喜欢的不节制、不喜欢的不可惜,他们的概念里,没了再买、多了就扔。这股潮流一发不可收拾,从生活蔓延到了生产,以至于《人民日报》都要发文提倡"极简主义"。文章提出,要深入分析自己,首先了解什么对自己最重要,然后用有限的时间和精力专注地追求,从而获得最大幸福;放弃不能带来效用的物品,控制徒增烦恼的精神活动,简单生活,从而获得最大的精神自由;做到欲望极简、精神极简、物质极简、信息极简、表达极简、工作极简、生活极简。

极简不一定是最好,宽裕不一定意味着浪费。从生物进化角度来讲,冗余是优胜劣汰、基因竞争的前提;从科技发展角度来讲,失败是成功之母,而金钱是失败之母;从人文社科角度来说,天才需要金主,艺术之花的繁荣需要盛世太平里金钱的浇灌……但是,对于大多数人来说,宽裕没有成为资源,反而成了负担。柳宗元在《蝜蝂传》中写道:"蝜蝂者,善负小虫也。行遇物,辄持取,卬(通仰)其首负之。背愈重,虽困剧不止也。其背甚涩,物积因不散,卒踬仆,不能起。人或怜之,为去其负。苟能行,又持取如故。又好上高,极其力不已。至坠地死。"柳宗元写此文本是嘲讽那些贪官污吏的,可是放在今天,比照那些物质至上社会中的人们也十分贴切。

当前,年轻人中已经有很多人不再愿意背上房贷、车贷这样的重担,他们明白,青春不只有苟且,还有诗和远方。但是,很多人却又落入了其他陷阱,逛逛逛、买买买、换换换、扔扔扔、阅遍世间美景、吃遍天下美食……在我看来,后者何尝不是另一种枷锁。对于这些人,我想说一句:过目过耳不如过脑,走肠走肾不如走心。轻装简行,宽裕时代里莫做蝜蝂。

《杂文选刊》2017年1月

清末"新政"的夭折

许家祥

过去,人们一直以为清王朝自高自大、自我封闭,不愿向外国学习,其实事实并非完全如此。晚清在向外国学习的问题上脑子清醒、行动积极,比如戊戌变法和清末"新政",也曾开展得轰轰烈烈。特别是清末"新政",持续时间较长,重大举措很多,"新政"实施的步伐迈得也很大,可惜一涉及既得利益集团就走样了,弄得民怨沸腾,最终无法收拾,其中的教训发人深省。

世纪之交的1900年,自我感觉良好的清王朝做出了一个石破天惊之举:向世界列强宣战。结果,世界列强只动了一个小指头就把清王朝打得满地找牙,老佛爷和光绪皇帝仓皇西狩,朝廷威信一落千丈。痛定思痛,清王朝终于认识到"欲救中国残局,唯有变西法一策",老佛爷因此抛出了"新政"这张牌。

1901年1月29日,尚在西安的慈禧以光绪皇帝的名义发布实施"新政"上谕,强调"世有万古不易之常经",但"无一成不变之常法",穷则变,变则通,是故必须学习西方制度之精华。同时规定了"新政"的根本宗旨、深度与广度、具体推进策略等,可谓划定了底线,指明了路径。

接着,成立了督办政务处,作为办理"新政"的"统汇之区"。在督办政务处的组织协调下,"新政"开始实施,传统衙门纷纷裁撤,新式机构次第建立。

1905年日俄战争结束,立宪的小国日本战胜了专制的大国沙俄,在清朝上下引起震动。"于是天下之人,皆谓专制之政不足复存于天下""立宪立宪",一唱百和,成为全国官绅民众的共识。

为了学习外国先进经验,"寻访宪制",1905年废科举不久,清王朝就派出五大臣分赴东西洋各国"考求一切政治,以期择善而从"。1906年,老佛爷认真听取了考察大臣的报告,怀着追求富强、消弭革命、巩固政权、维护君权的复杂目的,下令预备立宪。直隶总督袁世凯奉召入京,主持改革官制事宜,改革顺序为先中央,后地方。首先组建了"官制编制馆",成员囊括了当时的主要高层官员，下设"起草""评议""考定""审定"四课。中央要改掉"权限之不分""职任之不明""名实之不副"等问题，地方要改掉"官署之阶级太多""辅佐之分职不备""地方之自治不修"等问题。在此基础上，清廷公布了《内阁官制及办事章程》，准备裁撤烦琐的官僚机构，后来又成立了谘议局和资政院等机构。

可"新政"这个东西，对下面实施可以，改教育、废科举也可以，一旦涉及官僚集团自身，麻烦就来了，自身利益无论如何不能丢。于是，围绕"军机撤不撤""道台留不留"等核心问题展开了漫长的拉锯战，一些关键问题也不了了之。

尤为让人大开眼界的是，1908年8月，清廷在巨大的压力下公布了《钦定宪法大纲》，明令1916年为立宪预备期限。此部《大纲》以日本的明治宪法为蓝本，按照"国情"做了重要修改：皇权比日本天皇的权力大，臣民比日本臣民的权力小。"君上大权"等日本有的照搬，日本没有的往上加，增加了皇上"有宣布戒严权""得以限制臣民之自由"等条款；对"臣民权利义务"，明治宪法列有十五条，清廷减为九条，删掉了"书信秘密不受侵犯""信教之自由"等条款，招来了立宪派的严厉批评，指其为"假立宪""伪立宪"。但清廷一意孤行，对批评者实行压制，将官制改革主持者袁世凯革职，导致社会矛盾日益尖锐。

立宪派和绅商不承认《钦定宪法大纲》的合法性，率先发起了一次又一次得到社会各界支持的"国会请愿运动"，仅1910年就发动了四次，波及二十三个省，数百万国民参与。但清政府坚持奉行"大权统于朝廷"的"新政"实施路线，指责请愿运动"浮躁蒙昧，不晓事体"，拒开国会，在全国通缉立宪派领袖，取缔"非法组织"，采取越来越激烈的手段镇压请愿运动。

1911年5月8日，清廷颁布《内阁官制》，公布了第一届内阁名单。十三名内阁成员中，汉人四人，另外九人不是皇族就是满洲贵族。责任内阁变成了"权贵内阁""皇族内阁"，与立宪党人的期待相差太远，反对的声音很多，各省谘议局联合发出《宣告全国书》，许多谘议局的议长、议员向朝廷提交陈情书。对各方呼吁，朝廷装聋作哑，不予回应，直到武昌城头的枪炮声才唤醒沉睡的朝廷。

在全国革命形势的压迫下，清廷不得不改变"钦定"路线，接受立宪派的"国民立宪"路线和诉求，朝廷下"罪己诏"，誓言维新革新，重新唤起人民的信任。可惜为时已晚——革命形势发展很快，清王朝土崩瓦解，再也没有了改正的机会。

鲁迅先生曾说："这屋子太暗，须在这里开一个窗，大家一定不允许的。但如果你主张拆掉屋顶，他们就会来调和，愿意开窗了。"

清王朝不愿意开窗，革命者就要拆屋顶，等到他们同意开窗，为时已晚，房子已然崩塌。

纵观清末"新政"，如同一个硕大无比的巨人忽然跳起，准备干一番伟大事业，但过了一阵，他又坐下来，"喝一口茶，燃起烟袋，打个哈欠，又蒙眬地睡着了"。这个巨人想干伟业的认识很高，措施很得力，"路线图""时间表"一应俱全，行动也比较快，取得了不少阶段性成果。遗憾的是，"新政"一旦深入实施，"新政"就开始扭曲、变异了——分权成了集权，民主成了独裁，实施"新政"比不实施还糟。这种"新政"的实施即便不失败，也会带来混乱，最终加速革命的到来。

对于清末"新政"夭折的原因，众说纷纭，有人说是缺乏强有力的领导，有人说是过快过急，有人说是没有处理好中央与地方的矛盾，这些说法都有道理。但笔者以为，清王朝实行"新政"的最终目的还是维护旗人的特权，其实质不过是"大清专制主义"的自我完善和发展，无论怎么改，都不能稀释自己在政治上经济上的垄断地位。在这个思想指导下，符合专制集权的措施就落实了，需要"分权让利"的措施就被利益集团劫持或被老佛爷腰斩了。从这个角度看，既得利益集团的阻力才是实施"新政"失败最主要、最根本的原因。不光清末"新政"如此，中国古代历史中的改革大多半途而废，原因也在这里。

《同舟共进》2017 年第 2 期

望远镜风波

燕 楠

世界上第一具望远镜的发明人是荷兰人汉斯·利伯希，一位眼镜商，时为1608年。翌年6月，担任威尼斯帕多瓦大学教授的伽利略独立制作了一具可以放大三十二倍的望远镜。虽然镜头里的"苍蝇如同母鸡"，虽然在海上可以比对方早两个钟头辨认出船只的数量和种类，但伽利略的望远镜一开始履行的是天文观测的作用。也许有很多人不知道，在望远镜发明之初也经历过许多磨难，而这种磨难远不是技术方面的问题。

英国学者罗素在分析其背景时指出："在经院哲学家看来，《圣经》、天主教教义以及亚里士多德学说（几乎同样），是无可置疑的；有创见的思想，甚至对于实情的考察，对这些防止大胆思索的永恒不变的界限都不得越雷池一步。"在当时，技术进步与科学研究有两大禁区，一是《圣经》或天主教教义，一是亚里士多德学说。这两者，一是宗教权威，一是学术权威，两大雷池均不可逾越。

伽利略发明的望远镜的每一项发现，都是对被视为异端的哥白尼的"日心说"的支持、对亚里士多德学说的突破，或说是对《圣经》教义的挑战。伽利略并非埋首书斋的书呆子，他并非不了解哥白尼学说的处境，不知道布鲁诺因何而死的悲剧，他在望远镜里的初步发现，就已意识到这种观测可能带来的风险。但他很聪明，他在帕多瓦大学任教期间，首先邀请威尼斯的总督及元老们，到圣马可大教堂近百米高的钟楼上对新生的望远镜进行测试。他将最初观测写成的《星际使者》一书首先赠予了托斯卡纳大公，一并送上的还有一具完好的望远镜。（《伽利略传》，商务印书馆2001年版）当他发现木星的卫星后，按照托斯卡纳大公的姓氏，把这些卫星取名为"美第奇星"。伽利略虔诚地写道："只有上帝和诸神才能得到这种至高无上的荣誉，而美第奇高贵的姓氏将使星球永不磨灭地留在人们的记忆中。"他想通过与现任托斯卡纳大公（科西默）曾经的师生关系，进入佛罗伦萨宫廷。有朋友劝告他："你怎么能想到，你口袋里装着真理，手里拿着望远镜，离开共和国，而去掉进侯爵和修士们的陷阱呢？"伽利略不以为然，最终做了宫廷的首席哲学家和数学家。

伽利略发现木星有卫星，而且多达四颗，于是他宣布："今天，1610年1月10日。人类在她的日记上写上：废除天堂。"这一发现分明违反了《圣经》的结论"只可能存在七颗行星"。而"废除天堂"，不啻是对上帝的亵渎。接着，他又发现月球上有山峰和山谷，这一说法直接与《创世纪》的圣谕相矛盾。更可怕的是，他还发现太阳的表面居然有黑子——这等于指责太阳并非纯洁无瑕，"上帝的作品也有瑕疵"，无异于攻击上帝也非完人。

因此，耶稣会下令各教会大学禁止教师们谈论太阳黑子，这个禁令在某些大学里甚至持续了几百年。

今天的人们一定会认为，伽利略所提出的不过是天文学常识，但在当时，这些常识的取得，却被视为违反《圣经》、触犯权威的十恶不赦之举。这是因为，"地球背后是否有人，木星是否有卫星……这些问题不是由观察来决定的，而是根据亚里士多德或者《圣经》的推论来决定"。应当指出的是，哥白尼的学说，依靠的是逻辑推理与数理计算，伽利略则通过发明望远镜，极大地延伸和放大了人类自身的能力，他的结论是直接观察与反复考证的结果。伽利略曾说："哥白尼要求他们相信他的数目字，而我只要求他们相信自己的眼睛。"他确实是一位坚持"实践是检验真理的标准"的先行者。

朋友警告伽利略："当我刚才看见你站在望远镜旁边观察这些新发现的星球的时候，我仿佛看见你站在燃烧着的柴堆上；当你说你相信实证，我就像闻到一股烧焦了的人肉味。"这些话并非危言耸听。伽利略知道危险来自何方，他决意到罗马走一趟。大公对他的支持，是为了扩大"美第奇星"的影响；伽利略自身的坚持，是为了消除教廷的敌意。

1611年3月，伽利略到达罗马，专门拜访了耶稣会的天文学家。耶稣会的神甫们都忙着拿望远镜观测木星的卫星，"他们终于相信美第奇星是存在的"。似乎误解正在消除，信任正在建立。许多年后，爱因斯坦对伽利略的这趟罗马之行不以为然，伽利略"作为一个成熟的人，他竟认为值得去顶着如此多的反对，企图把他已经发现的真理灌输给浅薄的和心地狭窄的群众，我觉得这是难以置信的"。（《爱因斯坦文集》，商务印书馆1979年版）

然而时间不长，风云突变。教廷最权威的神学家贝拉明，本来与伽利略交情不错，然而，"上帝的意志是至高无上的""《圣经》的原则是不可置疑的"，这个"无私的""坚持原则"的神学斗士秉持的原则是真理应当在《圣经》里，而不应当在天文学家的著作中去寻找。导致这场"望远镜风波"的并非单纯的宗教与科学问题，其中充满了诡计与反诡计、阴谋与反阴谋。宗教法庭终于做出决定，并由贝拉明向伽利略下达命令："向教皇陛下和宗教法庭主教会议全体人员发誓，完全收回太阳是静止不动的、是宇宙的中心，而地球在运动的观点。并且从此以后不再以任何方式，无论是口头方式还是文字方式，坚持和讲授这一观点，或者为其辩护。"伽利略只能同意并承诺遵守这一命令。

1623年，伽利略的朋友巴伯里尼当上了教皇，史称乌尔班八世，而伽利略的处境并未好转。1633年6月22日，在一个鼠疫流行的日子，年近七十且身体衰弱的伽利略，因长期观测天体，眼睛几乎失明，却被强制要求从佛罗伦萨到罗马接受第二次审判。他被宗教法庭以"重大异端嫌疑"罪名，判处"终身监禁"。在严刑拷打的威胁下，伽利略被迫双膝跪地，公开宣布："我，伽利略，在我七十岁的时候，作为一个囚徒跪在诸位阁下的面前，双目凝视，双手抚摸着神圣的福音书，发誓放弃、诅咒和憎恨'地动说'这种邪说及其错误。"哲学家罗素指出："宗教法庭通过迫使这位当时最伟大的人物犯伪证罪，而维护了宗教和道德的利益。"这次审判，是宗教的污点，也是科学的悲剧。

伽利略在宗教法庭的监控下，临终前在与家人的对话中说："科学要和知识打交道，通过怀疑才能获得成功……大多数人民被他们的国王、地主、教会先生禁锢在一种迷信和古老信条的珠贝色的云雾里，它遮盖着这些人的阴谋诡计……人们从我们手里抢走望远镜，用它来瞄准他们的暴君……人们对天体运动越来越清楚，而人民对他们的统治者的运动一直还是不明不白。"伽利略后半生为捍卫真理所经历的波折沉浮，本质上就是一部伟大的戏剧作品。

《同舟共进》2017年第2期

不完全是尾气

杨文丰

> 笛卡尔说："人是植根于肉体机器中的心智。"在这个科学时代，人的肉体和心智，不是正日益被圈入非肉体的机器吗？
>
> ——手记

> 北京、杭州、广州、深圳的首要污染来源是机动车尾气。
>
> ——环保部

爬出毒蛇

《诗经》的河之洲没有尾气，琵琶错杂弹的唐代浔阳江头也没有，元明清之前、布鲁诺被烧死在罗马鲜花广场之前仍没有……到了1886年，德国工程师卡尔·本茨创造出了第一辆汽车，这地球村，才从此有了尾气！

才只是百余年哪，这从蛇洞似的汽车尾气管蹿出的一窝窝响尾蛇，发出冷冷的笑，携带莫测的毒，触目惊世！还有许多尾气蛇，陆续从飞机、轮船等"身体"的尾气管爬出……

世卫组织的研究表明，2012年全球死亡人数约七百万，而每八名死者中，就有一名死于空气污染。尾气蛇，够得上是空气污染的主凶。

尾气蛇发扬作恶不止的精神，齐心协力，攻城略地，前赴后继，猖狂地扩张势力范围，颜值并不像金环蛇、银环蛇那样黑白分明。我的意思是说，有的尾气蛇色如白雾，犹同铅白色液体蹿入秋溪，并不容易辨识。

纵然波澜壮阔，尾气蛇也怕被踩尾巴，一样脱不开地心引力，身份不高，与大地总是若即若离，若堆若积，贴地0.3~2米所在是其集结最浓处。

尾气蛇除了不停地搞鬼，还捣鼓什么哲学？窃以为，其除捣鼓集结哲学、污染哲学，还会捣鼓给人颜色看的哲学，给你看"光化学烟雾"。

说起光化学烟雾，还是气象学现象，并无三月的梨花白，也不带四月的樱花红，是尾气蛇成分中的氮氧化合物和碳氢化合物进入空气中，经由阳光照射，产生化学反应而形成的化学烟雾。一百多年来，本色（蓝色）从不改变，弥漫秉性依旧。其生成也与臭氧有关，与尾气浓度有关，与太阳辐射、气象和地理条件等也有关。生成于阳光喧哗的白天，消失于鸦雀乱飞的傍黑，最大峰值期，必然与交通峰期同步。

1952年12月4日，伦敦交通继续堵塞，全城陷入无风状态，发生了迄今为止世上最为严重的光化学烟雾，陷入灰暗的伦敦城，交通已几乎瘫痪。烟雾弥漫至第四天，双层巴士只能借助雾灯缓缓行驶，警察需高举燃烧的火炬才有可能与路人互相辨识，四千多人死于呼吸系统疾患，八千多人死于非命。

在平常日月，你抬望眼，咦，你或许发现，城市上空居然是艾青诗里的鸽哨长啸拉升的蓝，梦幻似的蓝，你以为这是响晴天，其实，这是还不算太浓的光化学烟雾正欺世，正上演魔幻现实主义。对的，这尾气蛇奉行的基本还是现实主义。

然而，这尾气蛇是否就没有一丁点儿美学呢？

在我看来，倘若有，也只能是罪孽深重的"美学"，不，应是教"天堂"都失色的"丑学"。

以下，是经济学家汪丁丁《杭州及西湖必将毁灭在汽车尾气之中》博文的文字：

> 记得刚到杭州时，是2001年吧？西湖周围没有多少汽车，入夜后仍可荡舟赏月……最近几年，每次来杭州，感觉交通状况较之上一年明显恶化。此次更感觉街头简直污染到不能忍受的程度，或许是阴天，不过，以往阴天的空气也断不至难闻至此。司机说，2007年开始平均每日新增汽车四百辆……这座小城市，怎可承受这样的污染？今天感觉极差，沿途无路不堵塞，无处不污染。西湖已经被尾气笼罩，成为"不适宜旅游"区域……几年前，还有位朋友声称杭州是全世界最适宜居住之地……

啊，你如此伟大的龌龊的尾气蛇，还敢奢望拥有白玉兰味、水仙花味和香水味（即使游荡在巴黎）吗？你气味怪异，还热、黏、稠、脏，你恶毒山河大地。谁敢奢望你的尾气管，是深山汩汩洁净的泉眼。

你冷暖在地球近地面，拉拢"乌合之众"悬浮颗粒物，弥漫凝重，亲密接触并吸附金属粉尘，制造致癌物，衍生病原微生物。你长尾善舞，在舞悲歌、死亡……

让人难以想象的是，你释放的二氧化硫还是飘摇"酸雨"的主凶。

无论白种人、黑种人还是黄种人，不论你的身体是否丰腴，尾气蛇都触你、缠你、吻你，尤喜钻你身体的空子。

谁让你的口鼻耳，七孔八窍，总要"进口式"开放呢。忘了《西游记》里的铁扇公主，因为开放樱桃小口，被孙猴子一朝钻入的后果了吧？

说得精准些，尾气蛇从你的鼻子深入肺部后，滞留呼吸道，会引发呼吸系统疾病，酿生恶性肿瘤。一氧化碳由呼吸道进入血液循环，输氧功能立马被削弱，中枢神经系统随即受害，感觉、反应、理解、记忆力等必出现"故障"。专家说，尾气蛇的有些物质潜藏在你体内即便过去了十年，还可能诱发癌症。

意大利科学家近日坚称，长期暴露在尾气中的男人，精子的活力会将重度受损，丧失与卵子结合的能力。

尾气蛇播撒的铅微粒，植根于你的肝肾脾胆脑，会转入骨骼沉积。

当你的食品缺钙，当你受到感染、外伤，抑或饮酒、服用酸碱类药物破坏了体内的酸碱平衡，那些铅会似毒蛇冬眠醒来，吹响集结号，猛烈攻击你，让你头晕、头痛、失眠、记忆力减退、乏力、食欲不振、上腹胀满、恶心、腹泻、便秘、贫血，罹患重症铅中毒，罹患黄疸……

说来晦气，尾气蛇，你在我的想象里，总像花圈的碎片，你在呐喊，在人身上创造破碎如孔雀羽翎的"孔雀肺"——象征现代人身体和命运图符的"孔雀肺"。

> 我时刻惦着我的孔雀肺。
> 我替它打开血腥的笼子……
>
> ——张枣《卡夫卡致菲丽丝》

如此的尾气蛇，黑暗得已百分之百超过了资本，可谓"来到世间，从头到脚，每个毛孔都在滴着血和肮脏的东西"。

难离难舍

我曾一回回自问，这个世界真有可能某一天彻底断绝尾气排放吗？结论总是：难也！

难在何处？难在经济躯体与汽车早已"如胶似漆"。绑在汽车身上的资本逐利伦理就像蛇的眼睛，能自行脱落吗？汽车，依然在地球上一天天增多……

对尾气排放的控制，许多国家的机构和民众似乎还在睁一只眼闭一只眼。这地球村的尾气排量似乎比恋爱还自由。

更重要的是，这尾气侵染的空间任何时候都不是哪一个人的，你我开车的幸福，远要大于个人的被污染，人是有私心的动物，还会有多少人介怀尾气的排量呢？

为了减排，即便你不再开车，可你还能让普罗大众从此不开车、永远删除尾气吗？

若彻底断绝尾气，就等于删除民众业已扩大的生活半径，删除汽车给生活带来的便捷和舒适……距离就将复辟为问题。

这一切能像手指点击几下删除键那么简单吗？

今天，人类社会已然被裹挟上技术主义的大车，民众骨血里已高度依赖汽车，甚至早奉汽车为"神"。人类是陷入想刹车却难于刹车，也刹不住车的窘境了！

甚至，很多有车一族还自认自己已迟到了呢。

就说说我自己吧，我不开车污染空气的半世英名几年来也被辱没了，我也在制造尾气！

仔细想来，在童年我就喜欢汽车了。

记得是六七岁时，我见到《羊城晚报》刊载的汽车图片，非常喜欢，马上央求邻家大哥哥从广州带给我一辆红色玩具车。

我在十多年前参观过慕尼黑宝马博物馆，当时就惊异地发现，该博物馆造型竟然就是四根合拢雄起的"尾气管"，从空中俯视这博物馆，就活像宝马商标。

那年仲夏，是个阳光朗笑的晌午，也是在德国，我低着头就朝一栋大楼走去，猛抬头，竟见楼顶上耸立的巨大商标居然就是大奔。瞧，我是在走近奔驰总部哪！惊喜之余，我不觉急退几步，为什么？为的是与楼顶上那个崇尚之物来个合影。有的亲友看过这合影，不禁朗声感慨，说我回国后那么快就购了"梅赛德斯—奔驰"，明目张胆地大排尾气，原来，那个留影已有暗示。

不妨想象，当年那辆处女汽车"突突"地开上欧洲大地，必定惊异声一片。当时，大抵是谁也不可能想到在今天，普罗大众与尾气蛇会如此容易发生关系。今天的人类居然能够如此容易地拥有汽车，真太幸福了！

我这样说，是因为德文"梅赛德斯"，乃"幸福"的意思。俗人我就窃想：我这可是在开幸福之车哪！从血管流出的是血，这车排出的尾气还能不是"幸福之气"？与如此的尾气彻底"88"，行得通吗？

随着自己驾车技术与时俱进，我越发觉得自己已成"另类人"——"汽车人"，真是颇具哲学意味！

尾气的事业已被我做得相当潇洒。想起学开车那阵子，我的车排放尾气怎么看也像打摆子，像断断续续地排尿，焉有今天顺溜？焉有如此规律？我今天排放尾气的事业，真够得上和谐，臻入了高远的境界，我也彻头彻尾是"人车合一"了，成了拖着尾气的人！

必须郑重声明的是，这"人车合一"可是汽车人操控汽车最随心所欲的大境界啊，不是那么容易臻及的，"每一个操控动作都自在流畅，加速减速、前进后退、左转右转，绝无神经绷紧，绝无驾驶的违愿感，车辆任何时候都顺手服帖，都给予最完美的回应"。进入如此状态，你或许也会开开小差，偶尔想王维为何就能看到"山色有无中"，而你的显意识潜意识却已百分之百地与汽车融合。你爱车，爱得相思枫叶丹，才下眉头是车，却上心头也是车。

既然如此，谁还会相信你能轻易舍弃汽车，与车"从此萧郎是路人"，就不排尾气了呢？

何况你已习惯汽车带给你的力、美和爽了！

我多次阅读余光中先生的散文《咦呵，西部》，每一次都感觉也已是"汽车人"的我听余先生在吆喝："咦呵西部。咦呵咦呵咦——呵——我们在车里吆喝起来，是啊，这就是西部了……芝加哥在背后，矮下去，摩天楼群在背后……咦呵西部。滚滚的车轮追赶滚滚的日轮……咦呵西部……"这吆喝传达的驾车之感，不就是你我习惯的炫力、炫美、炫爽吗？

> 由于不可抗拒的召唤，
> 我们没有别的选择。
>
> ——舒婷《也许》

在网上，我睇过环保艺术家王三杰的装置艺术品，这个占北京国际雕塑公园六百七十多平方米、叫《并非儿戏》的作品，是八辆汽车，齐将尾气通过输气管注入梅花形气垫床，孩童们一齐在被尾气鼓胀起的气垫床上笑闹蹦跳。我想，这不是在警示世人吗？我们的尾气有力量，尾气的力量还不是小的，正在代替、取代苍茫空气，大可以鸠占鹊巢行使"职权"，除给人带来欢乐，还规范人制约人。然而，被其圈定行动范围的人，又有哪一个不在享受大快乐呢？能轻易舍弃如尾气吗？

一个国家，一个社会，假如不能舍弃"病气"，甚至"病气"还甚嚣尘上，你能说奉行的经济发展模式是完美的吗？

毒入雾霾

这地球村出现尾气和其他化学毒物以前，人类生活中雾和霾也常有，但当时的雾和霾，还是造物主的原初本意，是原野的纯净女儿，是纯粹无毒的自然物。

那时的雾还是宝哥哥眼中"水做的骨肉"，你以手抓之、拧之，还会有故乡井水洁净的清凉，"是无数微小的沉沉浮浮的水滴或者冰晶，在近地空气层中开会，在开湿湿漉漉、白白茫茫、沉默沉默的会"。（杨文丰《雾霾批判书》）水滴或冰晶，这些被气象学家称为雾滴的东西出现时，空气里必定水汽充沛，相对湿度不是达100%，也接近饱和，空气中必然是有足够的可被水汽包裹的凝结核（微小颗粒物），否则纵然海上明月再多，水滴或冰晶仍无法凝结，腾不起云，也驾不起雾。

值得提示的是，霾到来时，无论怎样遮天蔽日，空气的相对湿度也才80%左右，比起雾时低。我要强调的是，这PM2.5，可是霾的主要成分，空气中这些悬浮的微小颗粒物，直径尽管不到头发丝二十分之一粗（小于或等于2.5微米），多数由扬沙、沙尘暴、浮尘和其他东西构成，然而却正是这些东西，很是使空气混浊，降低能见度，遮天蔽日。

在那牧歌式久远的农业社会，空气里也是有PM2.5的，但那时的PM2.5却是"泥做的骨肉"，不带病毒。夜半来也好，天明去也罢，即便每天朝你顶压过来，弥满你家的水井水缸，你用鼻子狠劲儿猛吸，融化在血液中，落实在行动上，都不危及生命。

但是，今天时代不同了，连唐时的"千里黄云白日曛"的那种纯净、物理的传统风景，也没有了……

尾气蛇长驱直入人间，空气已成为黑色问题。雾和霾体内的微小颗粒物（凝结核）身份已遭篡改，已被奸淫，嵌入了化学毒物；雾和霾的成分，陡然多了由尾气成分二氧化氮生成的硝酸盐粒子和由氨转化而来的铵盐粒子——沦落成了病雾或病霾。

2005年春，国家环保部发布的数据表明：北京、广州、深圳和杭州的空气污染，罪魁祸首就是汽车尾气！

"有时我们早晨起床看见天灰蒙蒙的，到午后散去，天变晴朗了，应当说这就是雾，当然其中的凝结核很多可能还是来自污染物。如果到了午后，天空仍然是灰蒙蒙的，那就是霾……早晨灰蒙蒙的，相对湿度也很高，到中午前后，天空短暂变清或者干脆不变，还是灰蒙蒙的，那就是雾和霾的混合物。雾散了

霾还在。"（束炯《解读雾霾密码》）

气象学表明，当相对湿度在80%~90%时，雾和霾已"团结合作"，弥漫人间。这时沉瀣一气的雾与霾，就是人们常说的"雾霾"。

雾霾，使全社会陷入了谈空气色变的泥潭，其间，尾气立下的汗马功劳谁能忽视呢？

然而，被如此"病气"所污染、侵害和奸淫者，就仅只有雾和霾吗？还有其他隐蔽的操盘手吗？

人类，还能回归空气纯净、简单、田园牧歌式的社会吗？

问苍茫空气，你的品质谁主沉浮？

不必隐喻

汽车屁，乃"排泄物"，这是谁也否认不了的事实。科学界早有人提出：恐龙灭绝，乃恐龙屁所至。你敢说这伟大的汽车屁，就不可能灭绝人类吗？

仔细想，这汽车屁和恐龙屁还真存在共同点：一致对外，还从不搞窝里斗。

文学些说，这汽车屁甫一出洞，就幻变成了艾青笔下的《蛇》，"扭动身体，纠缠得难解难分"，而其质地，可能是你家乡那条波浪宽阔、风吹稻花香两岸的洁净大河吗？

苇岸在《第二条黄河》中哀叹"长江已经变成第二条黄河"，其实，这地球村不是每天都在创造无数烟霾江河吗？

尾气最形象的"大写真"都以身相许了大街窄巷。尾气与雾霾合谋的重要业绩之一，就是教地球村许多大小街巷荣升为烟花巷，你能不慕煞地球村有那么多村民总能置身烟花巷，承受"烟花三月"的宠爱？

最要命的还是，这"烟花三月"的细颗粒物，浮分飘兮，降低着大气透明度，削弱太阳辐射，还减弱地表对太阳辐射的吸收和散射及反射，寒暖社会，影响风气。这些"小的们"与雾霾合谋，弱化空气的上下左右活动，减弱空气动量之传输，教空气社会趋于"稳定"，污染物越发集聚于近地面。这就是为什么但凡雾霾天，天气都静穆、沉重、喑哑，犹同沉郁愁闷心情的原因。

作为龙的传人，不知我是不是有些不敬，我即便行走在德、意、法尾气浓重的街巷，陷入两岸建筑物筑就的河床，不必回头也到处是岸，到处游荡着尾气蛇的建筑物的河床，我也无法不蔓生这样的奇幻之想：彩色尾气蛇们不都在努力合作，欲发育成龙吗？浑身上下前后左右无数拥聚的尾气蛇集合而成的伟大的烟霾龙！喷吐毒气、颤闪蛇信的巨无霸烟霾龙，其蠕动也，其起伏也，腾云驾雾，半隐半显，藏头隐尾于城郭内外。

假如你背负苍天朝下看，入你眼帘的地球村，东方到西方，在晨昏线的两头，正有多少烟霾龙正日夜盘踞、游走，在加班加点建设"城市热岛"哪！

——"城市热岛"是何方神圣？以我这攻读过农业气象学专业的人看来，"城市热岛"是城市高温化，空气温度显著高出外围郊区的现象。因烟霾的浓黑，使之变得很是形象，犹同海平面雄起的岛屿。又因了城市绿地的日益减少，"活动"在城市的大量人工发热体、排热体、建筑物和道路类高蓄热体的乐于给力，给城市输送热量，尤其是本文所论的贡献尾气良多的汽车，甚至既是高蓄热体，还是高排热体。如此这般的"城市热岛"，与城市上空的光化学烟雾遥相策应，其虚实也，其绚丽也，史无前例的现代化进程愈加蔚为壮观了。

鲁迅有诗"运交华盖欲何求"。华盖者，形同锅盖也。为"城市热岛"立下汗马功劳的尾气与雾霾，真是在合作制造"锅盖"啊，欲将城市市民笼罩入"华盖"。

顺便说的是，如此"华盖"，不就是占"球面积"最大、最前卫、最辉煌、最热力四射的城市人文景观和现代行为艺术吗？

呜呼！你同意让地球村不是到处莺歌燕舞，反而天天都交"华盖运"了吗？

开出窘厄

在今天，汽车已被人供奉成了物质和精神合一的"宗教"，拖曳尾气的怪异宗教。在尾气上伺机"做手脚"的事业正甚嚣尘上。

尾气处理的净度，将决定汽车尾气排放检测能否过关，车子是否会被判为"墨斗鱼"（黄标车）而被淘汰。

所以，并不偶然，下面的情况就发生了。

昨天上午，肖先生的奥迪车年检排放没通过，他走到在监测站门口，遇到手持"尾气检测"牌的黄牛，黄牛口气很大："一百五十元，包过检测，不过不要钱。"黄牛告诉肖先生，已有不少车辆在他的帮助下顺利过检。

肖先生将信将疑，让黄牛坐上他的奥迪车，黄牛引导他将车驶入一家小型汽修店。

肖先生告诉记者，包过的秘密不过是花上一百五十元租个三元催化器来临时减减排，这样就可以顺利通过年检。

此类"真传"，无疑自欺欺人，可网上举不胜举。

这让我突然醒悟，原来全人类都被推进尾气弥漫的考场了，这个大考场，就是我们天天生活其中的"地球车"。看吧，那些扎入地球的油井和气井，不就是"地球车"伟大的排气管吗？

我国仍属贫油国，每年都得进口三亿多吨石油。油田和油路大多被外国控制。

假如《西游记》师徒今天赴西天取经是驾车，该如何安排座次？我以为最适合做司机的非沙僧莫属，其实诚，不至于疯踩油门猛排尾气。八戒呢，宜陪师父坐在后排。断断不可以驾车的是谁？我不说你也知道是悟空，这泼猴猴性一发，别说会发疯大飙车，那尾气也会大闹天宫……这泼猴只能坐副驾，猴眼圆睁，耳听八方，倘遇路妖，还方便开车门，一个筋斗跳将出去，抡圆金箍棒……

我何以会有如此的想象，是因为在污染的尘世，尾气已越来越成为战争的"导火气"了。

有无最终的解决法子？

法子只能是彻底淘汰现行的机动车，实现尾气零排放！以全面普及的电动汽车、无人驾驶"苹果化汽车"（iCar）取代机动车！

只是如此，就能彻底解决问题吗？结论是否定的。

我首先要说明的是，这个尘世，技术主义已甚嚣尘上，人类长期以来被套入了形形色色的技术圈套（利益圈套）。这能怪罪我们吗？这些技术圈套还是人类自造，看上去都很温柔、美妙，都体现"人定胜天"，从本质看，却严重悖于人的自然属性，激化机器与人的情感矛盾，与人体功能发生冲突，至少会异化或弱化人的自然属性，丧失人的生命本能，违反自然的本原伦理，会深刻异化人的思想及灵魂，人在不知不觉中已被绑架！

诱惑力正如日东升的电动汽车、"苹果化汽车"，是这样的技术圈套吗？

人类，自供技术主义的香火。

任何旧矛盾的解决都意味着新矛盾的产生，因而我敢断言，纵然全面普及电动汽车和"苹果化汽车"，许多新的诸如心理问题、耗能问题和环境问题，必然随之而生。

审视我们人类自己，今天已全然生活在自然环境、社会环境和人工环境"三界"之中。而人工制品"苹果化汽车"，更是驱使人要将身心全然交给机器，犹同新娘身心都托付给另一个人。人的自主性几近丧失！而且人与自然（即便是被异化的自然）的关系还在日益疏离，疏离的程度就似因笼中踩脚踏车的白鼠，总也无法停止踩踏，总也停止不了奔跑，只能越跑越快。

难道想象不出吗？那路上都是高效"苹果化汽车"时的景象——这些无人汽车全由网上母公司控制。"整辆汽车就是一台电脑，外加四个轮子。电脑，也就是机器，将通过4G或者更高维数的网络，随时随地地与外面的世界进行联系、互动。"

如此一来，是否将消耗更多的电能呢？出现更严重更可怕的交通流量呢？

甚至将出现更多人类还无法预料的问题。

我觉得有必要将这些陷人类于窘境的诸多问题，定义为一个新词——"新尾气"。

遭受"新尾气"异化的人类或许会自鸣得意，以为自己真个坐上了"自动车"也未可知。

而"新尾气"会不会比旧尾气还要危及自然生态和社会人生，同样未可知。

严酷的事实是，汽车的自动化必将成为新的世界潮流，浩浩荡荡，势不可挡！谷歌的无人驾驶汽车，那车身上360度无死角传感器，浑身上下已在眨巴着眼睛雄视着这个世界。

有什么法子？进入"新尾气"时代，人类要走出心理疾患、突破身体伦理限制的"城堡"，肯定要比今天在深圳东莞"遭遇水稻田"远要困难。

是的，人类要摆脱汽车依赖症已绝对没有像脱一件爬满虱子的衣裳那般容易了。就像上阶绿的苔痕，"新尾气"在加速绿你的身心，疏离你人的本原，欲全方位打造你，要把你铸造成形象怪异的"汽车奴"——"甲壳虫"！

在说这"甲壳虫"之前，我先说说"技术宠物狗"。

我不认同"技术是双刃剑"之说。在我看来，所谓的剑，不但没有生命体温，还缺乏驯良，纵然身体雪白，也驱人千里之外。你以手抚之，一不小心还很可能淌血，想想真还不如说技术是宠物狗更为恰当、合适！

在我看来，称"技术"为"宠物狗"，既保留技术受人宠爱的权利，也并未回避技术蕴含的资本剥削机制和资本的逐利伦理，何况这些东西早被裹入让百姓消受、满足欲望的糖衣了，依然广有市场。当然，技术即便是宠物狗，仍可能"咬人"，也排粪便，少不了污染环境，甚至也异化主人……这些自然是负能量，颇难控制，但有希望将之降得最低。最重要的问题在于，还是相较于剑，对宠物狗，人类可驯之，亦易驯之，绳之、牵之，甚至圈之，其不至于太让你失望，能给你快乐，会依恋你，忠实你，一般情况下，不至于扑咬你这主子，要咬也是咬其他，如咬空气。

只是，即便"技术"是"宠物狗"，是否就能襄助屁股上拖一条"新尾气"尾巴的人类，逃脱"甲壳虫"的命运呢？

我基本认为，在这个世界，今天发生的事情，历史似乎都做过半神半仙的谕示。德国设计天才费尔南德，早在1937年已将保时捷设计成甲壳虫模样。何况，人，被异化成甲虫后，生活习性是如何改变的，是如何变异、扭曲的，自我是如何丧失的，通过不朽小说《变形记》，作家卡夫卡也做过淋漓尽致的预言。

　　回看我们栖居的地球生物圈，但凡生命体都会自觉与周边环境隔离，有人说是自卫，我却更认同是本能。细胞可以说是天地间最简单最基本的生命体了，不也外裹一层细胞膜吗？由此想，本是能较自由地蹦跳的人，最高级的动物——自由人，却总想外包钢铁外壳（汽车钢壳还未与生命体连），这不是"自投罗网"，不是心甘情愿，要成为卡夫卡小说《变形记》中的甲虫吗？其间会蕴含什么更深刻的意味吗？

　　一位哲人说过："人们只有退至无可再退，历史才会念起它的魔咒。"

　　历史老人最终是否会念出这样的魔咒呢：人类啊，被新能源汽车异化的人类，挣脱"甲壳虫"的命运，唯有相信你们自己……

　　还能有什么灵丹妙药吗？

　　我想：办法总要比困难多。拯救人类脱离窘厄的"良药"，唯有从新文明中产生。

　　宇宙浩渺，尘世迷茫。人类啊，如此的新文明，你何以追寻……

《天涯》2017年第2期

造屋不如树人

黄慧祯

在曾镇宽的办公室里看到一幅写着"造屋不如树人"的牌匾时,一开始只是觉得这六个字意味深长,但与他深谈之后,发现他的工作竟巧妙地融合在这句话中。他既是一名房地产商,干着"造屋"的行业,也致力于文化的推广,除了经营网络公司外,还向清远市"农家书屋"捐赠图书,以知识"树人"。自担任清城区网吧协会会长以来,年轻的曾镇宽一直有个目标:以连锁经营的方式,让清远网吧行业走向春天。

"每个人都应该看看这个小故事"

说到"造屋不如树人"这个牌匾时,三十多岁的曾镇宽说这是有来历的,而且每个人都应该看看这个小故事。清末封疆大吏左宗棠告老还乡,在长沙大兴土木,为子孙后代建豪宅。但是老左这个人心很细,总是怕工匠偷工减料,便亲自天天拄着拐杖到工地监工,这儿摸摸,那儿问问。有位老工匠看他如此不放心,就说:"大人,您放心吧,我活了这么一大把年纪,在偌大一个长沙城造了不知多少个府第,在我手上造的府第从来没有倒塌过,但这些府第易人却是常有的事。"左宗棠听了,不觉满面羞愧,叹息而去。而同为清代名臣的林则徐对儿孙的问题就开明很多,他曾教导说:"子孙若如我,留钱干什么?贤而多财,钱损其志;子孙不如我,留钱做什么?愚而多财,益增其过。"

"人老了,是不是都想为子孙留下遗产、福泽后代?我不敢说所有人都是,但我想,建造高房大屋留给子孙,不如好好培养他们,给予他们智慧和精神财富。"曾镇宽说。从故事中曾镇宽不仅领略到教育子女的真谛,而作为生意人,他也灵敏地嗅到其中的商机:"当今社会是信息时代,网络作为信息载体,前景无限。而网吧是目前最适合年轻人消费的休闲场所,也是培养网络应用最好的平台。"一直关注信息产业的曾镇宽最终在 2010 年 3 月成立网络管理公司,涉足 IT 产业。

网吧连锁实名制上网，净化市场

  网吧作为国内 IT 服务的龙头行业，随着政府扶持与管理的逐渐完善，近年来受到了各方面的重视。尤其是自从 2006 年政府针对网吧规范的各项政策出台，网吧行业开始进入有序的成长阶段。2010 年 2 月，文化部发出通知，单体网吧将逐渐退出市场，全国网吧将实现连锁运营。"网吧连锁的好处是很明显的。"曾镇宽说，"目前全市有二百八十间网吧，大多属于小规模的家庭经营，而网吧连锁公司只有两家，分别是网天下和中宏。网吧实行连锁经营后，要求必须推行实名制上网，推广正版软件，同时进一步禁止未成年人进入网吧、过滤色情信息等，这样必定会将一些环境条件差、经济效益不好的单体网吧淘汰，网吧市场却能得到净化。"就在采访时，曾镇宽接了好几个电话，都是一些网吧经营者向他咨询关于加盟的事情。"我对加盟的网吧要求很高，最起码要有二百台电脑才行，而且必须遵守相关规定。"曾镇宽还告诉记者，"今年初，我省有关部门也在通过连锁网吧收编单体网吧，基本不再给单间营业的网吧发放牌照，而是全部批给连锁网吧。所以，网吧连锁是势在必行的。"除此之外，曾镇宽还打算高薪聘请计算机专业人才，在网吧里开展一对一的教学。曾镇宽说："打个比方，你想学哪方面的电脑知识，来到网吧里就有人教你，费用虽然比一般上网贵，但与专门参加培训班相比，还是很划得来的。"其实网吧也可以往高端方向发展，希望网吧行业能再次迎来春天。

《杂文月刊》2017 年 2 月

不会表功

郭庆晨

刘昆是汉光武帝时的江陵县令。有一次，县城着起大火，顷刻间烧毁数百所民房。眼见百姓遭灾，心急如焚的刘昆跪地向着大火磕头不止。奇迹发生了，天空突然下起了瓢泼大雨。后来刘昆升职做了弘农郡太守，上任那天又发生了奇事，曾经为害弘农郡的老虎背着虎崽纷纷渡河逃往对岸。从此，弘农郡一带虎患绝迹。

这两件怪异之事被炒得沸沸扬扬，都说刘昆是个"圣人"。光武帝听到传言，便召刘昆入宫询问究竟。不想刘昆却大不以为意，只是淡淡地回道："纯粹是巧合罢了。发生大火的那天，天空早有乌云，小臣一时心急就跪地祷告。弘农郡老虎外逃，是由于当地农民长期伐林垦荒，再加上围追猎杀，身处险境的老虎只好逃离。"听刘昆如是说，旁边的大臣们都笑他不会表功。光武帝却感叹道："此乃长者之言也。"

刘昆弟弟知道原委后，一个劲儿地埋怨他："何不乘机鼓吹一番，以获奖赏？"刘昆正色道："拿偶然之事鼓吹自己，必将招致祸患！"弟弟不解。刘昆继续说："如果有一天皇上叫我再用此法去灭火、去驱虎，我该怎么办？"

刘昆是明智的，他诚实、坦白，而且非常有自知之明。有人说他"不会表功"，这评价也没有什么不对，问题只是该怎么看——是该赞扬呢，还是揶揄呢？

诚实、坦白，是正直的人应具备的基本品质，更是官员应具备的基本品质。在成绩和功劳面前，属于自己的可以领受，不属于自己的绝不冒领。有一分成绩就是一分成绩，绝不把一分说成二分乃至更多。唯此，才能赢得人们的认可和信赖，为官施政才会有公信力。光武帝称其"长者之言"，并不过分。

揶揄"不会表功"者，是出于什么考虑呢？不是他们自己对"表功"之技烂熟于心，就是对他人的"表功"之法羡慕不已。不然，就没法解释他们何以会对"不会表功"那么瞧不起、看不上。

有些人拙于办事，却善于表功，在他们的"成绩单"和"功劳簿"上，不是浸透了水，便是冒出了沫……不在立功而在表功，立功不多表功不少，成了他们的人生哲学和为官轨迹。倘若这些人把"表功"的劲头用到"立功"上去，该有多好！

　　会表功的人往往会得到赏识，是因为领导者需要下属的"功"，而这"功"通过由彼及此、由人及我的转化，便可以得到更上级的奖赏。不会表功的人虽得不到领导的赏识，却能够受到百姓的爱戴和拥护，因为老百姓能够真正得到实惠、享得福祉。

　　无论怎么说，老百姓还是喜欢"不会表功"的官员。

《杂文月刊》2017 年 2 月

来自心灵的全部深度

冯积岐

1881年,杰出的文学天才陀思妥耶夫斯基临终前在词薄上写着他的一段名言:"……人们称我为心理学家,不对,我只是最高意义上的现实主义者,即描写人的心灵全部深度。"这不仅是陀思妥耶夫斯基针对一些人对他的作品的误读的矫正,也是陀思妥耶夫斯基对他自己的作品明晰而深刻的评价。他的小说描写的是人的心灵的全部深度,他的书信也是来自心灵的全部深度。

在陀思妥耶夫斯基将近四百封的书信中,除了临终前两三年的几十封书信中没有提到一个"钱"字外,其他的书信中都有一个"钱"字,这个"钱"字是他的生活,是他的人生,他的一生为钱而苦闷,而奔走,而颠簸,一生没有钱,一生在极度的贫穷之中。一部作品还没有动笔,或者刚动笔他就开始向杂志社、出版商预支稿费,尽管这样,依旧入不敷出,穷愁潦倒,以至于跑到国外去躲债好几年。他觍着脸四处借钱,向哥哥借,向朋友借,向熟人借,借到了屠格涅夫那儿,甚至一度和屠格涅夫闹翻。从他的书信中可以读到,每次借债的时候,他甜言蜜语,好话说尽,几乎要跪到债主面前,用他自己的话说,已很"无耻"。在国外躲债的日子里,为了混饱一顿肚子,连身上仅有的一件大衣也在当铺里当掉了。他在给友人的信中不得不这样感叹:"人生只有一次幸福,往后就一直是痛苦、痛苦,因而在进入了尽可能正常的关系后就需要准备好去接受痛苦。"

陀思妥耶夫斯基在信中说:"我太想能像托尔斯泰们、屠格涅夫们和冈察洛夫们那样写作了。"他不止一次地表示过羡慕这些作家生活有保障,可以无忧无虑、自由自在地专心写作。他在几乎绝望的穷困之中奋笔疾书。他的活着是为了写作。可是,他并没有因为急于赚钱而敷衍写作。他认为,他的每一部作品都要从心里掏出来,不能匆匆忙忙,急于赶时间。尽管,面包出自他的笔下,可是,他的笔是神圣的,没有乱写,没有仓促地写。他把《白痴》写了好多个印张之后,发觉有重复自己之嫌,便将作品撕毁,重新开头,如他所说:"每天像牛一样工作，直到把小说写完。"

在极端的贫困之中，陀思妥耶夫斯基承受着癫痫病的无数次折磨，一旦犯了病，他便口吐白沫、手脚抽搐，如死去一般，疾病大量地消耗他的体力和精力，考验着他的意志。犯病之后，他又爬起来，坐在案桌前，这是他生活的常态。

1894年12月22日，陀思妥耶夫斯基在给他的哥哥的信中说："……不管身处何种逆境，不灰心，不绝望——这就是生活之所在，是它的使命之所在。我认识到了这一点，这种思想已经深入到我的血肉。……我的心还在，我的血肉之躯还在，它同样能爱，能感受痛苦，能希望，能记忆，而这毕竟还是生命！我的太阳。""我内心的精神生活从来没有像现在这样丰富和健旺，从未像现在这样沸腾。"这是陀思妥耶夫斯基被宣布判处死刑又获释免之后，在流放西伯利亚的途中给他的亲哥哥写的一封信中的内容。可以说，他是历经了一次"死"的人，他给哥哥说："我绝不会失望，我一定要保持我的精神和心灵的纯洁。我一定向更好的方面重新诞生，这就是我的全部希望和慰藉。狱中生活已经差不多扼杀了我身上的肉体要求，不太纯洁的肉体要求。以前我不够保重自己，现在艰苦对我来说已不算什么了，所以别害怕物质方面的困难会把我毁了，不可能有这种事情。"他在给弟弟的信中说："四年的苦役流放，我认为是我被活活装进棺材的四年，这是多么可怕的时光啊，我无法向你叙述，这是一种难以形容的无穷无尽的痛苦，因为每时每刻我的心上都好像压着一块石头。"

苦难的生活之所以没有把陀思妥耶夫斯基毁掉，原因，如他所说："因为我心中有一把特殊的火，我相信这把火。"

这把特殊的火究竟是什么？是信念，是理想，是精神，是思想。他在给友人的信中说："光靠面包是不能使人振奋的。况且如果没有精神生活，没有美的理想，那么人就会忧伤，会死去，会发疯。会自杀，或者会开始沉湎于多种神教的幻想之中……最好还是先将美的理想灌输到人的心灵。当心灵中有了美的理想，所有的人准会互为兄弟，那时他们当然会相互帮助，也就都会成为富有的人。而如果你给他们面包，他们却会由于烦闷而可能互为仇敌。"在物质和精神的关系中，陀思妥耶夫斯基认为精神先于物质，精神是第一的。至关重要的是要有理想，有舍己为人、自我牺牲精神，要有同情、正直、诚实、怜惜和博大的爱，这样，即使物质贫匮的人也是有希望的。

陀思妥耶夫斯基将他的这种精神寄托在梅什金（《白痴》中的主人公）、阿寥沙（《卡拉马佐夫兄弟》中的主人公）等等人物身上。这些典型形象不只是一个活生生的人物，而是一种思想。

在世界文学史上，陀思妥耶夫斯基是唯一一个把"思想"当作形象来写的大师。他在国外躲债的时候，写信给一个评论家朋友说："我正在为丰富的思想写作，我说的不是写作，而是思想。"他构思作品，首先闪现的是思想。因而，他的作品中的每一个人物,无论是砍死放高利贷的老太婆的大学生拉斯尼尔柯科夫，还是《白痴》中恶棍式的罗任戈，他们既是一种典型，更是思想的集大成者。

陀思妥耶夫斯基在谈到《卡拉马佐夫兄弟》中米佳的性格时说道："他在不幸和误判的灾难临头时净化着心灵和良心……他的净化在进行预审的几个小时中已开始。"心灵的深度不只是来自痛苦和创伤，不只是来自不幸和打击，也来自自我净化，自我救赎。没有心灵的净化，人就会变为《群魔》中那种魔鬼式的恶棍。陀思妥耶夫斯基崇尚的是人身上的好品质，"即善良、诚实、正直、同情心，不做错误可耻的事，尽可能不撒谎"。如他所说："一切能接受真理的人都会凭自己的良心感觉到什么是善德，而什么则不是。"他号召人们学习爱他人。他主张，人和人之间必须有一颗爱心，用博大的爱去赢得人生。他很注意一个人身上的天性和道德感情之间的这种相互关系。他希望从孩子开始，就要学习爱人，培养一颗善心和道德情感。这样，人就会自我救赎。

陀思妥耶夫斯基爱他的祖国，爱他的人民，爱他的亲人。在经济十分困顿的情况下，他依旧接济他的继子。他为哥哥死后留下的亲属花去了一万卢布。他献出的是博大的爱，他爱每一个人胜过爱自己。他对妻子安娜的爱情可以说是一曲惊人的爱情绝唱。如他在给弟弟的信中所说："我很幸福，因为对我来说不可能有比我的妻子更好的妻子了。我找到了真诚的最忠实的爱，这种爱一直持续着。"1866年10月4日，安娜第一次上门去给陀思妥耶夫斯基做速记员。他很快地爱上了安娜，一个月过后，向安娜求婚，安娜欣然同意。1867年，二十一岁的安娜嫁给了已经四十六岁的陀思妥耶夫斯基。从此以后，陀思妥耶夫斯基不仅有了一个称心如意的妻子，有了人生伴侣，也拥有了一个对他的写作很有帮助的助手。如陀思妥耶夫斯基给安娜的信中所说："我爱你已达到了极点。你具有丰富、可爱和美好的性格（心灵和智慧），还有你开阔的心胸……我崇拜你的身体和心灵中的每一颗原子并亲吻你的全身。"陀思妥耶夫斯基极富于爱心，极富于情感，极富于责任，爱妻子胜过爱自己，爱到了疯狂的地步，爱到了嫉妒的地步。1877年7月17日，他在彼得堡给安娜写信说，他由于思念，一夜未睡，号啕着在租住的房间里走来走去。其实，是陀氏在思忖"各种可能发生的事情"，是他对久别的安娜难以放心。爱到了极致便是恨。这句话，也适合陀氏当时的心理。

1880年10月，距离陀氏去世只有三个月了，他给安娜写信说："确实，整个文学界都与我为敌，喜欢我到入迷程度的只是整个俄国的读者。"他在给友人给家人的信中多次说，他不喜欢屠格涅夫，不喜欢冈察洛夫、车尔尼索夫斯夫。后来和支持过他的涅克拉索夫闹翻，和别林斯基结为仇人。一个伟大的作家被他那个时代不接受或者接受很晚是十分正常的事情。当下的红火和文学大师并不画等号。对作家最残酷的考验是时间。当时，陀思妥耶夫斯基还是得到了一些评论家的赏识，得到了读者的喜爱的。托尔斯泰在读了他的《死屋手记》后，称赞道："包括普希金在内的整个新文学中再也没有比这本书再好的书了。"

在陀思妥耶夫斯基的书信集中，有几封是写给皇帝的，有一封信，是给皇帝表忠心的。

他写给皇帝的信确实很肉麻，极力歌颂、谄媚皇帝。在当时，他就受到过一些文人的嘲笑。一百五十年过后，冷静地读这几封书信，我觉得，陀思妥耶夫斯基并没有因为被皇帝判死刑，又遭释免、流放而有个人情感上的憎恨，他歌颂皇帝当然有个人的功利，他骨子里认为皇帝是伟大的皇帝——这和他反对社会主义者们，反对民主主义者们的观点是相一致的。他认为，皇帝不只是皇帝，也是伟大的俄罗斯人民中的一员。皇帝代表着俄罗斯精神。

陀思妥耶夫斯基一贯坚持其人民性。他在给莫斯科大学生的信中说："青年人到民间去，不是向人民学习，而是教训人民，居高临下，蔑视人民——这纯粹是贵族老爷的奇思怪想。""只有人民是坚定和强壮的。"他在给友人的信中这样写道："如果一个人确实拥有才华，他会努力从消失的阶层转向人民。""任何一个多多少少杰出的和真正有才华的作家最终要回归到民族感情，成为民族的斯拉夫主义作家。"在临终前几个月，他说过："以充分的现实主义在人身上发现人。这是俄罗斯的特点。因为我的倾向来自人民的基督精神的深处。"

作为贵族出身，一生受尽折磨的陀思妥耶夫斯基，他的作品中的人民性不是肤浅地对人民的讴歌，而是体现了一种人民精神，一种思想高度——来自心灵的全部深度。

《杂文月刊》2017年2月

风子·疯子
——读杨凝式《韭花帖》

诸荣会

天下的疯子无非两类：一类是真疯，一类是装疯。

若是真疯，其即为病，除却病因或可略说一二外，可说之处应该不多；若是装疯，可说之处便一定不少，且其中一定还很复杂。

杨凝式，人称杨风子，此"风子"多少有点为尊者讳的意思，其实就是"疯子"——究其"疯"，应该不会是真疯，有他留下的《韭花帖》为证。

> 昼寝乍兴，辋饥正甚。忽蒙简翰，猥赐盘飧。当一叶报秋之初，乃韭花逞味之始。助其肥羜，实谓珍馐。充腹之余，铭肌载切，谨修状陈谢，伏维鉴查，谨状。

《韭花帖》全文仅六十三字，即使翻成现代汉语，大体也只不过百多字：

> （我）午睡刚起，正觉腹中饥饿。忽然收到你的来信，还有赐予的一盘韭花。眼下韭花正是当令蔬菜，味道本来就好，配合肥嫩的羔羊肉一起吃，真是美味呵。吃到美味（韭花），自享之余（想到与我分享），（这份情意）我将切记于心，（为此）特写此回信答谢，希望你能接受。

一盘韭花，原本区区，但是由于送达的时刻恰到好处——一正好午睡起来，腹中饥饿，二是正好有肥嫩羔羊肉可配着一起吃——便既有雪中送炭般的及时，也有锦上添花般的完美。于是对遥送韭花的朋友心生感念，遂修书致谢。如此一来一往间，礼轻情重，语短意长，恰到好处——主人公若真是一疯子，岂能对于人情世故有如此准确把握！

再看原帖，写作七行，虽有"天下第五行书"之称，其实字体应属行楷，甚至就算楷书也未尝不可。能操翰弄墨的疯子也是有的，但一般都多只是任笔为体，甚至是信笔涂鸦；能写一笔楷书的疯子，应该是很少的吧！更何况《韭花帖》并非一般楷书作品，即使将之放置于整个书法史上来观照，此也可谓一匠心独运之楷书杰作。

首先，说其为楷书，但是又以行书笔法为之；说其为行书，明明呈现的又多是楷书的美学特征。如此笔法，向上越过了整整一个唐代的楷书，直接智永；向下则开启了赵孟頫以行书笔意作楷书的先河。其次，在章法上也一破楷书常规，将字的行距和间距有意拉开，并采用有行无列的方式，使整件作品呈现出意趣萧散、意味雅淡的风格，把楷书的章法法则与作品的内容意趣结合得浑然一体，如同天成。如此匠心，岂能出自于一疯子笔下？即便真是天成，那也只能靠妙手偶得！

不过，如果杨凝式只写出了《韭花帖》，人们一定不会将"杨风子"的雅号赠送予他的，他还写过《夏热帖》，还写过《神仙起居法》《卢鸿草堂十志图跋》，他还在当年洛阳城里城外的大小寺庙中，直向着一座座粉白的墙壁"箕踞顾视，似若发狂，引笔挥洒，且吟且书，笔与神会，书其壁尽，方罢，略无倦怠之色，游客睹之，无不叹赏"（张其贤《洛阳缙绅旧闻记》）。想来那"杨风子"的雅号，一定是这样得来的吧？那情景，那风采，不难想，一定如当年的癫张、醉素吧——"张旭三杯草圣传，脱帽露顶王公前，挥毫落纸如云烟"（杜甫《饮中八仙歌》），"飘风骤雨惊飒飒，落花飞雪何茫茫。起来向壁不停手，一行数字大如斗。恍恍如闻神鬼惊，时时只见龙蛇走"（李白《草书歌行》）……

宋代大书法家黄庭坚，曾在洛阳亲眼看见过杨凝式挥洒在寺院墙壁上的书法，他的评价是"无一字不造微入妙"，并将杨凝式的字和吴道子的画，评为当时的"洛阳二绝"。多年后，他在为苏轼《黄州寒食诗帖》题跋时，为了高度赞扬苏轼此帖书法水平之高，竟写道："此书兼颜鲁公杨少师李西台笔意，试使东坡复为之未必及此！"黄庭坚的眼光我们没有不相信的道理！

只是吾生晚矣，无福一睹杨凝式挥洒在那些寺庙粉墙上的墨迹，让我们产生无限遗憾的同时，也给我们无限想象，那些墙壁上的书法，一定不会是《韭花帖》那样的书体吧！一定是龙跳天门般的行书，或惊蛇入草般的草书！或许杨凝式的另几件传世杰作《夏热帖》《神仙起居法》和《卢鸿草堂十志图跋》正可作为我们如此想象的明证——它们与《韭花贴》全然不是一个面目，同时各自又一件一个面目，全然不同：

《韭花帖》故意将字间距与行距拉大，《卢鸿草堂十志图跋》则来了个相反，故意将字距紧缩，使整件作品显得雄浑茂密，其茂密的程度，较之以茂密著称的颜真卿书法还有过之而无不及。

《韭花帖》用笔，可谓精致至微妙，而《夏热帖》又来了个相反，似破笔直刷——不知后来米芾之"刷字"是否从此得到过启发。还有其字法与章法，可谓正反、大小、松紧、曲折随意为之，一切似都打破常规，然而，又正是在这样一种奇形异态中天性真情尽显。

《韭花帖》是用行书的笔意写楷书，而《神仙起居法》则走得更远：以狂草的笔法写行书，其故意增大的收放之间、腾挪之间，更加空灵、自由、飘逸，让人能联想到的，不光是神仙，还有与神仙天宫相关的云霞霓裳、氤氲远树，甚至电闪雷鸣……

将《韭花帖》《夏热帖》《神仙起居法》和《卢鸿草堂十志图跋》放在一起，一眼看上去，真是很难看出它们竟是出自一人之手，但是事实上它们又切切实实都出自于杨凝式之手。

什么叫风格？就是一个艺术家总体上所呈现的一个相对固定的某种美的特点，可是杨凝式，似乎没有一个共同的、相对固定的特点，即每一件作品便呈现出一种独特的面目。

那么，杨凝式为什么要如此变换风格？为什么出自他一人之手的不同作品风格会差异如此之大？对于一位艺术家来说，这未免太疯狂了吧？而这一特点（如果也可算一个特点），对于一位艺术家来说，一定是有意而为，而这或许也正可做杨凝式的"疯""装疯"而非"真疯"之一证！如果"真疯"，是绝对不可能如此的，其只能任笔为体、信笔涂鸦！

然而，杨凝式的"疯"还是出了名："时人尽道杨风子。"他在朝为官至太子少师，上朝下朝自然有仪仗相随，但是他偏要甩开仪仗策杖前行，理由是那样走得太慢。他喜欢去寺院的粉墙上挥洒，每每出门，仆人问今天去哪座寺庙，他随口回答："宜东游广爱寺。"仆人说："不如西游石壁寺。"他说："就听你的，去广爱寺。"仆人说："我说的是去石壁寺！"他又说："好呵好呵，那就去石壁寺。"此言此行，似乎懵懵懂懂在梦中一般，现实生活中似乎完全没了主意如一具行尸走肉。只有当他到了寺院，面对一面粉白的墙壁，他才会重现活力。再当他在这些墙壁上尽情挥洒时，更像是换了一个人一般。而这样的人在一般人眼中岂不就是个疯子！

然而，作为宰相之子，从小养尊处优、饱读诗书的他，怎么就成了疯子的呢？据说全因为他父亲的一次举动和他与父亲的一场对话。

唐朝末年，藩镇割据，农民起义，天下大乱。最后朱温自立称帝，国号大梁。眼见着一个个当年信誓旦旦忠于大唐、"不事二主"的缙绅大夫，都争先恐后地跑去向朱温交出大唐印鉴,并向新主子宣誓效忠。杨凝式的父亲杨涉,曾是唐末的宰相,也准备去向朱温交出国玺,杨凝式见此禁不住冲着父亲大喊:"国家至此,你身为宰相,难弃其罪。不思己罪,便已罢了,竟还要献出故国玉玺,邀宠新主,苟全性命,届不怕遗臭万年!"

还没等杨凝式将此话说完,父亲已用手捂住他的嘴巴,并大惊失色地说:"此言若让外人听到,咱杨家定会被满门抄斩呵……"从此以后,杨凝式便变得疯疯癫癫。然而细想想,他能不疯吗?一边是自家老小几十口人的性命,一边是做人气节,哪一边都是他不愿舍弃的啊!

不过杨凝式"疯了"也好,就此中国历史上便少了一名为亡朝殉节的傻瓜,也少了一名称职于新朝的循吏,而多了一位杰出的书法家。并且,他竟能在唐末到五代近百年中国历史上最混乱的时期之一,奇迹般地活了八十二岁。宋人张世南在《游宦纪闻》中说得好:"世徒知阳狂可笑,而不知其所以狂;徒知墨妙可传,而不言其挺挺风烈如此!"

"疯了"的杨凝式,其实比谁都清醒!

《食鱼帖》在怀素传世法帖中,写得真不算好,不要说与洋洋洒洒可谓鸿篇巨制的《自叙帖》不能比,即使与只寥寥两行的《苦笋帖》也不能比,甚至比之怀素那些"醉来信手两三行,醒后却书书不得"的作品,也显得有点松散,有点拘谨,有点犹豫,有点精神不足、萎靡不振。但我读之还是很喜欢——但这主要不是因为书法,而是因为内容。

帖名"食鱼",想来怀素一定吃了不少鱼吧,否则怎么会为此而留下一帖!但是怀素可是个和尚呵,和尚是可以吃鱼的么?抑或唐朝的和尚是可以吃鱼的么?不能不给人以悬念!

将帖展开,五十六个字被分作八行书写,读之怀素一副闷闷不乐、郁郁寡欢、百无聊赖的神情如在眼前:

　　老僧在长沙食鱼,及来长安城中,多食肉,又为常流所笑,深为不便,故久病,不能多书,实疏。还报诸君,欲兴善之会,当得扶羸也。九日怀素藏真白。

噢,怪不得既没有"自叙"中那洋洋洒洒的激情,也没有"苦笋"中那满篇流动的气韵,首先是因为精神不佳,其次是在病中!

不过,好你个老和尚,你的"故久病",竟然仅仅是原本"在长沙食鱼,及来长安城中，多食肉"，且食肉食得"又为常流所笑，深为不便"！那你这"不便"在哪儿呵？是不是因为"常流所笑"，你就不能公开吃，不能吃太多？看来你还有顾忌，终还没有跳出三界嘛！

或许本来就是！怀素虽然身为和尚，但佛道既并非他心中的最高，也非他行为的追求，他的宗教则是书法。

说起来也只有唐朝会有这样的事情，换言之，这样的事发生在唐朝很是正常。想当年，贵为皇帝的李世民，竟然因为喜欢书法而御笔亲撰了一部《王羲之传论》，再后来，贵为皇帝的唐肃宗，在朝廷之上与柳公权讨论"笔何尽善"时，柳公权的回答竟然是："用笔在心，心正则笔正。"是为笔谏！至于唐朝时为官心不在官而只在书者更是太多了，若推著名者，前有张旭，后有杨凝式。到了怀素这儿，多一个身在佛门又心不在佛而在书的人，岂不很正常！

据怀素在《自叙帖》中所叙，他是长沙人——但是也有说他是零陵人的——他到底是哪里人谁也搞不清，事实上搞清搞不清也都不重要。重要的是他是个孤儿，这便注定了他的童年必定是苦难的，因而也不难理解他为什么少不更事就成了一名和尚，且成为和尚后又不念经，不坐禅，不守戒，而是种了一万多株芭蕉，每天就着大片蕉叶书写，苦练书法，是为"书蕉"！他写坏的毛笔一支又一支，最后竟堆积如山，埋之成冢，谓之"笔冢"。其实这笔冢之中，埋葬的岂止是笔，应该还有他过早逝去的青春和与青春相伴的种种幻想。因此当流放途中，获释的李白在回家的途中于零陵小城见到他时，竟在诗中称他为"少年上人"——这既与李白看了他的草书而对眼前这个少年肃然起敬有关，但一定也与怀素的"少年老成"有关吧！

李白是怀素书法艺术的第一个伯乐，也是他人生中的第一个贵人，但这话说回来，一切也都是因为怀素的草书的确让李白的眼睛为之一亮："恍恍如闻神鬼惊，时时只见龙蛇走。"于是他激动地高叫："王逸少、张伯英，古来几许浪得名。"即"书圣"王羲之、"草圣"张芝，与眼前这个少年的草书相比，只能算是浪得虚名！如此评价可谓登峰造极！

李白的评价让怀素一时志得意满、踌躇满志那是一定的，但是或许也让他有些忐忑不安吧！自己的书法真的有那么好吗？于是他离开了零陵、离开了长沙，来到京城长安,他要求证李白的评价！他要得到世人的承认！他渴望这样的承认。

于是，一个年轻的和尚从故乡出发，来到了京城，以笔敲击着一座座侯门王府，以书遍谒着各路达官显贵。每当夕阳西下、华灯初上，怀素就从寄居的寺庙出发了，或徒步，或骑一匹精瘦的老马，或走过一条条僻静的小巷，或溜过一条条热闹的长街，走向一个个约定的宴会与筵场。人们之所以要请这个和尚，一是因为他能喝酒，而且还很"好玩"，一喝起来"十杯五杯不解意，百杯以后始癫狂"，挥拳行令，完全忘了自己是个和尚，当然更主要的还是他的书法表演。这不，宴会的主人或早将一堵照壁粉刷得洁白，或早将裱好的手卷摊开在一旁——那都是为他准备的。

当酒过三五巡，灯火近阑珊，人人似乎都有了醉意，人人又似乎有了倦意，怀素也似乎有点倦意，他斜靠在交椅上，似睡非睡、似闭非闭的双眼，似乎正匕斜着一旁的粉墙或摊开在桌上的手卷。此时此刻，主人一般都会心领神会，用手势招呼着大家渐渐安静下来。当众人似乎都屏住了呼吸时，只见似乎已醉倒在交椅上的和尚，突然间跳了起来，濡墨挥毫直冲向粉壁或手卷，只见粉墙上、长廊上、手卷上，立即风烟激荡，立即龙蛇飞舞，立即涛走云飞……当他在众人一片啧啧声中将笔掷去，掌声雷动，"满堂观者空绝倒"——宴会也便在此时达到高潮。如此场景，此前只有张旭能够上演，但张旭毕竟是一"官"，这官的身份，哪里有怀素这和尚身份与行为的反差巨大呵！其效果自然也难同日而语！这哪里只是书法创作，分明是一种行为艺术！只是那个时代没有"行为艺术"这一说罢了。

如此行为艺术，自然为怀素在京城赢得了巨大的声誉，也为他获得了一个"醉素"的雅号，并从此在中国书法史上与"癫张"齐名。

这样的生活，难道不是怀素希望的吗？这样的艺术难道不是怀素一直追求的吗？这样漂泊京华的生活，说起来真是令一千多年后众"北漂"们羡慕不已呵！可是怀素却想家了，想吃故乡长沙的鱼。京城纵有千般好，有一点却让他很伤脑筋，也很不习惯，这就是长安没有长沙那么多河流，也便没有长沙那么多的鱼，吃了几十年已吃惯了鱼的怀素，不得不"多食肉"。怀素生病了！他自己说是因为没鱼吃，"多食肉，又为常流所笑"才使得他生了病。其实我想，十有八九是他说反了吧：或许恰恰是因为生了病，才想念故乡长沙的鱼的吧！也或许正是在病中，所以他才会脆弱，以至在乎起"为常流所笑"来！因为事实上，当人们邀他大碗喝酒、大块吃肉时，尽管在场的的确多数人只是"常流"，但并没有人笑话他；当他在挥笔将宴会推向高潮时，人们只当他是一个书法家，一个艺术家，甚至是一个疯子、醉汉，就是不会还记着他是一个和尚，并进而笑话他。再说了，就算是他的所有言行真的"为常流所笑"，他又什么时候真的在乎过呢？病中的怀素居然在乎起来了，看来任何人在病中都会变得很脆弱！想到这儿，我也就原谅了怀素将这件《食鱼帖》写得不够精彩了。好在他的病应该快好了，因为他在此帖最后几乎是怀着激动的心情报告"诸君"：若再有聚会，一定努力参加。

那一定又将是一场笔飞墨舞的精彩表演！

《中国书法报》2017年2月7日

半俗半雅的生活

王太生

我租住的房子在五楼,这个角度,不高也不低,春暖花开时,正好听一窝麻雀在檐下啁啾。

人生有许多半雅半俗的事。比如,夏天在树荫下啃一口西瓜,秋天在桂树下闻香,冬天在老澡堂里烫脚丫子。前两样姑且不说,后一种,不是身临其境所能意会。老澡堂里,头池水,咕噜咕噜,烫脚丫,才是至真的大俗和大雅,俗是其粗拙的动作和形体语言,用一条脚巾,蘸滚烫的水,在大脚丫子上搓来蹭去。烫脚的人龇牙咧嘴,快活过瘾,这时候的"雅"是一种内心的恬淡,身心的自在飘逸。

吾乡多水,澡事兴盛。从前,小城之内,大小澡池凡数十家。城中有一澡堂,名"雅堂",那时就很迷惑,澡堂子明明是烟茶缭绕,水雾腾腾,三教九流嘻嘻哈哈的极俗之地,为何偏偏称雅?后来才明白,澡客们在池水里泡去一天的疲惫和烦恼,皮肤散着热气,驱除寒凉,洗浴之后,一身轻松,大有重新投胎换骨之感,至俗之后至雅。

关于老澡堂子,汪曾祺在《草巷口》中说,正月初一到初五不开业,初六日有"菊花香水"。为什么是"菊花香水"而不是兰花香水、桂花香水?汪先生说:"我在这家澡堂洗过多次澡,从来没有闻到过'菊花香水'味儿,倒是一进去,就闻到一股浓重的澡堂子味儿。这种澡堂子味道,是很多人愿意闻的。"

在汪先生的眼中,"有些人烫了澡(他们不怕烫,不烫不过瘾),还得擦背、捏脚、修脚,这叫'全大套'。还要叫小伙计去叫一碗虾子猪油葱花面来,三扒两口吃掉。然后咕咚咕咚喝一壶浓茶,脑袋一歪,酣然睡去。洗了'全大套'的澡,吃一碗滚烫的虾子汤面,来一觉,真是'快活似神仙'"。

一些赏心乐事,多半是雅俗兼半。

王安石有一首诗:"青山扪虱坐,黄鸟挟书还。"春天到了,先生悠然坐在太阳底下吹风,挠痒痒,面对青山,不时从身上摸出几只小虱子来,看着鸟在天上飞，心里的那份美美的滋味，真是只可与君子语，不可与俗人言。

半俗半雅，是半文半白；是半现代半古典；是哼着民间小调，又唱美声。初春，我去拜访一个朋友，手不能空着，我知道朋友不喜欢礼物的俗，却在乎情义的雅，顺便在路边折一枝蜡质鹅黄、冷艳幽香的蜡梅花送给他。

雅是人的一面，俗是另一面，就像一张纸的两面。

正襟危坐是雅，跷着二郎腿是俗，一个人既正襟危坐，又跷个二郎腿，是半俗半雅。

有个朋友，在生意场上谈天说地，回到家中，还是要搛臭豆腐，喝半碗糁儿粥。雅是一件外衣，俗的是内心，是脾气和本性。一个人，对世俗生活的真爱，是装不出来的。

尘世间，诸事万种，孰俗孰雅？

有人觉得，在朝是雅，在野是俗；当官是雅，做民是俗；品香茗是雅，饮大麦茶是俗；娴静是雅，癫狂是俗。

也有人把大雅的事，看作大俗；将大俗的事，看作大雅。雅和俗，在每个人的眼里，标准不一。

古人有《半字诗》："半水半山半竹林，半俗半雅半红尘……半醒半迷半率直，半痴半醉半天真。"真的把个雅和俗都看透。

《深圳商报》2017 年 2 月 15 日

让灵魂跟上

李伟明

接二连三，听到几个暴发户迅速垮台的消息。这些人，曾经是媒体热捧的创业致富"楷模"，而现在，却成了法院通过媒体曝光的"老赖"。时间相隔并不算长，前后比照，却让人恍如隔世。

关于他们的失败，有人认为是"命"不好，有人认为是政策变化所致，有人认为是受经济大环境影响。我却觉得，这些都不是根本原因，而是他们的躯体飞速地跑起来了，但他们的灵魂还没跟上——这几个失败的"前富豪"，有一个共同的特点，那就是文化底子和后天修为都远远不够，而偏偏又要忘乎所以高调行事。就冲着这素质，好日子能长久才怪呢！

不妨简略回顾一下他们的发迹过程。其中一个，当年暴富，完全是误打误撞，赶上了某个行业史无前例的"好时代"，一不小心中彩了，于是一时大红大紫起来。另一个，则是靠着些许投机因素捞到了一大桶金，这种事，本来就不可一而再再而三。还有一个，基本上是凭借某股外力"虚胖"起来的，如今只是因为外力遁形，于是自身被打回原形而已。自从他们因为那些非正常因素突然发财后，要么扬扬自得，挥金如土，以为"千金散尽还复来"，当初的"好运"将永远伴随自己；要么盲目扩张，从不分析市场前景，更听不进任何意见，但觉天下好事皆可如此这般唾手可得；要么倚财仗势，目无法纪，越雷池，闯红灯，为所欲为，总之干的都不是正经事。从他们的诸般表现来看，这种"土豪"的垮台，只是迟早的事，并不让人感到意外。

也正是从这些"土豪"身上，忽然想起一个据说是来自印第安人的小故事。一队西方人到一处原始森林探险考察，请了当地几名印第安人当向导。辛苦跋涉三天后，印第安人便不再前行，要求原地休息。他们说：匆匆忙忙赶了三天的路，他们的灵魂一定赶不上自己的脚步了，所以有必要停下来，等待灵魂追赶上来。

让灵魂跟上！印第安人这番解释。乍一听似乎莫名其妙、荒诞不经，细品味其实意味无穷、发人深思。

　　让灵魂跟上，不然肉体将迷失方向，步入险境。和印第安人的含蓄异曲同工的是，我们的古人早就说过一句貌似危言耸听，实则屡屡应验的大白话：德不配位，必有灾殃。富贵当思缘由，不要以为一切都是理所当然。富贵是有过程的，一夜暴富之类，未必是好事，而不择手段谋求的快速"致富"，更是不可靠。富贵是需要德才来支撑的，就如同肉体需要灵魂来支配。你没这个德才，凭什么守住偶然从你面前路过的"富贵"？

　　"位"与"德"需要"门当户对"。可惜，很多人并不相信这一点，所以，他们行事无所顾忌，胆大妄为，只求结果不问过程。除了上述经济上的暴发户，我们还看过不少职场上的"火箭式"干部，他们的经历不也和这差不多吗？在自己的修养还不足以驾驭这个职位的前提下，通过某些不正当手段、方式，强行获得飞跃式提拔，可最终却因为德才不匹配，一夜之间回到起点，甚至落入法网，连"老本"也亏了。看看他们的悲欢沉浮轨迹，真是早知今日，何必当初？

　　让灵魂跟上脚步，不仅和在商场、职场打拼的人士有关，其实也是每个人都应该面对的问题。说个大家都有所体会的事，身处都市，我们现在普遍感到"行路难"，除了交通硬件设施存在缺陷，其中还有一个重要原因就是许多驾驶员的文明素质没有跟上。虽然交规"有法可依"，可人家目中无法，只要没有摄像头盯着，他就条条道路"任我行"，害得别人惹不起还躲不起。当我们只能怀着战战兢兢、诚惶诚恐的心情在路上行走，我们不得不感慨：这个社会，如果在人们普遍还不具备行车素养时，却提前迎来了全面的汽车时代，那么出行可能会比无车时代还麻烦！仅有汽车的提速而无素养的提升，是没办法让我们真正"快"起来的。

　　"灵魂"的掉队，或许将影响每个人的生活。所以，不管对社会还是对个人，面对发展问题，都不能操之过急，一味求快。在驱动身体之时，一定得认真检查一下灵魂有没有跟上来。欲速则不达，不管在什么时候，我们都宁愿相信：走得稳比走得快重要！

《大众日报》2017 年 2 月 17 日

"蟋蟀宰相"贾似道

晏建怀

宋朝三百多年的历史中,外戚干政或主政的例子十分鲜见,这是因为宋在立朝之初就有了回避外戚干政风险的"规矩"。据《宋史·仁宗本纪》载,宋仁宗曾下诏:"后妃之家毋得除二府职任。"明确规定外戚不得在二府(中书门下与枢密院)任职。另据《续资治通鉴》载,宋高宗时期的谏议大夫卫肤敏曾上奏说:"本朝后族、戚里,祖宗以来例不得任文资。"然而,到了南宋末期,朝纲废弛,先后出现了韩侂胄、史弥远、贾似道等外戚高官,他们依靠裙带关系,一路飞升,尤其是贾似道,三朝任相,一手遮天二十余年。

贾似道,字师宪,台州(今浙江天台)人,出身于官宦世家,父亲贾涉官至京湖制置使。贾涉中年早逝,从此家道中落。一个少年失怙的孩子,疏于管教,整日在社会上厮混,在成长中难免沾染一些江湖习气。幸亏贾是个"官二代",成年后,他因父荫被朝廷任为嘉兴司仓,有了收入,解决了温饱。

按这种趋势发展,贾似道再努力工作,最多只能做到州县小官,然后领着微薄俸禄,养儿育女,悄然终老。可巧就巧在天上常会意外地掉下馅饼。不久,其姐贾氏便因姿色绝佳被当朝皇帝宋理宗选入宫中,很快被封为地位仅次于皇后的贵妃,宋理宗甚至一度要立她为皇后,因为杨太后反对才未成功。贾似道作为国舅爷,命运从此改变。宋理宗按惯例召见了他,一番对谈后,留下了好印象。《宋史·贾似道传》载,贾因常出入烟花柳巷而出名,宋理宗有时夜登宫中高楼,赏西湖夜景,看到湖中某处灯火异常通明,往往会对左右说:"此必(贾)似道也。"随后,贾似道连连被提拔重用为澧州知州、湖广总领、京湖安抚制置大使等,这时,他还不到四十岁。

12世纪以来,南宋困于金国侵扰与威胁中,北方的另一个民族——蒙古族,也正日渐发展壮大,而且金国日衰,蒙古日强。蒙古不断侵吞金国的土地,对南宋也垂涎三尺,早有侵伐之心。宋理宗宝祐六年(1258年),成吉思汗之孙蒙哥吹响了全面侵宋的冲锋号，他们兵分三路，一路由蒙哥率领，从西进攻四川；一路由其弟忽必烈率领，南下进犯荆襄地区；一路由大将兀良合台率领，从云南入两广、湖南。

开庆元年（1259年）九月，忽必烈包围了鄂州（今湖北武昌）。鄂州地处长江中游，再往东就是京畿江浙地区了，在万分紧急的情况下，宋理宗派赵葵抵御兀良合台军，又命令贾似道进驻汉阳，支援鄂州。为确保鄂州的安全，宋理宗还在军中拜贾似道为右丞相。军中拜相，可见对贾的信任。

包围鄂州后，忽必烈每日督军攻城，蒙古兵一方面挖地道，想出其不意，结果被打退。又挑选勇士组成敢死队，正面攻城，一度将城东南隅攻破。宋军全力阻击，打退了一次又一次的进攻。在贾似道的督导下，将士坚守鄂州一月余而城未破。

但战争的残酷，让贾似道有些害怕，他瞒着宋理宗，擅自与忽必烈议和，希望通过割地、赔款、称臣来换取对方退兵。忽必烈战斗受挫，心头有气，起初没有答应。就在僵持不下之际，传来了蒙哥在四川去世的消息，这意味着蒙古汗位之争马上就会拉开战幕。于是，忽必烈接受了议和的建议，留下一小部分军队等待湖南方向来的蒙古军，自己则率军北归争夺汗位去了。

次年正月，由湖南来的蒙古军到达，与先前留下的蒙古军合军北去，贾似道乘机攻断浮桥，杀死蒙古军殿后兵士一百七十人，然后上表报功，说蒙古兵已被肃清。宋理宗接报大喜，认为贾似道对国家有"再造之功"，便以少傅、右丞相的身份召他入朝，派文武百官到郊外迎接，十分隆重。贾似道回京后以功臣自居，绝口不提擅自议和之事，得到了宋理宗的充分信任，成了南宋一手遮天的权臣。

景定五年（1264年），宋理宗赵昀去世，因他唯一的儿子早夭，由侄子赵禥继位，是为宋度宗。此时，贾似道权威日盛，而宋度宗又是他一手扶持的，便俨然以"帝王师"自居。每次朝见，宋度宗都对他回拜，称他"师臣"而不称其名字，同僚则恭敬地称他"周公"。皇帝允许他三天一上朝，入朝不行拜礼，后又让他十日一上朝。每每退朝，宋度宗还要站起，目送他离开后才坐下。

宋理宗在世时，曾将宋高宗当年营建的皇家园林"集芳园"赏赐给贾似道。集芳园本已如同神仙洞府，后来贾似道又花巨款继续扩建，使集芳园比一般皇家园林更庞大、奢华。贾氏醉心于园中，不去官衙办公，遇到朝中大事，官吏们只得抱着文书到集芳园请他签署，他则命门客、堂吏们代劳，朝中其他宰执大臣如同摆设一般。朝官一旦违背他的意愿，轻则斥责，重则贬去，终身不录用，李芾、文天祥、陈文龙等名臣都受到排挤，郁郁不得志。正人君子遭排斥，小人便乘虚而入，贾似道任相的那些年，朝廷上下，货赂公行，贪风大肆，买官卖官者不绝于途。

忽必烈夺得汗位后,不久即称帝,改国号"大元",并决定从荆襄地区南侵南宋。南宋咸淳三年(1267年),忽必烈挥师南下,进攻襄阳,襄阳告急。

这时的贾似道在做什么呢?《宋史·贾似道传》载:"似道日坐葛岭,起楼阁亭榭,取宫人娼尼有美色者为妾,日淫乐其中。"贾似道充耳不闻窗外事,兀自逍遥,不仅如此,他还痴迷于斗蟋蟀。贾似道对玩蟋蟀痴迷到什么程度呢?他不仅称斗蟋蟀为"军国重事",还悠闲地写出了一部《促织经》,对养蟋蟀、玩蟋蟀进行了详尽的论述,成了有名的"蟋蟀宰相"。

咸淳九年(1273年)初,元兵通过"围点打援"的战术,阻击各路前来救援的宋军,使襄阳成了一个孤城。襄阳军民在顽强坚守六年后,弹尽粮绝,只好投降。咸淳十年(1274年),鄂州又为元兵攻破。同年,宋度宗因纵欲终于一命呜呼,时年三十五岁。随后,由他那年仅四岁的儿子赵显继位,是为宋恭帝,由谢太皇太后和全太后垂帘听政。

元军攻占鄂州后,伐宋军最高统帅——左丞相伯颜率军十多万,以宋降将吕文焕为先锋,沿长江东进,直逼临安。随着元军的推进,朝中关于要求贾似道率军出征的呼声高涨。在太后们的提议下,贾似道率军十三万、战船两千五百艘出征,抵抗元军。

德祐元年(1275年),宋、元两军在丁家洲(今安徽铜陵北)对峙,伯颜因自己兵少,计取宋军,宋军人心不齐,临阵脱逃者甚众,于是大败,十三万水陆兵马几乎全军覆没,贾似道乘舟仓皇逃往扬州,举国震惊。

丁家洲一战,南宋丧失了仅剩的一点军力,国家灭亡已是迟早的事情。在舆论的压力下,太后只好将贾似道革职,贬为高州团练使,循州安置。德祐元年(1275年)八月,押解至漳州木棉庵时,贾似道被监押官、会稽县尉郑虎臣杀死,终年六十三岁。

贾似道死后仅仅四年,南宋灭亡。

《同舟共进》2017年第3期

清官刘光第

刘诚龙

一个人若出身寒苦，身至富贵地后便开始大捞特捞，谓"穷凶极恶"，贪的根子在于穷。但也有出身寒苦，始终保持本色的。孔子很早便发现了人性的多样性："君子固穷，小人穷斯滥矣。"意为先前穷而转了富贵，有两种可能性：一是固穷，不争；一是捞富，猛贪。

刘光第本是福建人，后来举家迁到四川，是著名的"戊戌六君子"之一。刘光第便是"君子固穷"的典型，其祖父是穷死的，"隆冬时尤衣败絮，寒不可支"，家里生不起炭火，只好去别家蹭火烤，邻居打他、骂他也不走。后来"曾不得少待须臾，获一日之饱食而后死也"。到了他父亲一代，情形稍有改观，但也常常入不敷出，两三个月才能吃上一顿肉，不过数两。

刘光第本人也穷得叮当响。他于光绪九年（1883年）中进士，授刑部后补主事，因家穷凑不起路费，多年不能进京就职，后来是亲戚借给他一些银两，才得以上路。他唯一的一身"布袍服"穿了十年，也仅置这一身，以出入正式场合，平日周身衣裳无一丝绸罗缎。其妻与子女呢？妻是"帐被贫瘦"，居寒冷彻骨的京都，暖夜的被子要么是硬邦邦的，要么是空荡荡的；儿女"蔽衣破裤，若乞人子"。他曾在书信中这样描述自己的生活："……今年京中尤窘迫非常，以致连厨手亦不能请了，全是一婢女与敝室同操作，日无停趾。"

刘光第住在京城，因为租不起城内价格昂贵的房子，只得在郊外租了几间煤球房，屋子破旧不堪："去夏大雨后，顶棚全漏，烂纸四垂，屡次觅裱糊匠不得（通京俱从新裱糊，匠人忙极）。及觅得，又以价太昂，屡相龃龉，直至冬月，始迫于不得已，费十余金，乃收拾完好……"家中离衙门足有十二里路。明朝的屠隆曾描述京都"风起飞尘满衢陌。归来下马，两鼻孔黑如烟突，人马屎，和沙土，雨过淖泞没鞍膝"，同乡的京官劝刘光第不宜节省，不然恐致病症。

刘光第当京华宦客时，曾算过一回账，要维持一家几口的开销，每年非六百金不可（禄米除外）。他官至六品（比县太爷高一级），"俸银五十余金"，七七八八加起来，福利加工资大概百两，还有所谓"印结银"，每年可得一百五十。所有薪金加起来，离最低生活保障仍差一大截，只好举债度日。

刘光第官居刑部，其实要榨钱，只需手指轻轻一捏，数钱数到手抽筋。他虽是候补，在刑部弄大钱难，但弄些信息费、中介费，不在话下。他却是不打主意，凡有礼馈，一概谢绝。

刘光第太老实了。送人情是官场润滑剂，但他不送，"向例，凡初入军机者，内侍例索赏钱，君持正不与"。不喝人情酒，一个朋友都没有；不送人情钱，半个官位难升迁。"少交游，寡应酬"，起作用的大官，他不去祝寿；皇亲国戚新婚，他也不送贺礼，即便去了，也是找角落坐下，一言不发，不和别人交流。"官刑曹十余年，虽同乡不尽知其名。"有人看他成天穿着破旧衣服，欲以纱麻等袍褂相送，他却婉拒之。

同乡或不晓得他，但同事与领导应对他印象深刻。刘光第不搞关系，不过他上班特守规矩，出勤率于六部九卿里居第一。路最远，签到最早，下班最晚。节假日于他而言，几乎没有概念。坦率说，刘光第这么苦干勤干，心里头也是存有梦想的，梦想着人家来发现他，提个一级半级，对于这点，他也承认："主稿等均劝勤上衙门，一月得二十天都好，如能多上，便见勤敏。"

刘光第的候补刑部主事当了十年。清朝有捐班制，国考考不上的，花一笔钱，就可买个局长、县长干，职位少而买官者多，故而候补也多，候补十年、几十年的也有。刘光第非捐班出身，他是正途官人，也在此位上蹭蹬了十年。

到1898年，他在给族弟的信中说京中银价跌减，而百物腾贵，如果不是弟弟接济，将难以维持生计。他渴望补得实缺："如下半年能补缺，则能多得俸银六十金（半俸只六十金），加以县中公款百廿余金，或可勉强撑拄下去矣。"

1894年，中日甲午战争爆发，刘光第关注战局的发展，他明知自己位卑职低，上书言事于法不允，但"缕缕愚忱，不能自已"。他奋笔写出《甲午条陈》，除要求皇帝"严明赏罚""下诏罪己""隆重武备"之外，还尖锐地指出："自古政出多门，鲜有成事，权当归陛，乃得专图。"劝光绪帝不要让政于慈禧。

1898年，光绪打算除沉疴，行新政，京城局面大有耳目一新之势。刘光第以为"此时下手功夫，总在皇上一人为要，必须力除诒谀蒙蔽，另行换一班人，从新整顿，始有起色转机"，便积极参与维新派的活动。

他曾与同乡京官倡设蜀学会于皮库营四川会馆，由外官、京官捐助数千金，添购书籍仪器，聘请中西教习，讲求时务之学。后得湖南巡抚陈宝箴举荐，于1898年9月4日受到光绪皇帝的接见，赏他与谭嗣同、杨锐、林旭四人四品卿衔，在军机章京上行走，参与新政。刘光第终于蒙受皇恩，而此时他仍无钱添置任职所需的物品，"目下用度顿添，异常艰窘"。

吊诡的是，百日维新，维新百日，刘光第百日而后，被斩首于菜市口。刽子手到郊区刘府，只见"家具被帐甚简陋，夫人如佣妇"，刽子手都良心发现了——说刘"乃不是一官人"。

《同舟共进》2017年第3期

修身远害

李业成

有句话叫"千金之子不垂堂",本意是说富贵之家的公子闲来不要坐在房檐下。为何？万一掉块瓦,落在头上,伤及生命。这种概率虽然很小,但房檐之下不是安全的地方。这叫保身。修身也就是保身,不妨"谨小慎微"。富人家孩子命贵,穷人家孩子的命何尝不贵呢？

修身不仅要注重大节,还要注重细节。古人讲"君子防未然,不去嫌疑间,瓜下不纳履,李下不整冠",这话看起来过于小心,实际可以防患于未然,可以避免误会误解甚至是非,益于修身。现在强调公职人员不要到"某某场所",这些"某某场所"有嫌疑。凡人之所欲,都要防,靠什么防,就是靠修身,修身的功夫到了,一个人的意志力自然就强大了。

从中国社会历史的视角看,富人和有权有势的人养尊处优,而低层人面对各种各样的困苦,生存环境相对恶劣,不利于保身远害,这是生存环境决定的事实。而对于修身远害来说,是没有差别的,谁失却修身这一课,谁就离害身不远了。住茅草房甚至不蔽风雨,有德在,无所谓害身,住殿堂华庭如果不知修身,则成害身之地。比如古时候有一位齐庄公,过着锦衣玉食的生活,身处禁宫,倾一国之力,有层层铁甲卫士护卫,可以说能保身了吧,不然,如果这个人不知修身,便随时都有损身丧命的危险。这位齐庄公看上了大臣崔杼的妻子,作为一国之君,居然做出与大臣之妻偷情的失德之事来,经常到崔杼家里去幽会,而且公开污辱崔杼。崔杼不堪其辱,趁庄公入室幽会之机,设下伏兵,关上大门,庄公请求"饶命",崔杼不允。庄公爬墙逃跑,崔杼令卫兵放箭,庄公坠地摔死。庄公丧身不是因为城破鼎倾,而是因为失于修身。明朝嘉靖年间,宫内发生了一件事叫"壬寅宫变",这并非夺位篡权的大事件,而是十余名宫女因不满嘉靖皇帝的虐待,趁其睡去,把绳子套在皇帝的脖子上,要把皇帝勒死,因匆忙中绳子打错了结,没能勒死。身居禁宫,按说最具保身优势,可深宫之内,差点丧命,原因是嘉靖皇帝失于修身，惹起了宫女们的怨愤，虽侥幸逃过一劫，却从此吓破了胆，禁宫之内都觉得不安全。李斯，一人之下万人之上，位极人臣，却不知修身，不能远害。赵高，皇帝的恩师，尊贵之极，不知修身，死于非命。蔡京、严嵩权倾一时，皆因不知修身而害身，被权欲利欲贪欲昏了头。锦衣玉食不能保身，粗茶淡饭可以永年，在于修身。

现代人有一个数学算式，这个数学算式非常简单，就是在"1"后面加"0"。"1"的后面加"0"，这个数字可以无限大，"1"代表健康的身体，是本，失却了，一切都是零。无论风云人物、成功人士还是普通民众，修身远害都是本。德不是用来教育别人、要求别人、强加于别人的，而是自我修为，德首先惠于自身。

《联谊报》2017年3月4日

刺贪劝廉的《红楼梦》

孙 毅

鲁迅《集外集拾遗补编·〈绛洞花主〉小引》有言:"《红楼梦》……单是命意,就因读者的眼光而有种种,经学家看见《易》,道学家看见淫,才子看见缠绵,革命家看见排满,流言家看见宫闱秘事……"这是一种不完全归纳法,《红楼梦》作为封建社会的百科全书,一定会是"横看成岭侧成峰",众说纷纭莫衷一是。喜怒哀乐皆由我,取意参差各西东。我就从中读出了刺贪劝廉的味道。

第二回中,当了不到一年知府老爷便被革职的贾雨村,因"身体劳倦"且"盘费不继"而托人谋到林府西宾的位置。因黛玉为母守丧尽哀触犯旧症"连日不曾上学",贾雨村得闲"赏鉴那村野风光",得见智通寺大门的一副对联:

身后有余忘缩手,眼前无路想回头。

这副对联讲的应该是这样一个道理:已经拥有很多却不肯就此罢手,仍为贪念所遣,直至泥足深陷,才知走投无路,想要回头却为时已晚。既然书中是贾雨村引出这副对联,我们不妨从关于贾雨村的字里行间中,寻找一下"有余忘缩手"与"无路想回头"的因果关系。

第一回中,寄居葫芦庙的穷儒贾雨村得识"邻居"姑苏乡宦甄士隐,因得甄家赠送盘费得以进京参加大比。其前一次过府相叙,因甄士隐到前厅接待客人,独在书房的贾雨村翻书解闷间曾心动于甄府丫鬟娇杏的两次回眸。第二回中,得中进士选入外班(清朝会试中进士后,分发外地任官者),后升了本府知府的贾雨村,甫一到任便"遣人送了两封银子,四匹锦缎,答谢甄家娘子(此时,甄士隐已随疯跛道人出家了);又寄一封密书与封肃(甄士隐岳父,甄家宅院火毁后,甄士隐夫妇及两个丫鬟寄居其家,所托之事办妥后得贾雨村赠百金),转托问甄家娘子要那娇杏做二房"。

这里且不说贾雨村答谢甄家是否知恩图报，知恩图报的前提是否缘于娇杏之故。单就原为穷书生，仅为官一二年（从甄士隐出家前的心境和身体情况描写看，应该不会超过两年），就能在一部鸿篇巨制的一个回目的开头部分，毫不心疼地撒出这么多金、银、锦缎，我们就不难看出，贾雨村应该不是个清廉之官，更何况上任第二天就急不可耐地接了个二房入府。结果是在知府任上不上一年便被革职，其中一个重要原因，书中也做了交代——"虽才干优长，未免有些贪酷之弊"。革职后虽然"面上全无一点怨色，仍嬉笑自若"，而实际上"那雨村心中"却是"十分惭恨"。因此才有面对智通寺的对联，能够同病相怜地想到："这两句话，文虽浅近，其意则深……其中想必有个翻过筋斗来的亦未可知。"

如果不从封建社会的大背景究其历史原因，仅从贾雨村个人做官轨迹来分析，我们也不难想象，如果贾雨村在为官之初能够做到"不伸手"，哪怕是任了知府之后"能缩手"的话，也许就不会连知府的椅子还没坐热就被革职发落了。

有意思的是，第三回中，贾雨村因借林如海、贾政之力，得补应天府缺，本该前事不忘，谨慎为官。可谁知就在一部浩大的《红楼梦》接近尾声的时候，这老兄却又按捺不住、旧病复发，"犯了婪索（意为凭借权势向人索取财物）的案件，审明定罪"，虽"今遇大赦，递籍为民"，终没有逃过丢官丢人的悲剧命运。

与其说贾雨村革职后还能入仕是封建社会的一大怪胎，不如说第三回中曹雪芹重新"起用"他，是为了让他提纲挈领贯穿全书最后"归结红楼梦"。而高鹗却没有放过他，让他在第一百二十回中由革职到定罪。我们可以设想，如果曹雪芹有幸完成整部《红楼梦》，最终也不会放过他，曹公连压在自己头上的封建制度都敢挞伐，莫非怕了一个贾雨村不成？即便曹雪芹念其贯穿全书还算有点功绩而放过他，善恶分明的读者也不会放过他，因为渴望清明的心灵是不容结垢蒙尘的；即便是善恶不分的读者能放过他，法网和天意也不会放过他，因为"贪酷"、"婪索"、不"缩手"如贾雨村者，"眼前无路"是历史的必然。

搜狐网 2017 年 3 月 23 日

煎得痛快熬得过瘾

米丽宏

女作家池莉写过一本书——《熬至滴水成珠》。书里说:"意象是熬出来的,苏醒是熬出来的,人生的春天是熬出来的。"

其实,人生,能不能熬出春天,很多时候,不在煎熬本身,而在你怎样去经历和享受煎熬。

煎熬往往意味着逆境、危机、艰难险阻,乃至无奈、低落、悲哀、痛苦、琐碎平庸的日常。但任何一段光阴,都有绸缎般的美丽,任何一段经历,都有外人无法领略的精彩之处。

煎熬之中,支撑你的不是兴奋、决心或者惯性,是逆境中一颗善于发现的心。万物静观皆自得。要静,要观。"静"中之观,会更敏锐,如同你身处暗夜,能看到别人看不到的一点微弱荧光,它足以引导你突破生命的拘囿,达到心灵的自由。

有人说,《水浒传》是一部怒书,《西游记》是一部悟书,《金瓶梅》是一部哀书,《红楼梦》是一部哭书。无一例外的是,这几部书的作者,在俗世的眼光里,无一不贫穷潦倒、一事无成。他们,也曾住草庵,也曾赏野花,也曾"满径蓬蒿老不华"。而思想的"眼",时时睁着,明镜一般映照着世相盛衰。这些书籍,被后世奉为经典,是因为作者们虽陷于生活的"熬",却醒于"智者"的观:依循表象,看到本质,透过表皮,触到精神。大智慧者有大痛苦,大煎熬者生大格局。

煎熬,其实是中药汤药的制法,将草药浸水,慢慢煎,细细熬,直至精粹溶于水,成浓浓药汁治病救人。人也一样,在事业里熬,在技艺里熬,在艺术里熬,不能缺的,是那份痴缠、沉迷和投入。熬到一定份儿上,会恍然发觉:这人生,除了凑合,还有惊艳;除了划算,还有甘愿;除了均衡利弊,还有赴汤蹈火。而且,熬着,熬着,痴缠里面有了热爱,热爱里面有了喜悦,喜悦里面有了过瘾的感觉。外人看来好像山穷水尽的泥穴，你却觉得是花繁叶满的桃源。

　　林散之被赵朴初、启功称为诗、书、画"当代三绝"。他一生写诗两千多首，书法方面被誉为"当代草圣"。他为自己取的号是"三痴生"，三痴，几近疯魔，可谓痴绝。他写诗，时时在推敲，包括病卧时、睡梦中、吃饭时、走路时，兴起便吟，甚至在坐马桶时也沉思，觅得佳句便起身提裤去桌上取纸笔记下，以免遗忘。练书法绘画，几十年寒灯苦学，已成为性情中物。其"痴"，已成为一种境界。

　　清代小说家蒲松龄说："性痴，则其志凝。故书痴者文必工，艺痴者技必良。"全部能量凝聚于一点，那一点往往迸射出闪亮的火花。

　　痴缠成瘾，简单专注，身心潜藏的巨大能量又能得以释放，托举着灵魂飞升，跃到高处去，享受生命的精彩。

　　煎熬，有瘾。那瘾是一种彻底投入后的浓烈享受，然投入的过程，往往痛苦："要多大的毅力、多严明的自我纪律，才能勒住意念的缰绳。半点消极怠工都会让你前功尽弃。因为那涅槃的极致快乐就在认真单纯的求索后面，就在那必不可缺的苦头后面。"女作家严歌苓阐述的"瘾"，接近于一种走火入魔的状态。

　　跑步爱好者，有一个共同的感受，跑至半程，是最难熬的时候。起跑的冲劲已消散，双腿沉重，呼吸急促，心脏要爆炸，而终点似乎还很遥远……但这一段煎熬之后，便会享受到严歌苓说的"涅槃般的快乐"：从生活中抽离，进入了一种自由的舞蹈。

　　卢梭说："人生而自由，却无往不在枷锁中。"煎熬，似乎是用许多不自由，换来灵魂飞升的自由。受点苦楚，经历一番刺激，享受它，观摩它，玩味它，你发觉自己早已不跟处境计较什么，甚至充满感谢。因为正是凭借它，你获取了秘密通道，找到了一种纯粹的极致快乐——升的自由。

《中国国门时报》2017年3月17日

姓名文化：最大的一笔非物质文化遗产

顾 土

非物质文化遗产如今已受到前所未有的重视，不但设有专门的管理机构、人员，而且每年还推出丰富多彩的相关活动。不过，我以为，有一笔最大的非物质文化遗产，不必推介，更无须设立推广机构，它与我们每个人的生命息息相关，那就是姓名文化。

姓名是人类的特征，但汉族的姓名文化独具一格，内涵丰富。人文信息、民俗资源、历史积淀、社会符号、文明指向、思想意趣、家族身份等，无不蕴藏其中，经数千年积累演变，形成了一整套独特的文化系统。这一文化系统不但影响了其他民族，也辐射至周边国家。然而很可惜，在很长一段时间里，我们的姓名文化被人为地忽略，蜕变成一个个简单到不能再简单的符号。

姓氏之根无可替代

我们的姓氏尽管依然传承，但姓氏文化代表的乡土情怀和根源归属，却多半被遗忘甚至切断了。

人人都有自己的文化之根，这个根是民族、国家和籍贯所无法替代的。我国的五千多个姓氏大多源于上古，几乎每个姓氏都有各自的起源故事和嬗变历史。

依照《说文解字》的说法：姓，人所生也。由"女"的偏旁可知，同姓的都是同一位母亲的后代，这是母系氏族社会的烙印。南宋郑樵的名著《通志》里有"氏族略"，在其"序"中，概括了姓氏的源流，可谓经典。最初，姓与氏是不同的概念。姓可以辨别血缘关系，具有"别婚姻"的作用，婚姻只能在不同姓之间进行。而氏是同姓衍生的分支，同一姓的氏族由于人口繁衍，分出很多支族，这些支系便是"氏"。比如，"嬴"姓分出徐、莒、终黎、秦、赵等十四氏，"姬"姓分出了多达四百多个氏。氏可以"别贵贱"，因为最初只有贵族才有氏。春秋时，贵族男子甚至不称姓，只称氏，姓与生俱来，而氏则足以表明其身份。

战国时代，随着周王室的衰落，宗法关系日趋崩塌，严格的姓氏也渐渐混乱。到了秦以后，姓氏已无区分，郑樵就说：三代之后，姓、氏合而为一。汉代之后，姓氏更是融于一体，从皇帝到老百姓，人人都可以有姓氏，而其他许多民族也纷纷采用汉姓。如果真要追根溯源的话，可以说，每一个姓就是一部悠久的人文历史。

姓氏最能体现的就是人的根源。最初的姓来自于本氏族的图腾或居住之地，往后又以封国、职事、族号、官爵、谥号、父辈的字等为姓。在汉民族与其他民族的融合过程中，少数民族有的借用汉姓，如北魏时，拓跋氏就改姓元，达奚氏改姓奚，贺赖氏改姓贺。清末民初，满族人改汉姓也成为一时风气，如姓金、姓关、姓钮、姓佟等。有的民族干脆以汉字音译为姓，尤其是那些复姓，大多源于此，如万俟、尉迟、慕容、令狐等。

根的意识曾是我们民族历史文化的组成部分，根的文字载体就是绵延不断的谱牒，根的终极意义是宗亲归属感。从前，谱牒的存续和宗亲的关怀，可以让人哪怕在千里之外也互为依托；令个人在茫茫人海中，在生疏的大千世界里，寻求到一份精神的慰藉。不过，这宗亲早已超越了那种血缘之亲，升华为一种天然存在的横向联系。在我们小时候，两位陌生人相见，一问贵姓，听到的回答如果是同姓，可能会说：啊，五百年前说不定握的还是一个饭勺！或者是：兴许我们还没出五服呢！

前些年，笔者随团去江西、浙江等地乡村考察文化遗迹的保护状况。当我们走近村口，望见影壁隐约刻有"陇右名望"四字时，许多人都不明白这其中的含义。所谓"陇右名望"，指的是李姓，因为陇西李氏，在从前的李姓家族中极为显要。陇西就是陇右，古人以西为右，陇山，便是我们熟知的六盘山，陇西即今甘肃省东部地区。秦代陇西郡最早的郡守是李崇，李姓后人尊他为陇西李氏的始祖。由李崇祖孙三代人而形成陇西郡的名门望族，其子其孙多为达官显爵。汉朝时，陇西李氏又出了飞将军李广及其从弟李蔡，至魏晋，西凉王李暠，即西凉太祖，自称李广十六世孙，在李姓人眼里，他算是李氏的第一位皇帝了。到了隋朝，陇西李氏权倾朝野，而至唐朝，李姓更是成为"国姓"。

唐太宗修《氏族志》，将李姓置于诸士族姓氏之首，还将有功之臣纷纷赐姓李，仅在唐初，就有十六个姓氏因立下战功被皇帝赐姓李。赐姓既显示对有功者、归顺者、来朝者的恩宠，也同时扩展了李氏队伍。纵观整个唐朝，赐姓李可谓蔚然成风，其中少数民族将领被赐姓李的尤其多，因此，李姓延续下来的很多人，实际并非汉人，或是血缘中存有非汉族的血统。

唐末名将李克用是沙陀人，其父朱邪赤心，就被唐懿宗赐姓名"李国昌"，而其子李存勖又建后唐，之所以叫后唐，正因为姓李。知名作家李辉与我是同事，从他的长相看，很多人就以为他的血统并非纯汉族。

李姓还有一支也很兴旺，被称为"赵郡李氏"。赵郡治所位于今河北赵县一带，战国时，曾任太傅的李玑在赵郡定居，于是成为"赵郡李氏"之祖，其子就是赵国大将李牧。南北朝时，与博陵崔氏、范阳卢氏等大家族一样，赵郡李氏也是北朝大族，而有唐一代，赵郡李氏出过十七位宰相，最著名的就是李德裕。

在我们的一路访问中，还看到有的祠堂或人家挂有匾额，上书"四知堂"，这也让很多人迷惑不解。若是放在从前，人们可能一见就知，此户应姓杨，所谓"四知堂杨"是也。四知堂为杨氏家族堂号，其典故出自东汉名士杨震，他调任东莱太守的时候路过昌邑，县令王密正是他在荆州刺史任内荐举的官员。王晚上特来拜访、叩谢，并附上十斤黄金作为礼物，被杨震当场拒绝。王密以为杨是佯装，便说：幕夜无知者。杨震答：天知、神知、我知、子知，何谓无知？"四知"于是成为千古美谈，也是杨姓的骄傲。

可惜，当祠堂大多年久失修，匾额也被一扫而空，只剩下残片断字遗留在博物馆里之后；当谱牒被弃之如敝屣，三代以上不知为何人时，姓氏文化就不再是文化，不过是个人称谓的某个前缀而已。

名字岂止是简单的符号

姓氏文化若与名字相比，还算幸运，毕竟所有的姓氏还延续至今，可名字早已纷纷"沦陷"，高度重复、大面积雷同，可谓一景。

人名是一个人的符号，从名字可看出家庭、地域、文化背景、社会景象等，有的人名还可能显现一个人的生命状态，所以，在中国历史中，本应有"人名史"的位置。

我国人名的文化历史也很悠久，内涵更为丰厚，每个时代都有每个时代的特色。商代时干支入名，后来又有"不以国，不以官，不以山川，不以隐疾，不以牲畜，不以器币"作为入名的禁忌。春秋战国时打破禁忌，尤好以"贱丑隐疾"为名。而西汉之后，起名则以尊崇圣洁文雅为风尚。新莽时期起名曾禁用双字，可到了南北朝却盛行两字。自唐宋逐渐形成以辈次命名的习俗，即在名字的第一个字中可显示辈分。到了清乾隆帝时，还钦定孔子后裔辈次用字三十个。所有这些，都组成了我们绵延不绝的人名历史。

人名文化还包括字、号，一个人甚至可以有多个字、多个号，还有学名、小名、诨名，互补互衬，相映成趣，既传递出长辈的期许，又表达出个人的志向和性情。

字最早见于周朝。《礼记·曲礼》说："男子二十，冠而字。""女子许嫁，笄而字。"字由名滋生、演化而来，是对名的补充和解释，与名互为表里，故称"表字"。最典型的如屈原，屈原并不姓屈，他本姓"芈"，屈是他的"氏"，他的名叫"平"，而"原"是他的字。由于先秦时期男子称氏而不称姓，所以人们称他为屈原。以字称呼，是对别人的尊重。

除了名与字外，有文化有地位的前人还讲究号，号是别称，所以也叫别号。号从唐朝时开始盛行，其中的重要原因是唐代文学发达，由于名与字为长辈所定，于是有点文化底子的人就喜欢通过号来表达自己的性情、志趣。

号有自号、人号之分，"自号"就是自己起的号，有的是以身份自号，有的是以居住地自号。李白号"青莲居士"，杜甫号"少陵野老"。宋代的欧阳修自号"六一居士"，所谓"六一"是哪"六一"呢？一万卷书、一千卷金石文、一张琴、一局棋、一壶酒、一老翁，其旨趣与癖好呼之欲出。所谓"人号"是他人对此人的称呼，有称官职的，比如杜甫人号"杜工部"；有称任所的，如柳宗元人号"柳柳州"；有称谥号的，如岳飞人号"岳武穆"。

以号而闻名于世的有不少，人称苏轼为苏东坡，就是因为他的号是东坡居士；朱耷这个名字知道的人不多，但他的号八大山人，无人不晓；郑板桥原名郑燮，字克柔，号理庵，又号板桥，人称"板桥先生"。室号也是号的一种，前人常常为自己的书房或居室起名，其中，斋、堂、庵、舍、庐、馆、轩、楼等特别普遍，如陆游的室号就是老学庵。

直至晚近，字和号，对有文化的人来说，还是非常普遍。孙中山，名文，字载之，号日新，又号逸仙，幼名帝象，化名中山樵；董必武，原名董贤琮，又名董用威，字洁畲，号璧伍。但20世纪20年代往后，恐怕只剩下少数有雅趣的人还在沿用字和号了。刚刚谢世的文史大家冯其庸先生，曾受业于无锡国专，享年九十三岁，名迟，字其庸，号宽堂。

谥号是帝王、后妃、诸侯、大臣去世后，按其生前事迹所定下的称号，大都是总结式的评价语言，算是"盖棺定论"。谥号还分美谥、平谥、恶谥三种，十分讲究，好的就是神、圣、文、武、昭、庄等；在位不长或志向未酬的，都是悼、哀、幽、殇；品行不端的则是戾、炀之类。大臣的谥号，前面说的岳飞是武穆，而清末那几位我们熟悉的人物，曾国藩是文正，李鸿章是文忠，左宗棠和张之洞都是文襄。在清代官谥里，成、正、忠、襄属于特谥，只能由皇帝亲赐，足见这几位的重要性。谥号还分官谥和私谥，前面说的是官谥，私谥就是亲友、门生等私下给死者的谥号，有先生、夫子、征士等。

徽号、庙号、尊号都是给帝王或后妃的。唐代以前，后人称呼皇帝多称谥号，如汉文帝、汉武帝等。自唐代后，皇帝的谥号越来越长，清乾隆皇帝的谥号居然有二十三个，实在不便于称呼，于是后人多用庙号，如太祖、太宗、高宗等。至于明清，人们最习惯用年号，因为一个帝王往往只有一个年号，如嘉靖、万历、崇祯、康熙、乾隆、光绪等，不像过去，一个皇帝可以用多个年号，唐高宗李治就有十四个年号，汉武帝刘彻也有十一个，宋仁宗有九个。

汉族人名文化最讲究的就是"避讳"，这点在世上大概独一无二，"为尊者讳、为亲者讳、为贤者讳"是避讳的基本原则，反映了我国传统文化的道德观念。其中，家讳、内讳是家庭之避讳，国讳、宪讳、圣讳属于社会之避讳。在避讳中，嫌名，即避字音同或字音近之讳，最为普及。避讳的方法可以改字、空字、缺笔、换音。

名称避讳，经历了多次自然淘洗，延续至近代。事实上，该淘汰的早已淘汰，能保存的也基本保存了下来。家讳这一显示民族伦理精髓的避讳曾最为顽强坚挺，遗憾的是，在近几十年中，有人专以祖辈父辈的名字为名，以致传统道德在人名文化中被遗弃。

名字也是时代的一景

在笔者幼时，四周长辈中姓与名都重复的很少，姓刘、姓王的或许有几十位，可就是不重名。因为他们的名字含义讲究，重复概率不可能高。好不容易遇见个重名的，却又不重姓。即使很多来自乡村又没什么文化的人也不重名，名字还起得有滋有味，一问才知，他们的名字得自于村子里识文断字的先生。

20世纪前，我们的人名史总体来说比较平稳，没有大的波澜起伏，含蓄、亲切、讲究、有文化、尊重家族历史的继承性，可以说是基本特征。有人叫作狗蛋、栓柱、二娃，那多半是乳名，即使是喜旺、水生、根发、满囤、来财、春妮、银翠，也不失一种和顺，偶尔有个建国、建华，还表达了一种憧憬和向往。但从20世纪后半叶开始，人名好像人生，往往随波逐流，自然也少不了奇闻丛生。

曾经有过一段时期，社会上盛行二元思维，非此即彼，什么都追求简捷干脆，一刀切，名字当然也不例外，单字便成了名字中的大流。

与时代齐名是当时起名的风尚。时代精神就是简单明确，一目了然，不拖泥带水，更不能复杂多彩，这时的名字多以单字打发，单字又多以通俗明白为首选。

假如20世纪50年代初出生的，援朝、抗美是首选，接着是宪法与和平，如果1958年出生，便有卫星、跃进，或将"大炼钢铁"的"钢"字嵌入其中。再往后就是卫兵、卫东等"批量生产"。有些运动名称因为过于直白，所以几乎无人敢用——"镇反""四清""揪刘""批林"这样的名字并没有出现，但爱华、爱民、爱国、爱军得以迅猛推广。20世纪70年代末讲"抓纲治国"，"抓纲"倒是没人叫，不过叫"治国"的却是一窝蜂。

叫建国的，初始还多为1949年生人，以后似乎无论什么年月出生的，都有了加入这个行列的可能，最终，建军、建华、国庆、庆国等层出不穷。那个时代，在双字里加个"小"也有普及之势，如小纲、小刚、小军、小伟、小华、小红、小东、小庆、小明等，文雅一点的，便是将"小"改为"晓"。反其道而行之的，就加个"大"字，实在想不出来了，取一个最简单的字再叠加，如东东、方方、婷婷、圆圆。这样的名字在古代属于勾栏瓦舍，如今放在孩提时代也无不妥，但一把年纪后仍如此叫法，未免有所不宜。

大概复杂、琐碎、庸俗、典雅、文绉绉在那时有落后的嫌疑，于是，稍微中立些的，叫青、丹、维、云、敏、原、聪、方、宁、平、江、琴、勤、华、星、丹、慧；昂扬些的，称辉、燕、梅、阳、纲、明、英、健、芳；既鲜明又具体的，干脆就是军、红、兵、勇、斌、庆、强、洪、东、亮；即便是双字，也是国庆、卫华、建国、建军，应一时之选，风行大地。

名字追随人的一生，照理说最该斟酌，然而，很多人打小起最草率的就属起名字了，随大溜便万事大吉。不论姓氏与名字通畅不通畅，表示高姿态便一了百了。姓氏是先天的，而名字一旦紧跟时代，和姓放在一起，一看一念一琢磨，疑问也就来了。有个单位，20世纪五六十年代出生的人特别多，大家一聚集，才知道有许多"建国"，牛建国、马建国、杨建国、侯建国、朱建国、苟建国、余建国，这样的扎堆，每当有来宾光临，一一介绍之后，当然不免尴尬。我有位熟人，姓白，父母却生生给起个爱国，结果几十年落为人家背后的笑柄。还有一家，分别叫爱国、爱民、爱党，"文革"时被逮个正着，说是骨子里爱的是国民党。

名字，虽说是个符号，但符号代表的是人，而人是有思想的。20世纪80年代初，将过去特殊年代起的那些名字又改回去，成了一股浪潮。1975年国庆招待会的出席名单里有一人叫郭批孔，最引人注目，其实他从前叫郭崇孔，因为赶"批林批孔"的时髦，改为郭批孔，20世纪80年代时不得不恢复旧名。我有位熟人叫崇儒，因"评法批儒"运动而改为崇法，这可不是"崇拜法治"的"崇法"，而是"崇拜法家"的"崇法"，80年代时也改了回去。

姓名文化应该传承

人名文化的衰落，在于蜂拥趋附。名字的高度重复，原因就是为时代而趋同、向时代看齐，趋的是一时的政治风云，附的是暂且的社会大潮。

人名文化传承载体的丧失，也为名字带来雷同。过去很多目不识丁的人，许多没有读书经历的农民，却可以起一个非常有文化内涵的名字，这是因为他们的邻里和同族中总有一两位识文断字的人，可能是过去的秀才，也或许是私塾先生。他们的历史文化涵养和代代相传的人名文化知识，让他们负起了传承之责。然而，这样的人早已作古，时代没给他们提供后继有人的机会，因而终于断层。

人名文化的延续，还在于过去的许多名字都有祖辈定下的辈次之字，表达了大家族的伦理次序，最后形成习惯，一代一代接续。可是有过一段时期，家族历史是人们忌讳的事情，谁都害怕"查三代"，辈次之字当然也在遗弃之列，最后，连有些孔子的后裔都抛弃了自己应有的辈次。

有人大概会说，人口少的时代自然重名、重姓的也少。但这只是相对而言，之所以难得重名，其根本原因还在于名称的文化含量，仅看那些文化名流的名字便可知，元济、斯年、寅恪、寅初、廷黻、用彤，这样的称呼怎么可能高度复制？而且，那时还有表字或别号可以区别，梁实秋、马相伯、俞平伯等人都是以字而闻名于世的。

说那个时代仅仅是文化人的名字有文化，其实也未必。民国初年张作霖、张宗昌、张敬尧、张勋很出名，这"四张"都是贫苦出身，上一代也没读过书，但除了"勋"字有可能重复外，其他名字都有点文化。我手头有一份保定陆军军官学校的部分名单，其中，每十多人中仅一个单名，随便抽出的名字就是星宝、启祚、昭亮、克常、文显、烜泰、承朴、铭藻、自全等，而这样的名字在我这代人中已经很少见了。

改革开放后，随着多元文化的出现和发展，按理说，名字应当出现繁荣的局面，可惜，传统文化的衰落已使我们的名字缺少了文化传承人。

在乡村，20世纪80年代后出生的人，依然起了许多六七十年代的名字。在城市，80后、85后或再往后的人，有的名字与乡村一样，选字仍然延续20世纪六七十年代的风格，只有过于政治化的那部分退隐。有的虽产生了文化追求意识，父母查字典、找起名公司、拜"大师"，结果却是五花八门。这时候起名字，如果不是一如既往，也多是莫名其妙，或是将奇异字一拼，或是将带金、带土、带水的那么一凑，或是把含有福禄寿意思的字组装起来，还是少了一份厚重的文化意韵。

名字伴随人的一生，很可能影响一生的审美情趣、文化观念、自我感觉与自我认知。特别是汉字，声、形、义并茂，有可能影响终身的志趣和品貌。当一个人对待起名随随便便时，也就不会对名字有多少文化认识；当大多数人对名字无所谓时，姓名也就不再是文化的载体。

今天，许多人已经意识到名字作为文化的意义，开始认真为下一代起个有分量、有内涵、不重复的名字。姓名文化体现了辈分、渊源、传承、期盼、情感、思维，而且讲出处、有典故、通伦理，姓名的避讳之礼尤其博大深厚，礼义廉耻尽在其中。今天，当我们讲求传承历史文化的时候，首先应该传承最能代表民族意识、最值得赓续的姓名文化。

《同舟共进》2017年第4期

爱因斯坦为何放弃德国国籍

安立志

人们一般认为,爱因斯坦是德国人。《简明不列颠百科全书》有权威释义,爱因斯坦是"德国出生的美籍著名理论物理学家"。德国出生,又拥有美国国籍(其实他还同时拥有瑞士国籍),爱因斯坦到底有着怎样曲折的人生经历?

成为瑞士公民

阿尔伯特·爱因斯坦,1879年3月14日出生于德国乌尔姆的一个犹太人家庭。乌尔姆是符腾堡王国的小城,而符腾堡是德意志帝国西南部的一个邦国。

1894年6月,爱因斯坦的父亲因慕尼黑的工厂难以为继,全家移居意大利米兰。但父亲要求十五岁的爱因斯坦继续留在慕尼黑,以完成高中学业。

1895年春,爱因斯坦对德国军国主义的教育十分不满。他就读的路易波尔德中学,把学生当成机器和军人,只许单调地重复教科书上的教条,教育学生以服从为天职。这让爱因斯坦忍无可忍,未等学业完成,不经父母同意,便中途退学,只身一人离开慕尼黑,去意大利米兰与父母团聚。

多年后,爱因斯坦对德国当时的教育制度仍予以尖锐的抨击:"人们把学校简单地看作是一种工具,靠它来把大量的知识传授给成长中的一代。但这种看法是不正确的。知识是死的,而学校却要为活人服务。它应当在青年人中发展那些有益于公共福利的品质和才能。但这并不是意味着应当消灭个性,使个人变成仅仅是社会的一种工具,像一只蜜蜂或蚂蚁那样。"从学校与教育,可以观察社会和国家,"一个由没有个人独创性和个人志愿的规格统一的个人所组成的社会,将是一个没有发展可能的不幸的社会"。

1896年1月28日,根据爱因斯坦的申请,符腾堡王国政府出具了他放弃符腾堡王国国籍的证明,这意味着,爱因斯坦同时放弃了德意志帝国的国籍。

爱因斯坦在放弃德国国籍后，至少有五年时间，是一个没有国籍的人。1899年，爱因斯坦申请入籍瑞士，据说，他之所以下决心成为瑞士公民，是由于他爱慕瑞士联邦的政治制度。另一个比较实际的原因是，获得瑞士公民的身份，可以使他在政府文职机关中获得合适的职位。1901年2月21日，爱因斯坦取得了瑞士国籍。从二十二岁起直到去世，爱因斯坦始终拥有瑞士国籍。

德、瑞两国为诺奖起争执

一战前的德意志帝国，制订了雄心勃勃的发展计划，他们看重爱因斯坦这个年轻科学家的声望与潜力，专门派出两位学者去做爱因斯坦的工作，试图以优厚条件吸引他返回德国。一位学者以"祖国"为说辞，劝说道："你的出生之地，你真正的祖国在等待着你。"爱因斯坦不以为意。另一位学者则比较理解爱因斯坦的心理，他说："德国欢迎的是物理学家、相对论的创造者……"其实，爱因斯坦真正感兴趣的是安定的生活环境、良好的工作条件和充裕的研究时间，能不受任何束缚和干扰，全心全意地进行科学研究。1913年7月10日，在普鲁士皇家科学院学部会议上，爱因斯坦以四十四票对两票的优势荣膺科学院院士。1914年4月，爱因斯坦定居柏林，直到1932年12月。

爱因斯坦到达柏林后不久，一战爆发了。1914年8月，德国九十三名学者和文人签署了臭名昭著的《告文明世界书》，公然为德国的侵略行径辩护与粉饰。爱因斯坦的几名同事竟然穿上了德国军服，公然声称："在和平时期，科学家是属于全世界的；在战争时期，科学家是属于自己祖国的。"爱因斯坦拒绝在宣言书上签名。10月中旬，爱因斯坦等四人签署了《告欧洲人书》，这个宣言与前者针锋相对，是一个反对战争的宣言，同时对那些德国文化名流提出了批评。

1915年8月23日，爱因斯坦在给朋友的信中阐述了他对"祖国"的看法："我多么想把我们处于不同'祖国'的同行们团结在一起。这个学者和知识分子的小集体不就是值得像我们这样的人去认真关怀的唯一的'祖国'吗？难道他们的信念竟要仅仅取决于国境这一偶然条件吗？"他把"祖国"看作是只由国境线区隔的"偶然条件"。

1921年，爱因斯坦在介绍空想社会主义者约瑟夫·波普—林卡乌斯的思想时指出："社会或者国家不是他盲目崇拜的对象；他把社会要求个人做出牺牲的权力，完全建立在社会应当给个人的个性以和谐发展机会这一责任之上。"爱因斯坦正是从良知、人性、正义的角度，看待国家与个人之间的关系的。

同年，爱因斯坦获得诺贝尔物理学奖。次年，他在从日本回国的船上得到了获奖消息。按要求,在授奖仪式上,获奖人员要由所在国家的代表陪同。如果获奖人不能亲自领奖,可由所在国的代表代领。爱因斯坦出国未归,谁能代他领奖呢?德国和瑞士的大臣都声称有此特权。德国称:爱因斯坦是德国人。瑞士则说:爱因斯坦是用瑞士护照旅行的。德方拿出证据证明,1920年7月1日,爱因斯坦曾向德国宪法宣誓,他在柏林科学院任职即为"间接的国家官员",因而属于德国公民。瑞方则称,爱因斯坦1901年就已加入瑞士国籍。

就在双方争执不下之际,爱因斯坦适时返回,对国籍问题特别做出了两点澄清:一是在加入柏林科学院时,他曾经声明"不要改变我的国籍";二是不反对"获得德国公民权"的说法。两头兼顾,矛盾得到了解决。

1930年,爱因斯坦在《我的世界观》一文中,从哲学和政治学入手,系统阐述了他的国家观。他指出他的政治理想是"让每一个人都作为个人而受到尊重",他认为人本身才是国家存在的目的:"在人生的丰富多彩的表演中,我觉得真正可贵的,不是政治上的国家,而是有创造性的、有感情的个人,是人格;只有个人才能创造出高尚的和卓越的东西。"随后,他又发表了《主权的限制》一文,阐述了他的国家观:"国家是为人而建立的,而人不是为国家而生存……我认为国家的最高使命是保护个人,并且使他们有可能发展成为有创造才能的人……"

永不回德国

1933年1月30日,希特勒当上了德国总理,他无法容忍爱因斯坦这位享有国际声誉的犹太科学家对国家事务指手画脚。1933年春天,希特勒的冲锋队冲进爱因斯坦在柏林的住宅,将所有值钱的东西洗劫一空。爱因斯坦的别墅也被收归国有,他本人则因此时正好在美国讲学而逃过一劫。

3月10日,爱因斯坦在美国发表"不回德国"的声明:"只要我还能有所选择,我就只想生活在这样的国家里,这个国家中所实行的是:公民自由、宽容,以及在法律面前公民一律平等。公民自由意味着人们有用言语和文字表述其政治信念的自由,宽容意味着尊重别人的无论哪种可能有的信念。这些条件目前在德国都不存在。"3月28日,爱因斯坦搭乘的客轮到达比利时的安特卫普港,受到了比利时王室的保护。不久,爱因斯坦乘车到布鲁塞尔,他把德国外交部签发的护照放在德国大使面前,正式声明放弃德国国籍。为躲避纳粹德国的暗杀,爱因斯坦从英国直接返回美国,从此再也不曾踏上德国的土地。

十五岁那年,爱因斯坦坚决地放弃了德国国籍,是不满德国奉行的军国主义。人到中年,他作为闻名世界的科学家,为了曾经的祖国,他毅然宣誓再做德国公民。而当德国逆时代潮流而行，笼罩在法西斯主义的阴影里，成为热爱和平的人民的公敌时，爱因斯坦不顾生命安危，再次拒绝了祖国。

德国科学院来信，向爱因斯坦提出要求，要他在国外"为德国人民说句好话"。他们深知，凭借爱因斯坦崇高的国际声望，他的话会"产生巨大的影响"——当然是对德国有利的影响。爱因斯坦知道，这是纳粹政权要他为其邪恶与暴行粉饰与辩护。4月12日，爱因斯坦回信说："要我去做像你们所建议的那种见证，就等于要我完全放弃我终生信守的关于正义和自由的见解。这样的见证不会像你们所估计的那样，是为德国人民讲好话；恰恰相反，它只会有利于这样一些人，这些人正在图谋损害那些曾经使德国人民在文明世界里赢得一席光荣位置的观点和原则。"

1940年10月1日，爱因斯坦正式宣誓成为美国公民。

促美研制核弹

很多年后，仍然有人认为，爱因斯坦的一个行为是不可饶恕的，那就是在二战期间，他竟上书美国总统罗斯福，建议美国加快原子能研究。事实上，美国确实抢在德国前面率先掌握了原子技术。或许在某些人眼里，这一行为应该属于"卖国"行为。

1939年8月2日，爱因斯坦致信美国总统罗斯福："已经有几分把握地知道，在大量的铀中建立起原子核的链式反应会成为可能，由此，会产生出巨大的能量和大量像镭一样的元素……这种新现象也可以用来制造炸弹，并且能够想象——尽管还很不确定——由此可以制造出极有威力的新型炸弹来。"因此，他建议美国"加速实验工作"。

但这封信未能及时引起罗斯福的重视。9月3日，德国向波兰发动进攻，二战爆发。罗斯福这才意识到这封信的重要性，随即决定美国"应当跑在纳粹德国的前头，否则他们将把我们炸得粉碎……"并于1941年12月6日建立了研制原子弹的秘密的"曼哈顿工程"。但纳粹德国未等原子弹派上用场，就土崩瓦解了。1945年8月，为避免在日本本土作战中大量美国军人的阵亡，美军向日本投掷了两颗原子弹，日本被迫宣布投降，二战结束。

有人开始把爱因斯坦叫作"原子弹之父"，因为他创立的公式"$E = MC^2$"，奠定了原子弹的理论基础，因为他写给罗斯福总统的那封信，加快了原子弹研究和制造的进程。

1945年秋，爱因斯坦感受到了内心的压力，他向美国广播公司发表谈话："我不认为自己是释放原子能之父。在这方面,我所起的作用是非常间接的。事实上,我未曾预见到原子能会在我活着的时候就得到释放。我只相信这在理论上是可能的。"

1952年9月20日,日本《改造》杂志就原子弹问题向爱因斯坦提问。作为唯一遭受原子弹轰炸的国家,日本人的提问显然带有责难性质。爱因斯坦的回答斩钉截铁:"我却感到非采取这一步骤不可,因为(当时)看来,很可能德国人也会抱着完全成功的希望在同一问题上进行工作。我看,我那时只能这样做,再无其他可以选择的余地……"1953年2月22日,爱因斯坦在回复另一封日本来信时也强调:"我的确相信,我们必须防止希特勒统治下的德国万一会单独占有这种武器的可能性。在当时,这是真正的危险。"

遏制"祖国"发展经济与遏制"祖国"祸灭人类,两者性质迥异,爱因斯坦选择的是后者。这两封回信,都强调了法西斯威胁之下的别无选择,反映的都是爱因斯坦开阔的胸怀而非狭隘的"爱国主义"。

"应惩罚整个德国"

爱因斯坦不是一个庸俗的国家主义者,也不是一个狭隘的"爱国主义"者。基于法西斯德国给人类造成的巨大灾难,他作为一个向来主张宽容与和解的科学家,对德国民族几乎做了整体的否定。

爱因斯坦并不认为,发动二战这样的人类浩劫,只需要惩办以希特勒为首的几个法西斯头子,或审判戈林、里宾特洛甫、邓尼茨等几个战争罪犯,抓几个替罪羊,就能够使人类避免重蹈覆辙。1944年,他说:"德国人作为整个世界的一个民族,是要对这些大规模屠杀负责的,并且必须作为一个民族而受到惩罚……"爱因斯坦不承认"人民永远不会犯错"的逻辑,他指出:"站在纳粹党的背后的是德国人民……他们把他(希特勒)选举出来。德国人是唯一没有做过任何认真的抵抗来保护无辜的受害者的民族。"希特勒是德国人选举上台的,德国人当然要为自己的错误承担责任。

二战结束后不久,几个德国流亡者准备发表一个呼吁,批评盟军控制德国的政策。1945年12月6日,爱因斯坦指出:"我坚决深信:为了使德国工业生产力在很多年内不能恢复,这样做是绝对必要的……必须使德国人今后对原料资源不能享有独立的支配权,这些资源最近一个世纪以来使他们变得那么危险。"他的意见,或许会让今天的一些人感到不可思议——爱因斯坦竟同意外国占领军惩罚自己的祖国,控制祖国的经济命脉,遏制祖国复苏和腾飞的可能。但人们恰恰忘记了当时的时代背景，爱因斯坦正是站在人类全局的角度，防止法西斯死灰复燃，防止自己的祖国重新成为战争策源地。

2005年，在爱因斯坦永久放弃德国国籍七十二年后，德国这个当初被爱因斯坦抛弃的国家，决定将这一年命名为"爱因斯坦年"，并决定将爱因斯坦的政治信条刻在政府大楼上："国家是为人而设立的，而人不是为国家而生存。"七十二年后，德国人明白了，纳粹当政的国家剥夺了国民的自由，才使它失去了一个伟大的灵魂；国家应当是人民的勤务员，而人民不应当是国家的奴隶。

《同舟共进》2017年第4期

谈 旧

程光炜

对我们这代人而言,既有生在新社会、长在红旗下之说,满脑子"五四"新文化和西方文化的东西,再来谈旧是很不易的。老实说,我们脑子里没有多少称得上旧的东西,正如新的东西也并不多。

我得知北大东门有万圣书园这家书肆,是在1993年深秋,一位寓居北大的诗人告知我的。一天,我按照友人指点,骑车前去索购书籍,路上风沙迷眼,一瞬之间,仿佛是回到了20世纪二三十年代的老北平。万圣书园在一条极普通的胡同里,租的是民居,正式的铺面大约有两三间平房,是很窄促的。店里基本没有装修,给我留下印象的是它用木条夹着芦席的天花板,然而,四周的书架和中间的台子上却堆满了书,偶尔翻翻,个中没有招揽读者的大众货色,几乎是清一色而且是学术界看好的纯学术著作,一旧一新,截然分明又相得益彰,不免让我感到几分诧异。在商家一致向钱看的时代,能如此守住读书人的节操,甚或说某种清贫的书肆,可以说已经十分寥寥了。记得我曾在一篇闲散的文字里,谈到鲁迅与琉璃厂的关系。1914至1926年间,他一方面写了大量与"甲寅""学衡"等文化复古派激烈交锋的文章,另一方面,却又对保存深厚传统文化底蕴的琉璃厂情有独钟,频频光顾,或购得墓志砖若干块,或拓大同砖,或实在无物可寻,亦常去闲坐,以为一种难得的享乐。为此,在日记中留下了诸多至今看来仍十分有趣的记述。在那个时代,谈旧、喜旧的新文化人物不只是鲁迅一人。林毓生先生在《五四时代的激烈反传统主义与中国自由主义的前途》一文的注释中写道:"在公开场合,鲁迅是一个反传统的思想战士,深信全面而整体地排除中国传统社会与文化的影响是必要的。但是,在私底下,至少在1926年他离开北平以前,鲁迅是一个个人主义的艺术家,深受中国文学传统的影响以致在他意识的三个层次上,均流露出他对中国文学传统的价值与意义的真正赏识。"这个判断,无疑是十分精辟的。实际上,在20世纪二三十年代学人、作家的个人生活中,大多数人的"恋旧"带有相当程度上的普遍性。周作人原是五四新文学运动的健将，他的新诗《小河》被誉为新文学运动以来的佳作。可是后来他对于新诗的效力渐渐起了怀疑，五十岁以后，索性做起他的旧体的杂事诗来。1961年，他在《知堂杂诗抄》的"题记"中反省说："说到自由，自然无过于白话诗了，但是没有了韵脚的限制，这便与散文很容易相混至少也总相近，结果是形式说是诗而效力仍等于散文。"又说，"但是忧生悯乱，中国诗人最古的那一路思想，却还是其主流之一"吧。先是基本否认了新诗形式建树的价值，接着又主张回到"忧生悯乱"这一"最古的那一路思想"上去，这在当时乃至今日，都是异乎寻常和引人深思的。另一位与20世纪30年代现代派诗人交情笃厚的美学家朱光潜，却极力推崇周作人古旧的文字，他说："我们只说这种清淡的文章比较装模作样佶屈聱牙的欧化文容易引起兴味些；任凭新文学家如何称赞他们的'创作'，我们普通的读者只能敬谢不敏……"在传统文化遭到严重轰毁的20世纪前三十年，文化的建设却出现了之后所远不及的一个又一个高峰，如果没有他们身上深厚的学养和文化内涵的支撑，以及对传统文化惊人的自觉力，是不可想象的。可以说，这正是我为万圣书园陈旧的外貌与浓厚的学术气氛所吸引的一个主要原因。一次，我去该店购买上海书店翻印的20世纪30年代旧刊《现代》等，付完款之后，始发现面前的四大捆书却无法拎走。正当我踌躇之际，一个年轻的店员推来自行车，把书送到西侧的马路旁边，拦下一辆面的，把我送上车后，才转身离去。不知怎的，一刹那间我恍惚看见出现在旧文人笔下的二三十年代书肆店员依稀的身影。30年代的旧刊与30年代的书肆，带给人一种浓浓的诗意和恍然失落的东西。鲁迅、周作人、朱光潜等尚能在文化价值分崩离析之际坚守传统文人的最后一道防线，是因为他们原本就是从旧文化中来的，是旧文化中人，而我们这一代原就不在旧文化中的人能守着些什么呢？"守住"的根据和可靠性是什么？

我与万圣书园两经理之一的甘琦女士认识，是在一次诗歌讲座上。当时，万圣书园正在举办费力也花钱的现代诗歌系列讲座。那天，应邀出席的有诗人王家新、西川、林莽等，以及来自北大、清华的学生和流寓北京的诸多青年诗人，我是主讲人，讲的是什么话题至今已无从想起。讲座设在书肆对面的图书陈列室里，因四周是堆满书的书柜，众人只好席地而坐，或在书柜靠着，完全不像今天的诸多讲座那般俨然，给人正襟危坐的印象。据高瑛先生回忆，1932年5月，艾青与江丰、力扬在上海丰裕里四号办"春地艺术社"时，就是眼前这番情形。画室里除了几个木制画架、一个条桌、一条长凳，几乎一无所有。黑板是借来的，学生都席地而坐，艾青兼教员、杂役于一身，景况虽苦，却是有颇多乐趣的。直到晚年他还与人开玩笑说，如果不是鲁迅先生捐了二十元钱，以及社员凑了份子，我们早揭不开锅啦。听友人贺照田说,甘琦与先生原在美国留学,后来放弃"前途",回国办了这家书肆,中间虽几起沉浮,但总算支撑到了现在。让我吃惊的是,那晚甘琦也席地坐在听众当中,屋外下着大雨,她直到听完讲座,以及随后的诗歌朗诵,最后才与众人一道离去。也许,我、我的朋友们,以及甘琦本人,是因为喜欢这里的"旧的气氛",才会冒着傻气地在这一刻聚在这个不大且有点寒碜的书肆里面吧,而且谈论或朗诵的竟是为这个时代所最不屑的现代诗歌。我想,于书肆而言,这种活动是无利可图的,有时还会有一些意想不到的麻烦。然而,我更感兴趣的是,即使是在如此困难的文化境遇里,为什么还有诸多自甘清贫的诗人、学人频频光临万圣呢?与京城诸多豪华书店比较,这里是缺乏应有的吸引力的,它之所以能为有识之士所看好,想必还有其他另一层的原因。

一天与北大一位友人闲谈,未想他居然与我"不谋而合"。他家住北大东门外,附近不远还有两家远较万圣气派的书肆,除每月在万圣购书若干,他根本不去那两家书肆。缘由何在,此老兄弟只是笑笑,才说,我喜欢这里的"旧",仿佛就是为我们这些人开的。在今天,谈旧确乎有一种"落伍"之嫌。在人人思变、狂躁不已的背景中,文化的积存反而成了一种多余的东西,是无法与"先锋""时尚"等等相媲美的。或许正是在这里,我感到万圣身上深厚的文化气息,亦从中感到了莫大的安慰。

《杂文月刊》2017 年 4 月

"骗子比儿女还亲"的荒诞与讽喻

张培元

一诈骗团伙忽悠老人参加免费健康讲座,然后冒充"老年福利中心""世界华人中医养生协会"高价售卖假药和保健品,不少老人因此上当。近日,广州荔湾警方端掉了这个诈骗团伙,依法刑事拘留二十四名犯罪嫌疑人。令人难以置信的是,一些老人发现上当受骗后竟不肯配合警方调查,甚至有老人觉得"业务员"比儿女还亲,无论如何不肯报案。

骗局被拆穿,骗子束手就擒,警方帮受害人追回损失,故事的大结局却出人意料,甚至有些黑色幽默的荒诞。少数老人非但不与警方密切配合,反而沉浸在"被骗"的场景和剧情中难以自拔,认为"骗子比儿女还亲",不肯报案不愿追责。这并非老人糊涂、不分是非,而是折射了他们内心深处那种无法纾解的孤独寂寞和情感饥渴。骗子们的甜言蜜语,以及为了套取信任而说出的嘘寒问暖之言,恰恰击中了老人的心灵软肋。

值得注意的是,那些觉得"骗子比儿女还亲"的老人,正是长期独自生活、缺少家庭关怀的"空巢老人"。儿女在外地工作,不仅经常见不到面,甚至半个月、一个月连个电话也接不到。老人们渴盼儿孙绕膝,希望抽时间与孩子们聊聊家常,以亲情互动冲淡生活孤寂。然而有些孩子对此却难以理解,他们认为父母不缺吃穿、不缺钱花,有保姆和医生照料就可以放心无忧。岂不知精神赡养与物质赡养同样重要。

"骗子比儿女还亲"的现实荒诞,道出了部分空巢老人的心中之痛。而骗子们在言不由衷、虚情假意下对老人们的"情感供给",却似乎为后者解了情感之渴,这不能不让每一个为人子女者深思和反省:骗子嘴唇上抹蜜,见面就聊私房话或倾听老人们的絮叨,儿女们做到了吗?骗子们隔三岔五打来电话假装关切问候,儿女们是不是早就像断线的风筝飘向远方,让年迈的父母望穿双眼也看不到身影听不到声音?

每天给父母打个电话发个短信，道一声平安问候，其实并不算什么难事；少一些饭局应酬，常回家看看，承欢父母膝下才能履行完整的家庭责任、亲情责任、孝道责任。眼见父母身形日渐佝偻，皱纹一天天爬满额头，儿女们绝对不能无动于衷——父母头上的每一根白发都藏着岁月的沧桑和对儿女的恩情。

《杂文选刊》2017年4月

继承传统文化先要懂"礼敬"

刘梦溪

王国维 1927 年 6 月 2 日在颐和园投湖自尽,他的遗体入殓前,清华国学研究院的师生向他告别,陈寅恪行了三跪九叩大礼。这是一种古礼,他这样一做,很多学生痛哭失声。在这个场合,陈寅恪的这个行为是带有仪式性的,这一礼仪中蕴含有高度的庄严,震撼了在场所有人。这是我拜访当时的国学研究院学生、敦煌学家姜亮夫先生,他向我讲述的。他说:"我们当时不敢说话,陈寅恪先生的这个举动,令全场一下痛哭失声。"陈寅恪的礼仪方式,所表达的不仅仅是对死者的哀悼,更主要是一种礼敬。"礼"的精神内核是"敬",所以孔子说:"居上不宽,为礼不敬,临丧不哀,吾何以观之哉?"是礼敬的肃穆庄严唤起了人们内心的自性的庄严。

传统文化进入当代生活,礼仪应该占有重要位置。礼对他人是敬,对自身是自尊自重。由于百年以来文化传统的流失,国人对礼的认识不足,在应该守礼的场合往往随意性很大。礼是一种秩序、一种规矩和限制。它的直接表现是把人缩小,因此守礼的人表现在身体行为上,是缩小自己。比如走在街上,不会大摇大摆,不会影响他人的行走空间。不守礼的人则自我膨胀,无限扩大自己,以致"侵夺""占有"了不该"占有"的公共空间。

传统文化观念中有很多价值已经不适合当代。我一直在思考,有哪些价值应该成为当代社会的基本价值。比如孝,如果不了解它的精神内核是"敬",只是搬来那些对"孝"的例释,在当代不一定行得通。比如"父母在,不远游""不孝有三,无后为大""身体发肤受之父母,不敢毁伤"等,就无法成为今天可以遵循的规则。孝的核心是什么?是敬。敬是永恒的,内心的庄严是永恒的,对父母的敬,对尊长的敬,不管在什么时代,只要这个精神价值在,就可以做到对父母的孝。当然在家庭中,对父母尊长有敬也有爱,是为爱敬。"爱敬"是《孝经》里面的话,原文作"爱敬尽于事亲"。

传统文化中形容夫妻的和谐和睦，以"举案齐眉"来形容，似乎也不适用于提倡男女平等的当代社会。妻子把放食物的托盘，用双手举到跟自己的眉毛一样高，奉献给夫君，那么夫君是不是也应该同样这样做？如果只要求女方这样做，男方对女方却可以随随便便，就是"男尊女卑"的表现了。"男尊女卑"在女性一方，无论如何是一种不公平的境遇；男性一方的内心世界，也会因女性的"屈从"而感到愧疚。"举案齐眉"所表达的是"敬"，但男女之间，"敬"应该是双方共生的内在精神。

现在人们谈得更多的是爱，但爱这种情感具有不稳定性，光是爱而没有"敬"的参与，爱不一定稳固。爱的时候能够发现对方身上的他人所不及的美点和美质，因此会起敬。敬的产生，会加深爱的程度。爱和敬结合，才能相互体谅，彼此包容，家庭关系才能稳固。所以魏晋时期一个叫刘邵的人，写过一本有名的书叫《人物志》，其中提出"爱敬"是"人道之极"，即认为"爱敬"是一种永恒的精神价值。

继承传统文化，继承什么是尤为重要的，找到传统文化中的这些永恒的基本价值继承下来，对当代社会的建构、对文化的建构直接有益。

《新华日报》2017年4月20日

恩遇信义与信义赢恩

芳 薇

宋朝著名散文家苏辙在《祖逖》中云："以恩信接人，不尚诈力。"意思是恩德信义，人们以此相互对待，就不会专用欺诈手段。《韩非子·说林上》云："巧诈不如拙诚。"意即"智巧而诈伪，不如笨拙而诚实。"

日前从媒体上看到两篇异曲同工"恩信接人"、笃行"拙诚"的报道，颇有感触。

其一，浙江省宁波市鄞州区塘溪镇塘头村六旬老人徐兰芳，怀揣十五年前发黄的账本，在春节的鞭炮声中挨家挨户敲开村民的大门还钱，以此方式报答当年丈夫患重病受村民资助之恩。然而让她非常"失望"但却由衷感动的是，村民们再现昔日伸手援助的场景，纷纷将徐兰芳还的钱和礼物登门退了回去。

其二，2月份河南新密高二学生陈奕帆，骑电动车不慎撞上一辆停在路边的宝马车，因车主不在现场，该学生写了一封信，在信的后面写了一个大大的"对不起"，然后用信包着寒假打工挣来的三百一十一元钱卡在宝马车门把手上。然而让陈奕帆没有想到的是，修宝马车花了一万三千元的车主薛先生，事后委托女儿给小陈送去一万元现金，表示要资助其学业。

十五年前徐兰芳丈夫患尿毒症，持续增长的医药费令本来困难的家庭雪上加霜。在这万难之际，善良的村民们纷纷施萤火微光之恩，汇聚雪中送炭的大爱暖流，使陷于绝望的患者完成手术，延续了十三年的生命。后来生活好转的徐兰芳虽是一名普通农村妇女，但笃信人"不可无信"的道理，履行丈夫遗愿，还钱报恩。当还钱退钱的感人一幕出现时，二者碰撞出的是以诚信相待、淳朴宽厚的正能量火花。

高二学生陈奕帆，在车主不在场的情况下，倾囊而出，将寒假在城里辛辛苦苦打工赚来的三百多元赔偿给宝马车主，这个心地纯洁的孩子的慎独、信义和拙诚，感动了车主薛先生，赠巨款以表扬鼓励。这恰恰是"信义赢恩"的现代版。

二人虽未谋面，一封道歉信为媒，催生出加倍的"拙诚"，迸发出"恩信接人"的满满正能量。

然而也毋庸讳言，仍有些人却往往反其道而行之，如：骗子以形形色色的"巧诈"手段，坑骗银发人的养老钱；黑心老板专用"诈力"恶意拖欠农民工的血汗钱；有的人从亲友处借款后耍肉头阵变相不还成被告；有的自作聪明者，破坏公物或私人物品后，逃之夭夭避责；另有一位宝马车主，其车被一骑自行车老者意外轻微剐蹭，竟狮子大开口，索要数万元赔偿费……凡此种种，轻者是缺少信义和善意，重者乃目无法纪，当受惩处。

著名学者钱锺书生前有句名言："我姓钱，但不爱钱。"有亲友、同事找他借钱，他往往变通给对方想借的数额一半后说："不用还了。"既慷慨又不致对方尴尬。诚然，欠债还钱，损物赔偿天经地义。然而"君子施恩不图报""受人滴水之恩当涌泉相报"，亦是古今受国人尊崇的中华民族传统美德，尤其是"恩信接人"、笃行"拙诚"的并臻范例，在构建和谐社会文明社会的进程中，尤有积极的现实意义。

《杂文月刊》2017 年第 4 期

沈宰相的一封家书

陆春祥

一

清代作家宋荦,收藏了一封著名的家书。这是一封父亲写给儿子的信,宋作家常常阅读这封信,每次读信,都如闻晨钟,发人深省。

信的作者叫沈鲤,官居一品,明神宗朝的名相,人称文端公,他和张居正同朝为官,但因他自律,命运却和张迥然。

宋荦在笔记《筠廊二笔》卷上,详细摘抄了信的全部,我这里选摘一些:

> 出入公门,招惹是非,且受劳苦,拜客只可骑马,不可乘舆。家下凡百俭素恬淡,不要做出富贵的气象,不惟俗样,且不可长久。大抵盛极则衰,月满则亏,日中则昃,一定之理,那移不得。惟有自处退步,不张气焰,不过享用,不作威福,虽处盛时,可以保守。

> 近者江陵张老先生一败涂地,只为其荣宠至极,而不能自抑,反张气焰,以致有此,可为明鉴。我今虽做热官,自处常在冷处,必不宜多积财货、广置田宅,使身终之日,留下争端,自取辱名。

> 为今之计,要损些田土,减些受用,衣服勿大华美,器用宁可欠缺,留些福量,遗与后人,此至理也。留意!留意!秋夏粮要委定冯运,及早上纳,多加与些火耗。各庄上人常约束他,莫要生事。舍与穷人棉袄一百个,趁早预备。

> 既糊涂到此田地,你与之辩论何益?此后只任他胡说,任他疑惑,不必发一言,不必生闲气,暮年光景,顷刻可过,何苦如此,只图洒落为快也。

文姐有娠，临生产时，寻一个省事的收生婆看。

吾年近九旬，官居极品，百凡与人应酬体貌，自宜简重，若上司与本处公祖父母礼必不可少者，不得不与相见，闲常枉顾只可以居乡辞谢之而已，仆仆往来，不无太亵。出门如见宾，入虚如有人。独立不愧影，独寝不愧衾。

二

细细研读，有几个亮点显见。

1. 不要做出富贵气象。

一品大员，位显，人贵，在一个朝廷没有多少，有的甚至是一人之下，万人之上。住豪宅，衣锦绣，门前热闹车如市，这几乎是常态。但沈鲤不这样认为，他认为这种所谓的富贵，不仅太俗气，也不会长久。道理很简单，盛极则衰，月满则亏，如同自然界一样，中午过后，太阳就要西斜。这都是规律，违背不得。那么如何避免这些呢？前进的时候就想到退路，没有嚣张的气焰，享受也不过分，更不要作威作福，一句话，要压抑自己的各种欲望，所有的事情，都要有度。如果能做到这些，目前的生活是可以守住的。

2. 热官冷做。

张居正，一人之下，万人之上，但结果你看到了吗？一败涂地。张为什么会走到这一步的呢？原因太多了，但也简单，荣宠至极，而不能自抑，气焰嚣张。我也是一品大员，官居显位，实权大得很，可以说是个热官了，但我常常自己浇冷水，让自己清醒。什么样的冷水呢？我们薪俸有限，不要去多积财货，买那么多的粮田干什么？造那么多的房子干什么？不去想那些、弄那些，你就不会接受不义之财。即便有那些劳什子的东西，又能怎么样，想传给你的子孙吗？要想得长远些，不要留下争端，自取辱名。

3. 常约束，莫要生事。

除了自己要低调、俭省以外，还要遵行国家相关法律法规，该缴的税一点也不要少缴，还要约束和这个家族有关系的人。富在深山有人问，扯来扯去，这就比较多了，如果不加约束，这些人里难保不给你惹点事。惹一件事，还可以处理，事多了，坏影响就会不断累积。有人敬你畏你，但总有不敬你畏你的人。坏事传千里，一旦被对手知道，他们正愁找不着把柄呢。生事惹事，就是自动去撞枪口。

4. 不发一言，不生闲气。

静坐常思己过，闲谈莫论人非。三五好友知己，三杯两盏淡酒，可以推心置腹，但若对方是糊涂人，你根本不必和他辩论，管他说什么，管他如何说你，只要不发一言，不生闲气。人生苦短，白驹过隙，看轻财物，内心充实，让自己活得潇洒些。

5. 出门如见宾，入虚如有人。

上面已经讲了做人做事好几个方面，还有一个重要的就是和人打交道。仁义礼智信，礼不完全是礼节，还是一种制度和规矩，我们出门，见到所有的人，只要不是刻骨仇恨者，都要像宾客一样对待他，不管人家待我们如何，我们如宾待人家。另外，进到一个虚空的场所中，不管有没有人，都要当作有人在一样，这人，其实就是一种监督，他会监督你的各种行为，有了监督，你就不会胡作非为。有人看着国库里满满的金钱，以为权力大，如入无人之境，不想有上苍双眼盯着呢！

6. 几桩杂事，也颇见性格。

写封信不容易，家信嘛，除了讲些道理给小辈听，也要讲些家长里短的具体事，这里拣说两件。

一件，寻个省事的收生婆。我揣摸了半天，要省事，而不说技术好的，为什么呀？想来想去，是不是可以这样理解：富贵人家添儿生女，也是一件大事，正好给某些想巴结的人找个上门的理由，人之常情，乡里乡亲，却之不恭。省事，就是少事，你接生婆，只管安全接生就好了，接生婆不是媒婆，嘴巴要紧，不要将孩子出生的消息到处传播。

另一件，舍与穷人棉袄一百个，趁早预备。这一条，也足见沈公的扶贫济困，已成为他工作生活中的常态。对穷人来说，饱暖就是人生最大的幸福和目标，因能力有限，一年的收成有时仅能糊口而已，这时，一件棉袄，带着田野和太阳味的新棉袄，就显得分外重要，一百件，算一算今年的贫困户，足够了，带着沈公的关怀，穷人冬日里也有了温暖。

三

《明史》对沈鲤评价甚高，赞其为人耿直峻洁，为官清正淡泊。

官居极品，年近九旬，沈鲤的家信，情真意切，打动了许多人。

清代另一著名作家王士禛，在他的笔记《池北偶谈》里，也谈到了这封信对他的触动：

> 右归德沈文端公家书一通，字字圣贤忠恕之旨，予方欲续《名臣言行录》，因从牧仲判院借归，手录藏之。

从王的这些文字看来，沈鲤的家信，已经被别人收藏，宋荦估计也只是手抄而已。

叶梦得《岩下放言》云：

> 余中岁少睡……展转一榻间，胸中既无纤物，颇觉心志和悦，神宇宁静，有不能名言者。时闻鼠啮，唧唧有声，亦是一乐事。当门老仆，鼻息如雷，间亦有呓语，或悲或喜，或怒或歌，听之每启齿，意其亦必自以为得而余不得与也。

这里呈现的状态，平常人却难以企及。夜深人静，平躺在板床上，老鼠咬东西的唧唧声，虽然呕哑嘲哳难为听，但在他听来，就是一种美妙的音乐。还有，守门的老仆人，睡觉时发出的鼾声如雷，间或还讲几句梦话，这梦话仿佛还有表情，喜怒哀乐，他极为羡慕，可是这样的境界，也不是人人所能达到的。

良好心态的基础是：胸中无纤物，心志和悦，神宇宁静。

我想，这也可看作沈鲤写这封家信的思想基础，胸无纤物，世界上的一切，都变得明亮起来了。

《解放日报》2017 年 4 月 6 日

"没意思"才真"够意思"

司马心

《人民日报》近日的评论指出,反腐倡廉、八项规定之后,有的官员抱怨,现在做官真没意思——这种哀叹形同悲鸣。于是《人民日报》好言规劝,说干事就有意思啊……

"现在"做官没意思,那么"过去"做官才有"意思"?"白天围着圆台转,夜里围着裙子转",杯盏狼藉,甚至声色犬马,总之整天喝得醉醺醺,才"有意思"?一天陪洗八次澡,一夜陪喝五个场子,那样一种呼啸而来簇拥而去甚至舍命相陪的"宾客盈门",才"有意思"?"花头"浓浓"好处"连连,甚至如已落马的某副市长那样"坐在办公室就是收钱",才"有意思"?甚或像荧屏上的赵德汉赵处长、生活中的魏鹏远魏副司长那样,家里砌着两亿三四千万的现金墙,可"一分钱也不敢用",那才真"有意思"?

其实觉得做官"没意思"的,并不只从"现在"起,再往前推十年,不是有季建业这样的官,亲眼看见老板的豪宅——尤其是坐了一回他的私人飞机和游艇——就觉得做官真寒碜、"没意思",心里很不平衡吗?不是有这样的地厅级官员,吃了一顿富豪的豪宴,因为"一个菜相当于我一月工资",所以觉得自己真"没意思",于是去要别人"意思意思"的干股,一步步走向了深渊吗?为了要"有意思","过去"又有多少官员从这里走向深渊?

做官确是"没意思"的——"千里做官只为财",那是千年封建的通则,到了现代民主政治之下,鱼与熊掌便不能兼得,要当官就别想发财。官这个行当,既然要当,就要一世清白,甘愿清贫,甚至还有一点清苦呢!你要发财,那你就挂印而去,另谋高就,总之不能权钱两兼,甘蔗没有两头甜嘛!做官还有一个"没意思",就是他对自身要十分检点,十分节制,决不能什么人的酒都去喝,什么地方都进去。官员要慎独自制,要与"江湖"与"社会"保持距离,不但不能滥交党朋,甚至对亲戚好友都要有一点"六亲不认",保持一种"光荣的孤独"。

就是官员的私人爱好，也要十分注意，决不能让一己"雅好"成为"软肋练门"，成为"围猎"的"突破口"。总之，既然做了官，就要做一口"不粘锅"，就要两袖清风，就要舍弃不少人生的所谓"意思"——做一个清官能吏，当然要丢掉很多平俗的"意思"，但是人民赋予的信任、社会报以的尊崇——那种精神层面的崇高，恐怕才是做官最大的"意思"吧！

做官又是极"有意思"的，《人民日报》说得对，"干事就有意思"——想干事、能干事、干成事，甚至干大事，就是最大的"意思"。人民把平台给了公仆，就让他演出威武雄壮的活剧；党把事业给了干部，就可以让他在为人民办事中获取巨大的成就感。"干事"真"够意思"，你看廖俊波这个县委书记，多少年来一天只睡三四个小时，为什么？因为他觉得工作真"有意思"，工作着就是幸福的，工作激发了他全部激情和浑身干劲！你看电视剧中易学习、李达康这样"毫无乐趣"的工作狂，其实他们的内心，在工作中获得了巨大的愉悦，当他们看到贫穷的金山县村村通了公路，站在四通八达的地图前，你说有什么"意思"比这更"够意思"呢？所以说，比起那种跑冒滴漏不上台面拿了也睡不安稳的"小意思"来，官员在事业上的使命感和成功感，才是真"够意思"的"大意思"呢！

"没意思"与"够意思"，这个问题，其实是做官必须看清楚、想明白、讲透彻的一个根本性问题。我们说反腐纠风成为常态，就是说它不是什么"超高标准"，更不是什么"苛政"，而是回归了现代政治的本相，一种拨乱反正而已。这个真"意思"，我们不能不弄明白。

《解放日报》2017 年 4 月 24 日

乌托邦，不仅仅是想象

刘　畅

《同舟共进》2016年11期刊载的《教育需要乌托邦的想象力》（以下简称《教育》）一文，鉴于教育尤其是中国教育长期推行标准化应试教育，盲目追求高分，导致想象力贫乏的现状，提倡培养学生尤其是幼儿和少年的想象力，让富有想象力的人才不断涌现，为我国经济和科学技术发展储备人才资源。应该说文章很有问题意识，但也不无可商榷讨论之处。

在此，笔者主要想讨论和商榷的是乌托邦和想象力的关系问题，或者说，以乌托邦为蓝本来提倡想象力，是否具有启发意义。

在社会研究尤其是在社会改造领域，我们提倡的应是有价值的想象，即有利于社会进步，并可加以实施的想象。一种有价值、有进步意义的想象力，应包括两个基本要素：第一，有没有新意？第二，能不能实施？有没有新意，关于托马斯·莫尔及《乌托邦》一书，《教育》一文已有详细的介绍。至于能不能实施，综合一些《乌托邦》问世以来的具体实践，可以说，作为一种社会改造实践，乌托邦式的想象是不成功的。之所以这样说，基于理由如下：

首先，乌托邦式的想象力所要实施的社会改造实验与自然科学不同。自然科学可以反复实验，在自然科学史上，实验几百次、上千次才成功的例子不胜枚举。例如治疗结核病的卡介苗，就是由法国的两位细菌学家卡默德和介兰首先发明，他们试图把结核杆菌接种到两只公羊身上，但每次均告失败。他们发现附近农田里的玉米秆很矮小，经询问，得知这种玉米引种已经有十几代，发生了基因退化。卡默德和介兰继而联想到：如果把毒性强烈的结核杆菌一代代培养下去，它们的毒性是否也会退化？用已退化了毒性的结核杆菌再注射到人体中，不就可以既不伤害人体，也能使人体产生免疫力了吗？两位科学家足足花了十三年的时间，终于成功培育了第二百三十代被"驯服"的结核杆菌，作为无害而有效的人工疫苗。

而社会改造工程则难以经受这样的实验。自然科学实验失败了还可以重来，而社会改造只要失败一次，就要千百万人付出时间、幸福甚至生命的代价。自然科学的实验如失败了，损失只发生在一定范围，成本总是有限的。而社会改造的实验若失败了，其灾难是全面性的，需要社会支付的成本之高，人类难以承担。

其次，乌托邦式的社会改造对象和自然科学的实验对象也完全不同。自然科学实验或实践的对象是物，而乌托邦式社会改造的对象是人。乌托邦式想象力的原动力是现实的不美好、人性的不完美，使得社会贫富悬殊、百弊丛生，于是虚构了一个空间，被视为拥有最完美社会制度和最适合生活的地方。但既然乌托邦式社会改造的对象是人，就不能脱离人性来谈社会改造和理想。欲治水者，须知水性，同理，欲治理人类社会，也要谙熟人性。而利己、自利作为一种行为内驱力，也是人的本质属性之一。许多时候，人在为属于自己利益的事情工作时，才能发挥最大的干劲和智慧。

没有私有观念，就没有一个个充分发挥自己聪明才智的经济责任主体，市场和政府的边界就不清晰，商品交换就无从产生，契约社会就无从形成，社会进步也就无从谈起。只有看清这一点，才能谈所谓的"理想"。恰如一位学者所说："每个人都在为自己的理想而活。这个世界比我们所能想象的要复杂得多。为了一个更好的世界，先看清人性，再去谈理想。"形形色色的乌托邦社会改造运动开始时无不轰轰烈烈，却大多铩羽而归，正因为它遇到了一个强劲的对手——千百年来变化缓慢的人性，或说是人性中固有的自利性。从利他主义的道德角度来看，自利主义并不高尚，但它却生命力顽强，主宰着一个社会的运转，甚至是历史的走向。

再者，乌托邦的理想是消灭私有制，恰如《教育》一文所描述的："从本质上来说，莫尔假想的乌托邦岛实行社会主义制度，最大特点是财产公有。乌托邦岛上物质和财富非常丰富，但为全岛公有，无论什么产品，包括吃的、用的，都汇集到每个城市几个指定的市场，家家户户到市场上领取所需的物品，不用付钱，也不用付任何代价，不受数量限制。"而类似的实验并不遥远，其后果是什么，历史事实俱在，此不赘言。

另外，托马斯·莫尔的《乌托邦》属于充满想象力的精神产品和蓝图，如前所述，欲实施这类工程，不得不面对千百年变化缓慢的人性。在此，我们又看到了一种矛盾现象：《乌托邦》之类的精神产品属于思想领域，而思想的本质就是求新、求变，强大的批判性、颠覆性是其本质属性。而人类自利的本性，则千百年来基本没有变化，从英国选择脱欧、美国大选特朗普胜出就可看出：没有多少人愿意无偿地为别人的繁荣和幸福埋单。也就是说，在任何社会改造运动中，精神、思想不能走得太远，不能太有想象力，因为它所必然要面对的改造对象——

人性。有一句谚语就说：当灵魂走得太远时，要让灵魂停下来，等一等身体。托克维尔在阅读了法国大革命期间三个等级（即贵族等级、教士等级和平民）的改革诉求之后，说道："我惊恐地发现，人们所要求的乃是同时而系统地废除所有现行的法律和惯例；我立即看到，这是有史以来一场规模最大最为危险的革命。那些明天就将成为牺牲品的人对此全然不知，他们以为，借助理性，光靠理性的效力，就可以毫无震撼地对如此复杂、如此陈旧的社会进行一场全面而突然的改革。这些可怜虫！他们竟然忘掉了他们先辈四百年前用当时朴实有力的法语所表达的那句格言：谁要求过大的独立自由，谁就是在寻求过大的奴役。"

《教育》一文针对中国教育的弊端，提出教育与想象力之关系的立意是好的，但其所举的例子却不无商榷余地。之所以提出这个问题，是因为乌托邦式的想象力，属于社会科学的领域，其实施的对象，属于社会改造的范畴。而在社会改造的实施中，不是所有的想象力都有价值。当然，不能否认，由乌托邦发轫的社会改造运动促成了西方发达社会对劳工待遇的重视，发展为今天的福利社会，但也不应忽视它所造成的负面影响。

换言之，在这一领域中，从某种特定角度看，在特定语境下，不仅不需要太多的想象力，而且要慎言想象力，节制人类的本能对于"好奇""求变"的冲动，淡化人们的求异思维对于"创新"的欲望。因为，乌托邦不仅仅意味着想象力，正如同想象力也不仅仅意味着乌托邦一样。

《三湘都市报》2017年5月16日

传媒巨头交出的最笨答卷

张军霞

罗伯特·默多克1931年出生于澳大利亚,二十岁那年进入牛津大学。有一年学校放暑假,默多克想要勤工俭学,听说有一家企业正在招聘业务员,他就跟几位同学一起去应聘。

负责招聘工作的是一个名叫约翰的男子,他给大家各自发了一张调查问卷,上面的内容除了一些基本的个人爱好和理想之外,还有很多看起来跟工作毫无关系的问题:比如,你有过什么样的绰号;你最出糗的一件事情是什么;如果有机会站到美国总统面前,你最想说什么;等等。像这样的问题,足足罗列了三十多条,约翰特别强调答卷不限时间,越随意越好。

默多克回答到第五个问题时,无意中抬头,发现已有好几个人轻松地交出了答卷,当他写到第十个问题时,一位正准备离开的同学从他身边走过,小声说:"兄弟,不必那么认真,选几个你感兴趣的问题答一答就行,全部回答太累了!"原来,同伴们之所以动作比自己迅速,是因为采取了"选答"的办法,默多克恍然大悟之余,又仔细看了看问卷,上面的确没有注明需要全部给出答案,可是自己怎么能知道招聘人员到底对哪个问题更感兴趣呢?既然如此,为了更保险一些,还是老老实实地选择"全答"吧。

于是,别人最多用半个小时就交出了答卷,默多克却整整用了两个小时才完成任务,当他站起身时,屋子里早已变得空空荡荡,只剩下等待收卷的考官,默多克有些不好意思地说:"对不起,耽误您的时间了。"约翰看了一下他的答卷,什么也没说。

默多克回到学校时,和他一起去参加招聘的同学早就吃完午餐,躺在床上睡大觉了,听说他答出了问卷上的全部问题,他们哈哈大笑,说这一定是世界上"最笨的答卷"。谁也没想到,仅仅过了一天,默多克就接到了被录用的通知,那些嘲笑他的同学却没能得到这份薪水诱人的工作。

多年以后，默多克所创建的新闻集团成为世界上规模最大、国际化程度最高的综合性传媒公司之一，净资产超过四百亿美元。被称为"传媒巨头"的他，有一次在接受记者采访时提到了往事，他说："当你遇到难题不知所措时，不如就选择最笨的办法来解决它吧，因为有时最笨其实就是最好，一个敢于尝试最笨的人，才有机会成就更好的人生。"

《三湘都市报》2017年5月16日

苍耳2017年杂文一组

苍 耳

乡傩有约

提起乡傩,便想起贵池的傩戏。20世纪七八十年代我在那儿待过多年,却从未"见证"过这一"活化石"。原因很简单,在一轮轮"革命化"浪潮的冲刷下,绵延几千年的乡傩几近寂灭,傩事活动也已止息。不过50年代初傩事活动仍未断绝,因而引起戏剧家王兆乾的注意和探访,"傩戏"一词的使用,第一次出现在我国最早的傩戏论文——王兆乾的《谈傩戏》中。

事实上乡傩在中国的遗存相当广阔,江西南丰、四川、甘肃、贵州、安徽池州、湖北西部以及广西均有分布。尽管有关"傩"的起源与功能尚存争论,但它堪称现存最古老的、富含文化基因的"品种",已确认无疑。笔者在探究傩的绵延史时发现一个有趣的现象:乡傩自民间发轫,像刘姥姥进大观园,慢慢与国家意识形态融合进而化入礼制成为迎神驱鬼的仪典,从周朝一直兴盛到宋末,然而每当外族入主中原或新的意识形态占据统治地位时,傩的地位便开始摇晃、崩解,最后退回到民间,直至隐没、窝存于鸡鸣狗吠的村镇乡野。

傩最早见于古文献《礼记·月令》:"命有司大傩。"据《周礼》记载:"方相氏掌蒙熊皮,黄金四目,玄衣朱裳,执戈扬盾,师百隶而司傩,以索室逐疫。"这里有对傩事活动的描写,其作用也说得很清楚。在周代一年要举行三次傩礼,春傩和秋傩是专为天子和诸侯举行的,属于国家性的大型礼祭仪典。民间的傩事约定俗成地在新旧年交汇时举行,此为冬傩。此时,广袤的乡间会有数不清类似舞龙灯那样的傩队以及专职的"傩师"深入各家各户,口中发出"傩——傩——傩——"的叫声,为贫瘠、焦虑的乡民驱疫鬼,祓灾邪,营造超世的安稳、祥和的氛围。在这里,不难发现乡傩被统治权力接纳进而形成仪典盛大的"官傩"后,仍与乡傩保持必要的界线。这一点也见于《论语》:"乡人傩,朝服而立于阼阶。"孔子认为乡傩入都城表演，朝官们须"朝服而立于阼阶"，恭敬待之，从反面可见当时礼崩乐坏，很有些朝官不把"乡傩"当回事了。

到了汉代，"官傩"形成了富含艺术素质的傩舞，名为"方相舞"和"十二神舞"。而唐宋时期"官傩"走向集大成，场面更加浩大繁复，傩舞吸收了说唱、目连戏和杂技诸元素，逐步形成了"傩戏"。南宋《梦粱录》载有："禁中除夜呈大驱傩仪，并系皇城事诸班直，戴面具，着绣画杂色衣装，手执金枪、银戟、画木刀剑、五色龙凤、五色旗帜，以教乐所伶工装将军、符使、判官、钟馗、六丁、六甲、神兵、五方鬼使、灶君、土地、门户、神尉等神，自禁中动鼓吹。"在唐宋"傩"的演变中，可以见出今日春节风俗的诸元素。故宫至今存有宋人所画的《大傩图》，再现宋时行傩的场面：画中的老者们脸上涂着黑白点，身着奇异服装，戴着各式帽子，以及笸斗、簸箕、木斗、箩筐等农具，还插着各种植物的枝条，敲着鼓，打着夹板。

然而到了元代，傩事不再见诸官方正史，统治者将游牧民族的意识形态带入中原，将国人分为蒙人、色目人、汉人和南人四个等级，"官傩"在朝中衰灭是必然的。到了太平天国时期，洪秀全推行拜上帝的"拜上帝教"，在广西和长江沿线的统治区域，以"邪戏"和"邪歌"打击包括儒教、乡傩在内的异教异俗。20世纪以来，各"革命"思潮，"科学主义"占据了主流，"唯物主义"支配了大脑，二者催熟的"人定胜天"的大无畏精神，使国人不畏天，不畏地，仅存的乡傩被视为糟粕扫进垃圾堆乃成必然。

其实，剥开乡傩的文化外壳，它里面凝定着一种古朴的人性关怀——它驱疫逐瘟，抚平人的焦虑和恐惧，使灵魂安稳。这正是它兴盛数千年、古人乐此不疲的价值所在。简单地斥之为"迷信"，无疑是一种话语暴力。

回头再看当年孔子对待乡傩的态度，很值得回味。对于鬼神，孔夫子固然敬而远之，"子不语怪力乱神"，但他"朝服而立于阼阶"，对包含鬼神意识的傩文化真正做到了包容，颇有"君子和而不同"的风度。笔者不禁要问，周朝以来所有宏大繁复的朝廷礼典除了傩仪，如今还残留下什么？"官傩"从庙堂框架中崩落下来，一点点剥蚀掉"宫粉"，恢复原初的本色，仍旧退回到孕育它的乡间村野成了"活化石"。说到底，文字和文化源自一个民族的神秘约定，正如女娲之于夏娃，嫦娥之于塞勒涅，傩典之于酒神祭祀，皆源自不同民族原初的不同约定。"赴约"者必听到那个辽远而灵光灌顶的呼唤，而"毁约"者将丧失文化主格，听凭潮汐摆布而无所依傍。

耍髯口

耍髯口是戏曲表演中生净末丑极富特色的肢体及面部动作,以呈示人物当下的特定情绪。古人言"在颐曰须,在颊曰髯",髯口又称口面、髭口,是生净末丑必戴的假须——大都用马尾、牦牛毛、犀牛毛或人发制成,一般有黑、灰、白三种。后来戏曲丰富了,髯口也多起来,比如戴红髯、紫髯、蓝髯、黑红髯,借以凸显其形貌怪异或性格暴烈,至于戴红黄蓝白黑五色髯的,意在表示强烈的贬斥倾向,如粤剧中扮金兀术和方腊的,便是五色髯。

耍髯口有甩、撩、抖、挑、推、托、理、抄、撕、吹、捻等十余种表演程式,表示不同的情绪诉求。左右甩髯用来表现激动、愤怒的情绪,撩髯常用来表示思忖或感叹身世,抖髯用来表现惊怕、恐惧或愤慨,理髯和捻髯以显清闲自在、自鸣得意或狂傲不羁、机警多智。归结起来,耍髯口耍的是中式长髯。据说最早为演关羽专用,又称"关公髯",《三国演义》第一回关羽登场时便形容他"髯长二尺",张飞则为"燕颔虎须"。这种蓄须风格一直延续到晚清那会儿,曾国藩、左宗棠、李鸿章等朝廷重臣无不蓄着戏台上那种"髯口",而且曾文正对此颇有讲究,他在《冰鉴》中说:"须有多寡,取其与眉相称。多者,宜清、宜疏、宜缩、宜参差不齐;少者,宜光、宜健、宜圆、宜有情照顾。卷如螺纹,聪明豁达;长如解索,风流荣显;劲如张戟,位高权重;亮若银条,早登廊庙,皆宦途大器。紫须剑眉,声音洪壮;蓬然虬乱,尝见耳后,配以神骨清奇,不千里封侯,亦十年拜相。"他还举出几种胡须"凶象",如果辅须先长出终究不吉利,仁中无髭必一生受穷,鼻毛连着胡须则命运多舛,短髭长了遮住嘴就得终生挨饿,等等。以此对照曾总督的"髯口",确乎修饰得精微到家了。

印象最深的,还是曾公弟子李鸿章抖过两回"髯口"。他在马关签订丧权辱国的《马关条约》,不"抖髯"是不可能的。1896年5月他去彼得堡参加尼古拉二世加冕礼,有一个细节被高尔基照实写入长篇小说《克里木·萨姆金的一生》:"在阿尔泰展览厅里,李鸿章在各色宝石陈列前停住,小胡子直抖动。"翻译官马上要求打开玻璃柜,玻璃盖启开后,这位清国高官"不慌不忙地从袖子里伸出手来,那衣袖好像自己会动似的,一下子滑向胳膊肘,于是这只老朽不堪的铁青手臂上纤细的、留着长指甲的手指伸进玻璃柜,从一块白色大理石板上操起一枚巨大的绿宝石——这个展厅最珍奇的展品"。李鸿章微微点了点头,竟把那只绿宝石的手藏到衣袖里去。法布里丘斯将军吓得脸都白了,结结巴巴道:"可是……请原谅!我无权做主馈赠礼品呦!"但此刻,"小胡子直抖动"的李大人已步出展览厅。高尔基强调这个片断是"法布里丘斯将军在彼得堡雷契金将军寓所亲口对我说的"。这位将军是陪同李鸿章参观的当事人。尽管李鸿章在俄罗斯签订有损中国的《中俄密约》期间，是否收受过俄方三千万卢布的巨额贿赂在史学界仍是疑案，但法布里丘斯似乎没必要有意丑化李鸿章，高尔基也没必要撒谎。

　　蓄不蓄须以及蓄怎样的须并非小问题。戏台上讲究以鞭为马，左右甩鞭，勒马抖髯，须两层水袖不散，髯口不乱。而在现实中并不那么简单。辛亥后那阵子，戏台上耍髯口瞬间变得陈腐，与时尚不合拍了。当时有《竹枝词》云："翩翩捷捷少年郎，不着长衫着短装。胡蓄威廉头拿破，文明模样仿西洋。"不光是普通人，那些北洋大帅们皆时兴威廉式胡须，发型则为拿破仑式或华盛顿式。威廉胡当时风靡欧洲，是模仿德皇威廉二世的胡须风格，如同牛角两端微微上卷。这几乎成了北洋将官的标配。在他们看来，威廉胡代表着威权、文明、西方，"耍髯口"则土得掉渣，李鸿章的"小胡子"因此贻害了国家。对比一下袁世凯前后两张肖像照就知道，隐居洹上村时胡须如同钓钩朝下弯垂，到了民国就翘而微卷了。袁大总统后来发觉蓄威廉胡并不可靠，威权大大受限，于是又想到旧朝的"耍髯口"，但是"髯口"一时半刻蓄不成，蓄成了手下各路诸侯却不答应，连耍髯口的戏子们也不赞成。呜呼哀哉！他临死前似乎弄明白了：德国末皇威廉二世之所以金须高挑，原来是用油脂粘定的。袁的覆辙让其后的总统多少清醒了点，于是各蓄各的，显得杂乱不一了，当时报章做了如此概括：黎元洪可称"一对剑髯"，徐世昌乃"两撇垂须"，冯国璋已成"满嘴狗毛"，曹锟浑如"倒生杂草"。

　　同一时期，鲁迅在《说胡须》中记述了亲历的尴尬事：在西安讲学游孔庙时看到一个房间挂着历代帝王像，"其中有一张是宋太祖或是什么宗，我也记不清楚了，总之是穿一件长袍，而胡子向上翘起的。于是一位名士就毅然决然地说：这都是日本人假造的，你看这胡子就是日本式的胡子"。问题是，汉武梁祠石刻画像上，男子的胡须多上翘；魏至唐的佛教造像中的信士像，胡子也多上翘。"日本人何其不惮其烦，孳孳汲汲地造了这许多从汉到唐的假古董，来埋在中国的齐鲁燕晋秦陇巴蜀的深山邃谷废墟荒地里？"鲁迅心里明白，自己唇边上翘的胡须，也有"日本式的胡子"的嫌疑，回来后便对着镜子将两端"翘角"剪掉了。

　　"五四"时期有一桩命案至今耐人寻味：浙江督军署少将官成锟着便服外出，行至上海康脑脱路时，因其蓄着日式仁丹胡，被蒋六根等七人误认为是井中投毒的倭人嫌犯，遭到围攻痛殴直至毙命。

《财经》2017 年第 7 期

子午炮

　　姻亲章老回忆20世纪30年代初的民国安庆时，总忘不了子午炮。他说那时省府前有一片旷地，每天十二点前，从营房里走出一个又矮又驼背的老兵带着罗盘、炸药和火铳，等日头正顶时便"轰"的一声放响火铳，连放三响，让居民对钟表。我以为以火铳的响度，全城怕是听不见。子午炮在那时恐怕已成"鸡肋"了。

　　提起子午炮，今人总觉得有些古老，其实它的历史短暂得很。以放炮取代谯鼓来报时源于李鸿章。李鸿章首任直隶总督后大兴"洋务运动"，却遭遇甲午战争惨败。李总督顶着国人的唾骂，仍搞了一项也许是他最后的改良措施：在京津地区实行放炮报时制。百姓称此炮叫"子午炮"，因为每天的子时和午时都要放炮，外加黎明时分放一炮，共三炮。这种炮台也叫午炮台，百姓有时称它"钟炮台"。

　　李鸿章的这项改良被史家忽略，却值得玩味。李合肥受甲午战败的刺激颇大，在马关签约时险遭刺杀，发毒誓"终身不履日地"。吴汝纶东游日本考察教育，在马关见李中堂当年谈判坐的凳子竟比倭人矮半截，不禁悲愤难抑。眼见苦心经营的北洋水师灰飞烟灭，李鸿章虽垂暮之年，内心不可能没有雪耻之念。他废除谯楼击鼓而改以放炮报时，让京津人闻炮而动、闻炮而息，不无警示的意义。光绪帝和慈禧默认此"改良"并推广至各地，让芸芸臣民的耳膜受点强波刺激，以证朝廷开明，也利于百姓起居。炮台上的司炮者被称作"炮官"，因掌控时辰责任重大，待遇高于同级军官，于是有打油诗传于坊间表达不满："大炮三声响，月俸三百两。饥民城外躺，谁肯把他养。"子午炮的最大问题是扰民，几乎所有实行子午炮的城厢均有午炮台迁移的记录。天津的午炮台由城内到城外几度迁移，最后迁至李公祠前边不远的河岸上，只因那儿人烟稀疏。

　　问题在于子午炮这玩意搞了好些年，皇上和臣民仍不知子午线在哪儿，清朝的深层危机怕只能滑向"锅底"了。鸦片战争爆发后，道光帝连英国在哪儿有多远竟一无所知。他派人审问英军俘虏，竟提出诸如"英吉利到回疆有无旱路？""该国地方周围几许？"等无知至极的问题，英俘听后错愕不已，心里暗暗发笑。从历史看，凡愚民的帝王都自以为聪明，然而到头来都走向"愚己"。他们从《资治通鉴》中大约懂得了"水能载舟亦能覆舟"，但"水能快舟亦能搁舟"却未必懂得。一国之民的思维和认知水平整体下滑，作为舟和舟之顶舱岂能不随之下降？当年两江总督牛鉴对英国火轮船产生"疑其系用牛拉"的想法，臣下告知实情仍"疑信未决"，也就不奇怪了。想来道光帝连世界地图都未见过，即便见过了也是"乔装"后的地图，比如意大利传教士利玛窦，为了迎合明朝皇上"天朝乃世界中心"的心理需求，重新绘制了世界地图，将亚洲东部的中国居于世界地图正中央，取名《坤舆万国全图》献给皇上。

1884年的10月在美国华盛顿召开了国际会议，采用经过英国伦敦格林尼治天文台子午仪中心作为计算经度起点的零度经线。不要小看这一国际确认，其背后是英国作为政治、科技和军事强国的实力显现。可是道光、咸丰能看到"世界中心"在哪儿吗？水之覆舟致内乱固然悲剧，但水之"搁舟"致外患——那舟原地朽烂、散架因而被强盗觊觎、掠夺，岂非更大悲剧？

要知道，世界史上实际测定子午线的第一人为盛唐僧一行（683—727年）。唐玄宗听说一行博学多才，便请其族叔到湖北去请一行入京，待若上宾，向他请教安国抚民之道。开元十二年（724年），玄宗命一行考究前代诸历法，改撰新历。为此，一行主持了全国范围内的大规模天文测量工作。他选择了十二个观测点并派人实地测量日影，自己则在长安统筹指挥与计算，最后得出了北极高度差一度，南北两地相距三百五十一里八十步（即今129.2千米）的结论，首次在世界上推算出子午线纬度一度之长。李约瑟称之为"科学史上划时代的创举"。一行在此基础上完成《大衍历》，开元十七年（729年）新历法颁布实行，一直沿用八百年之久。经验证《大衍历》比当时已有的历法要精密、准确得多，后来相继传入日本、印度并沿用近百年，极大地影响了两国的历法。除此以外，一行还创制了天文仪器，重新测定了一百五十多颗恒星的位置，多次测量二十八宿距天球北极的度数，发现前人测定的不少数据不准确，并推断恒星在星际的位置是不断变动的，因而成为世界上第一个研究恒星运动的天文学家，比英国天文学家哈雷发现恒星运动早一千多年。

然而一行完成《大衍历》那年不幸积劳染疾，在长安华严寺圆寂，行年四十五岁，僧寿二十四。玄宗痛悼："禅师舍朕！"追赐其谥号为"大慧禅师"。据《旧唐书·一行传》记载：玄宗"为一行制碑文，亲书于石，出内库钱五十万，为起塔于铜人之原。明年，幸温汤，过其塔前，又驻骑徘徊，令品官就塔以告其出豫之意，更赐绢五十匹，以莳塔前松柏焉"。

由此可见盛唐帝王的爱才揽才之心，失才惜才之痛。话又说回来，若唐玄宗缺乏横阔的眼光，不能信之用之，一行的一生也只能搞搞风水，译译佛经，搞如此规模的天文测量并取得成就是不可想象的。

尤值一提的是，一行在实践中还得出一个重要思想：在很小的、有限的空间探索出来的正确理论，如果不加分析地、任意向很大的甚至无限的空间去推广，那就会导出荒谬的结论。且不说从牛顿的万有引力说到爱因斯坦的相对论，恰好印证了这一观点;即便从社会体制和发展模式上出现强行"嫁接"怪象,也足见其锐利和前瞻,因为真理并非处处有效,时时有效。

《财经》2017年第12期

"后花园"叙事

经典戏曲中大都隐藏着一个"后花园"。诸如《西厢记》《牡丹亭》《墙头马上》,都将主角的情欲释放和价值体认置于一个隐蔽的二元空间,从而为剧情的发展提供新的动能。巴赫金注意到西方复调小说也常常将人物置于模糊、边缘的临界空间,譬如阳台、走廊、广场,从而为人物内心的对话性提供空间可能。但东方戏曲的叙事模式丝毫不亚于西方复调小说。譬如《牡丹亭》中的后花园所呈现的二元性,便是在"阴/阳"二元中展开的,小姐和书生,月光和白昼,寻梦和现实,阴间和阳间,在剧作家的笔下多维地展延与并置,女主人公历经破破灭灭、生生死死才实现与柳郎的爱情。在那个年代,男女私情被正统的伦理权威视作大敌,自由恋爱跟"淫乱"无异。幽昧的"后花园"几乎成了逸出正统、扰乱规矩的渊薮。因而,在戏曲家笔下屡屡被视作欲望和反叛的滋生地以及重回团圆和归顺的终结地,已不是偶然的了。这种二元的叙述模式,笔者称之为"后花园"叙事。

"后花园"的临界性表现在,它一边连接着封闭的闺闱和正堂,通向森严的家规和礼教;另一边与红杏春闹的世界仅一墙之隔,外面的喧哗和诱惑一波波袭来。在中国戏曲中,"后花园"总是与"私密""私订""私奔""私生子"相联系。白朴的《墙头马上》一剧,裴少俊与李千金从李府的后花园私奔,继而双双隐于裴府的后花园达七年之久,生下一双儿女,即便在今天也匪夷所思。但追究下去,这绝非一户之尊设置"后花园"的初衷。"后"在古典意识中是空间性的,庞大严整的结构中最隐秘部分才被视为"后"——"后花园""后院""后庭""后宫"在不同等级上几乎是同义词。这与西方文化有些不同。"后"在西方人意识中是时间性的,过程中发生的余波被视作"后",诸如"后乌托邦""后殖民""后现代"等等。

可以说,后花园是家长制权力所抵达的最丰腴最诡秘的幽处。帝王最大的后花园便是后宫的"御花园",而泱泱古诗更有陈后主的词《玉树后庭花》:"妖姬脸似花含露,玉树流光照后庭。花开花落不长久,落红满地归寂中!"不过,将亡国与后庭相联系,已逸入"后花园"政治学,不属于本文的表述范围。且看《牡丹亭·惊梦》中的对白:

〔生〕转过这芍药栏前，紧靠着湖山石边。〔旦低问〕秀才，去怎的？〔生低答〕和你把领扣松，衣带宽，袖梢儿搵着牙儿苫也，则待你忍耐温存一晌眠。

这几乎成了现实版的"伊甸园"。在"寻梦"一折中，杜丽娘唱出的心曲令人惊心："花花草草由人恋，生生死死随人愿，便酸酸楚楚无人怨。"自己为自己存在着——梦着，怨着，死着，生着，全为一个"爱"字。这种对生命的价值和尊严的体认，是"后花园"叙事中最动人也最值得称道的地方。

当然，"后花园"叙事并非都如此纯粹。凌濛初《二刻拍案惊奇》第三十四回，有关于"后花园"的诡异描述：宋时杨戬太尉，姬妾之多，罕有其比。某日，太尉携家小去郑州上坟，留下五六十姬妾侍婢甚不放心，于是将中门以外直至大门尽皆锁闭，添加朱笔封条，仅中门内前廊壁间挖一孔，装上转轮盘，外边可传食物进去。吩咐一老院奴在外监守，巡更，鸣锣敲梆，但姬妾还是有法子勾引小鲜肉，让那个叫任君用的馆客翻墙入后花园，恣情通奸多日。

起于"后花园"的反叛，大致有以下几种结局：第一种是情郎中举，奉旨完婚，全剧走向大团圆。这其实是男权话语统治下的双重欲望叙事——爱情和婚姻维系于功名，反叛因此被无声消解。剧作家试图通过"后花园叙事"来改良父权制并重塑权威。第二种是"聘则为妻奔是妾"，在婆家得不到正名，小女子自尽而死，白居易的叙事诗《井底引银瓶》便是："瓶沉簪折知奈何？似妾今朝与君别。"暗示女主人公投井自杀。白居易不必考虑诗歌"卖座"的问题，因而他的叙事诗更忠于现实，悲剧性和反抗性表现得更彻底。第三种是偷情汉遭阉割，生不如死。杨戬太尉不杀小鲜肉，却用这招对付他。通过生理阉割达到精神阉割的目的，任君用最后郁郁而死。因为此招有效，生理阉割在古代已制度化，包括言语出格乃至腹语出轨，也会遭此羞辱。

后花园是隐秘而危险的，后花园叙事也如空中走钢丝。我理解古典作家的无奈和苦衷。《红楼梦》中的贾府也有后花园，元春娘娘省亲时扩建成了"大观园"，黛钗等众小姐搬进去了，宝玉也搬了进去。曹雪芹在其间演绎了一场爱情悲剧，它与贾府走向衰败同步，从而超越了"私奔/团圆"的后花园叙事模式。为此曹雪芹耗尽了精气和血浆，最终饿死在伟大的精神盛宴上。

《财经》2017 年第 20 期

我教孩子读古诗

十年砍柴

汉魏诗更适合孩子诵读

关关雎鸠,在河之洲。

窈窕淑女,君子好逑。

这是《诗经》的第一首诗《关雎》,亦可称之为中华诗教的源流,"乐而不淫,哀而不伤"的中华审美与情怀,自此而始。

这几句也是我教儿子背诵的第一首古诗的节选。在他两岁半时,我带他到院子里散步,吟诵给他听,一来二去,他就记住了。自然,那时他不理解诗的意思,有一次背"君子好逑",他跑到阳台抱起了一个皮球。

一年春节回老家,返京时经停长沙,我们去了趟橘子洲。南方早春,已是花开鸟鸣,惠风和畅。我指着橘子洲头的青年男女,告诉儿子:春天来到,鸟儿在河中间的沙洲鸣叫,漂亮的女孩子出来了,年轻的男孩子想和她一起游玩。他似乎一下子明白了三千年前的诗意。

说来惭愧,我从没有刻意教儿子古诗。他已经六岁了,很快就要上小学一年级,能背诵的古诗非常有限,不像一些同龄小朋友,几十首古诗能如背绕口令一样背下来,一点都不磕巴。一次,儿子还在读幼儿园小班时,遇到一个比他大一点的姐姐,两人不知怎么开始比拼才艺了,小姐姐一字不差地把《七律·长征》背下来,我儿子应对的只是"关关雎鸠,在河之洲"。我听说后,笑言他只会"程咬金的三板斧"。

我教儿子背诵的第二首诗,是汉乐府《长歌行》:"青青园中葵,朝露待日晞。阳春布德泽,万物生光辉。常恐秋节至,焜黄华叶衰。百川东到海,何时复西归?少壮不努力,老大徒伤悲。"这首诗除了最后两句是托物起兴,前几句都是平铺直叙，非常好懂。我告诉他，"葵"是一种蔬菜，你也可以看作是院子里的小草，小草上有露水，等太阳出来很快就被晒干了。阳光照在大地上，花草树木才能生长。

这首诗曾是我父亲教给我的，大概在我读小学三年级时。不过父亲教我此诗，更强调的是"少壮不努力，老大徒伤悲"。

我一直认为汉魏时期的诗，质朴自然，非常口语化，具象多而意象少，更适合教给孩子诵读。这一点我和缪哲兄的意见一致。

缪哲在他的《祸枣集》中说：

> 唐诗重意境、重炼字。少阅历和文字感差的人，很难体会其佳妙。"大漠孤烟直，长河落日圆"，成人能知其妙处的，已不很多。求之于乳臭未干、大字刚识一箩的孩子，又怎么懂呢？又因对仗、平仄的约束，诗意的脉络，在唐诗就很难从字面上披寻，只能以"潜意"求之。

他认为："诗中有画，画中有诗。照这标准，唐诗可比作文人画；先秦、魏晋的诗，则如连环画与卡通。其中固有意境，但主要还是活泼的、有趣的故事。""盖时代越早，越少经文人之改进，诗歌即越近于天真，越适合于儿童。"

唐诗比起先秦和汉魏时期的诗，确实更讲究意境，所谓"羚羊挂角，无迹可寻"，但也不尽然。唐诗中还是有一些浅显直白却很优美的诗歌，适合于孩子的心智。譬如几乎每个儿童都能背诵的《咏鹅》：

> 鹅，鹅，鹅，曲项向天歌。
> 白毛浮绿水，红掌拨清波。

这首诗声调铿锵，色彩鲜明，画面感很强。因为是骆宾王七岁时所作，完全是自然景象的描摹，孩子们一读就懂。

当儿子背诵这首诗时，我有时会联想，他何时能读懂骆宾王的《在狱咏蝉》呢？

> 西陆蝉声唱，南冠客思深。
> 不堪玄鬓影，来对白头吟。
> 露重飞难进，风多响易沉。
> 无人信高洁，谁为表予心。

骆宾王因为触犯武则天，遭诬而下狱，狱中写作此诗。此诗用典巧妙，语多双关，咏物中寄情寓兴，只有经历过人世间苦难与忧患的人才能写出，也只有历经岁月磨砺的人，才能读懂"南冠""玄鬓"等典故和意象。

可见，同一个诗人的诗，有些适合教孩子读，有些则需要孩子长大后自己去领悟。

教读古诗，首先应着重审美教育

当然，以汉魏诗教幼童，也有不足之处。汉魏时期的诗比较长，诗中也不乏典故、比兴，小孩未必能理解。当然，汉魏诗中的一些典故和意象，略加解释，小孩也能听懂。如《饮马长城窟行》的最后八句：

> 客从远方来，遗我双鲤鱼。
> 呼儿烹鲤鱼，中有尺素书。
> 长跪读素书，书中竟何如。
> 上言加餐食，下言长相忆。

这是一种场景的素描，没有太多的言外之意。只要给孩子解释"鲤鱼"是古代的书信，夹在鲤鱼形状的两块木板之间，托人带给收信人，他就明白了。至于"上言加餐食，下言长相忆"，和现代口语没有太大差别。

教孩子汉魏诗也不必全部为其诵读或令其背诵，可以节选讲解，他能记住其中容易理解的句子就行了。如《古诗十九首》中的《西北有高楼》，我只给儿子读前面六句：

> 西北有高楼，上与浮云齐。
> 交疏结绮窗，阿阁三重阶。
> 上有弦歌声，音响一何悲！

在北京天气不错的时候，我带他站在小区里，指着西北角的楼房，讲"西北有高楼，上与浮云齐"。小儿还会指着天空中飘来飘去的白云，说白云变成了汽车或人等形状。一次，幼儿园老师布置作业，让小孩自己画一幅与生活有关的画，我给儿子一张白纸，告诉他"左西右东上北下南"的道理，让他在左上角找到西北方，然后画"西北有高楼，上与浮云齐"，再在其余空白处添上道路、汽车、树木。

对同一首诗，小孩在不同的年龄段所能接受的内涵是不一样的。譬如《关雎》，一开始我只教他前四句。随着年龄的增加，再教他后面几句。大概在儿子读中班时，一次他从幼儿园回来，突然对我说：爸爸，我们班某某（一个文静的女孩）很温柔，是个淑女——看来他理解"淑女"的意思了。

至于"窈窕淑女，寤寐求之。求之不得，寤寐思服。悠哉悠哉，辗转反侧"这种"凤求凰"的描绘，我这样对儿子解释：假如你喜欢和班上某个女同学在一起玩，总是想着这件事，连觉也睡不好，怎么办？你不能强迫她成为你的好朋友，应该好好和她说话，如果她喜欢你唱歌或者跳舞，你就表演给她看，让她高兴。这就是"琴瑟友之""钟鼓乐之"。君子是不能横行霸道、强人所难的。这样的道理，六岁的小男孩一说就懂。

在我看来，教孩子读古诗，首先应该着重对其审美的教育，其次是情感教育，最后才是价值观的教育。而通过诵读古诗提高孩子的审美品位，又应首重音韵之美，读起来抑扬顿挫；其次才是具象的美，比如《咏鹅》中的色彩和动感。等孩子大一些，再去领会中国古诗词的意境美以及文字的对仗之美。古诗的形式也应从简到难——先四言，再五言，然后七言。

古诗词是合适的养料

对孩子学古诗词乃至传统文化教育，不能回避一个问题：如何看待古代的蒙学教材，比如《三字经》《百家姓》《千字文》《弟子规》《声律启蒙》等。

古代蒙学教材的范围很广，有重价值观的，有重文史或自然知识的，有重审美教育的，不能一概而论。不过它们在形式上有个共同点：多是韵文，读起来朗朗上口，易于背诵。

以《三字经》和《弟子规》为例，这两部蒙学教材主要以"做人"的教育为主，即价值观的培养。当然，《三字经》还夹杂着一些人文、历史、数学知识。如果说《三字经》算是一本还过得去的教材，那么《弟子规》则如一些朋友所言，"只是一本粗制滥造的儿童读物"。这本相当于《小学生行为规范》的读本，在古代中国或许还有一些价值，在今天就没有推广的必要了。如何教导孩子做一个具有现代文明人格而又有中华文化特质的人，可资利用的读物和影视作品不少。

我想，一些幼儿园和小学之所以大力推崇《三字经》和《弟子规》，也许一是因为老师不知道继承传统文化究竟要继承哪些，对《三字经》和《弟子规》的内容并没有客观的认识，人家说是经典，学校和幼儿园的主事者也认为是经典；

第二个原因，我觉得是在形式上，这两大蒙学读物易于推广，它们是三字韵文，适合小孩背诵。

我儿子所在的幼儿园从中班开始，就让孩子们背《三字经》和《弟子规》，我倒不担心会把天真的儿子教成食古不化的小老头，只是觉得有点好笑。因为我看儿子背诵《三字经》和《弟子规》，完全是因为三字韵文念起来很有意思。一次，他边搭玩具边像唱儿歌似的背《三字经》，背到"窦燕山，有义方；教五子，名俱扬"，因为读音接近，他把"五子"念成了"拇指"。我纠正他，然后问："你知道'教五子，名俱扬'什么意思吗？"他当然不知道。恰好他的姥爷姓窦，于是我进一步解释：古代有个和你姥爷一样姓窦的老人，养了五个儿子，好好教育后，他们长大了都很厉害。我儿大惊：怎么会有这么多儿子——现在要都市里的孩子理解一家有五兄弟，都很困难呀。

当下传统文化进课堂的呼声很高，我以为：可以不必强调哪些文化来自传统，哪些来自域外。对孩子的价值观教育，现代社会自然有现代社会的标准和方法，一个孩子的道德品行如果出现问题，应该不是传统道德价值观教育不够，而是现代社会最起码的道德教育在他身上出现了问题——不要怪传统，也不要乞灵于传统。

我愿意让儿子读一些古诗词，是因为我认为，既然他生长在这块土地上，说汉语、用汉字，那么对其审美、情怀、心胸的培养，中国古诗词是合适的养料。等他读到小学二年级，多识几个字后，可让他进一步读唐代的五言诗和七言诗，然后在他乐意的时候，给他讲解《声律启蒙》：

> 云对雨，雪对风，晚照对晴空。来鸿对去燕，宿鸟对鸣虫。三尺剑，六钧弓，岭北对江东。人间清暑殿，天上广寒宫。两岸晓烟杨柳绿，一园春雨杏花红。两鬓风霜，途次早行之客；一蓑烟雨，溪边晚钓之翁。

当他渐渐长大，理解用汉字写就的古诗之美，他就会自己去读诗，去探究中国古诗"言有穷而意无尽"的境界，并乐在其中。至于他能背多少首诗，能不能在"诗词背诵大赛"中胜出，倒不是我在意的事。

《同舟共进》2017年第6期

粉墨展倾城

刘 洁

人类为什么要发明戏曲？应该和歌唱的理由一样，不只要倾诉情感，还要讲故事，表现想象力丰富。戏曲一度是全民爱好，说"倾国之恋"都不过分，当年的许多剧目、演员，因为备受关注而每每能看出当时的世态人情。戏如人生，其实，人生更是演不完的大戏。

秦香莲

如果有出戏曾经深入人心到无以复加的地步，除了当年的八个样板戏，就只有《秦香莲》了。大概在1980年前后，有个社会新闻，大意是郑州的一位法官支持了考上大学的丈夫的离婚主张，一起挨过贫贱生活的妻子在痛斥丈夫是陈世美之后仍然不能说服法官，当庭喝农药自杀。这个事的后果有两个：一个是法官被调离了岗位；另外一个是那个丈夫被永久地冠以"陈世美"的称号，以后的生活可想而知。仔细研究一下就会发现，出现"陈世美"式的人物是有阶段性的，虽然可能每个时代都出现，但是假如碰上大规模改变人生命运的节骨眼，这样的事情肯定出现的概率比平时要高，符合人追求更好的生活这一天性。陈世美被提起来的概率也高了许多。

《秦香莲》又名《铡美案》，这出戏各个剧种都有，故事的来源大致出自明代根据元曲整理的《包公案百家公案》里第二十六回《秦氏还魂配世美》，只是内容和现在的相差不少：秦香莲确实被陈世美杀了，但是派的杀手不叫韩祺，还搞封建迷信用上了还魂丹；再一个就是英哥、冬妹也换了名字，最后长大了都成了有本事的人，才到包大人面前告状；结局也和现在不同，那个狗头铡根本没提，就把陈世美噼里啪啦打一顿，发配了事。这么个故事被后人反复修改，到今天已经多了好些东西，多了好几道曲折，陈世美最后的下场也很叫观众痛快，他的名字的内涵和外延都被拓展到某种极致。如果仔细研究一下评剧名角白玉霜的演出剧目,会发现她在20世纪20年代就开始在舞台上演这出戏,至少说明这出戏的存在应该在那之先,她的女儿筱白玉霜在1955年拍摄了电影《秦香莲》,其故事就是今天的样子。但是这部电影的剧本和筱白玉霜的母亲白玉霜当初的演出剧本却不是一个。1953年,共和国在成立了四年之后,着手整理戏曲舞台,此前一些人们耳熟能详的剧目,因为不符合当时的要求而被下架了。当时公布了一大批能继续演出的剧目,具体到个人,可能就非常少了,比如程砚秋就只有四出戏是符合要求的,其他的剧目只能弃演或做大量的修正。也是这个时期,中国戏曲研究院根据当时的要求,对戏曲进行了大量的改编工作,一些后来的经典剧目出现在舞台上,《秦香莲》就是其中之一。评剧首先移植了这个剧,原来的剧本是给京剧写的,评剧对其进行了改编,还拍摄了评剧电影,这以后被更多的剧种移植,其中成功的例子是现存的另外一个剧种的同名剧目——京剧《秦香莲》。那是群英荟萃的一出戏,马连良、张君秋、裘盛戎、李多奎、谭元寿、马长礼都在剧中出现,人物各个不同。因其成功,以至于许多人都认为王延龄就该是马连良演的那副样子,而包拯就应该是裘盛戎样的黑头,由张君秋饰演的美丽又端方的秦香莲居然要被丈夫派人杀掉,引得许多观众义愤填膺,不能接受。据说早期的舞台上,陈世美是由谭富英扮演的,可是观众的反对声浪太大,一贯出演正面形象的谭大师,怎么能演陈世美那样的坏蛋呢?最后这个人物还被铡了,简直反了天了。后来,这个人物才交由马长礼来演。京剧电影《秦香莲》是1964年拍摄的,此时彩色电影已经在中国大地上被普遍接受。有了彩色的戏剧电影,大师们服装头面上的许多细节保留下来,和评剧的黑白电影有了很大的区别,大师们的表演也因为有了色彩而被保留得更丰富。

《秦香莲》的故事之所以能流行,和人的心理有很大关系。即使最强悍的人在家庭关系里都不一定强悍。许多人家里外面甚至能做两个人,而他们对配偶的要求也不同,越是生活条件艰难,那种贤惠、付出、以丈夫为重的女人越被歌颂。也就是这样的时候,对美丽的要求一定会退而求其次,生活能力被提到相当的高度。这也可以解释当生活条件不好的时候,男人和女人为啥要捉对生活,共同抚养后代、赡养老人。从经济学角度来看只有这样才是最合理、最俭省的资源配置,能以更小的付出换来更大的回报,结成一个整体后的两个人更有力量抗衡来自自然和社会的重压,把生活继续下去,或者说,勉力生存下去。而当社会处在繁荣富庶的时候,男人和女人不用彼此依赖就能生活下去的时候,也是家庭关系异常松散的时候,甚至婚姻的存在是否必要都可能成为问题。换言之,只要还有人生活在相对贫困的状态里,女人都可能是潜在的秦香莲,男人都可能是潜在的陈世美，当然，角色换过来也有可能。而如果生活条件改善了，他们生活观念的不同出现裂痕后又不能弥合，秦香莲的故事完全可能发生在任何人身上，且不分性别。

曾经有过一个阶段，陈世美是个符号，人们避之唯恐不及，有些人因为受不了社会舆论的压力，即使婚姻不幸福也依然忍耐着。从社会发展的角度看，这个阶段肯定会出现，资源的严重不足让许多人不能轻易放弃婚姻的契约关系。婚姻是什么？应该更接近政治和经济共同体的性质，为了家庭和围绕这个家庭的所有关系，都需要维护。一个婚姻的出现，说明又多了一个和社会对抗的团体。为了生存下去，对抗可能是软性的，为了小家庭的和谐，都在努力工作从而提高生活品质，从外表看来，和社会的整体要求甚至有一致的发展方向。只是从内里看来，这样的和谐是有条件的，也是要彼此妥协的。

今天的人们可能不知道的是，还有一个版本来自另外一位大师，且这位大师在《秦香莲》这出戏里是一赶二，他先演王延龄后演包拯，他就是周信芳。这位曾经和梅兰芳齐名的京剧大师，给我们留下的印象更多来源于电影《徐策跑城》和《宋世杰》。他独特的声音曾经让我很困惑，在听惯了马连良和谭富英的声音之后，忽然听到了一个哑嗓子，几乎以为是我的错觉，完全不能置信。首先打动我的是他饰演的老徐策，在城楼上跑来跑去，不断地申明自己为了给薛刚一家平反而煞费苦心和费尽心力。因为是在电影里，我基本上看不到他跑的整体画面，只能想象他在舞台上的圆场跑起来的样子。脑补的结果让我更遗憾了，因为不能见到现场他的表演。须知他是比较早演这出戏的演员，1918年当他还是个二十三岁的小伙子的时候，就已经在演老徐策了，舞台经验丰富得很。还有个遗憾是关于《秦香莲》的，据说马连良的王延龄是借鉴了周信芳的表演，没有影像记录这出戏，今天只能通过声音了解当年的周信芳是怎么塑造这个倔老头的。而包拯居然是老生演的，也让我大跌眼镜。进而我想有没有可能，这个角色开始是为老生设计的，后来发现黑头来演更适合人物的特点呢？在周信芳的版本里，有些台词和今天体现的女性自立自强不太一样，比如秦香莲在看到公主之后的反应，她说："公主打扮多娇艳，怪不得我夫被她缠三年。"这个傻女人仍然不能相信陈世美是自己想摆脱他们仨，天真地把矛头对准了公主。站在公主的角度，秦香莲这样的想法很奇怪，公主的日常生活应该就是这样的，只是和秦香莲的层次差得太远了，超出了秦香莲的认知范围。周信芳演的包拯最后也铡了陈世美，而且基本的情节起伏和现在的版本比较一致，只是台词稍有区别。还有一个不同的地方是扮相，他一个老生不可能描画成花脸的黑头样子，包拯的脸的颜色比较淡，那个著名的月牙不是竖着出现在两道眉毛的中间，而是横着出现在他脑门的右侧，而且为了强调包拯的刚正不阿，在他的脸上也描画了一些白色，像山川的样子。

按照周信芳的说法，他在这出戏里的一赶二也是有技巧的：王延龄他演得比较克制，为了给后面演包拯留下足够的体力，可见老生演包拯是要比演其他人物费力的。抛开什么行当演包拯不说，只为了能开阔眼界，也很想看看周大师的演绎，可惜，永无可能实现了。

诸葛亮吊孝

和许多行业一样，戏曲界里小的偏门的地方剧种想发扬光大，一定要有大师的存在。河南越调流行范围很窄，申凤梅对其流传起了很大的作用。在梨园行里，名字不能作为性别的主要判断依据，大家都知道的四大名旦的名字，想一下子看出来性别，难度还是很大的，可一点不耽误人家的艺术享誉天下。被称为"活诸葛"的申凤梅是女的，戏曲舞台上有反串这一说，可在舞台上反串了一辈子的且能做到臻于化境的艺人，仍然是少数。

《诸葛亮吊孝》这出戏说的是诸葛亮在三气周瑜把他气死了之后，念着孙刘两家还要继续友好才能共同对付曹操，于是不顾手下人的反对到江东来吊孝。江东人从开始的对抗到后面的理解、接受，最后答应继续团结一起抗曹，这场风波得以平息。这出戏是戏曲电影，陈怀皑导演，申凤梅主演。此前我以为豫剧是河南唯一的地方剧种，等她开口唱，我立刻意识到这个应该不是豫剧，可是和豫剧很像。完全没想到演员是女的，只是觉得声音和京剧的须生有些不同，可能是地方剧种的特色。知道了诸葛亮是女的演的，我就又想办法看了一次。这次看出来许多门道，其中之一就是能演须生的女人应该不会太好看。后来的一系列发现印证了这个判断。许多年之后看到孟小冬的照片，感叹果然是事无完全，总有规律中的意外，果断地修正了这个观点。不过，申凤梅的诸葛亮的确演得好，举手投足间有一种气韵在她的人物身上流动，非常动人且让人印象深刻。

这个故事在今天看来有点平淡，曲折不够，从开始就能想到结局，架子拉得不够大。当初吸引我看下去的一个因素是这个故事发生的时间点：当周瑜被气死之后，发生了什么？一直以来我对童话中的"从此，王子和公主就幸福地生活在一起"之类的话异常反感。所谓的幸福生活到底指的是什么，我的有限的人生阅历告诉我，人与人理解幸福的差距可能差之千里，所以特别爱探寻一个惊天动地的事情发生后，接着要怎么继续下去。王子和公主结婚了，第二天早晨要洗脸吃早饭吗？这类的问题一直纠缠着我。就像诸葛亮把周瑜气死了，他在高兴之余会有担心吗？他可能面临着自己的做法而导致的各种难题吗？这个戏告诉我了，他有，而且还为此付出了代价：他要只身一人去江东吊孝，要面临危险，要化解自己做的危局。真是不作死就不会死。从某种角度说，那些做事时不管不顾的人，可能更容易达到人生的巅峰。现存的关于三国的故事里，周瑜都被形容为小肚鸡肠，不能容人，是个总在想办法害搭档的家伙，可仔细分析一下，他虽然这样做了许多次，但都给诸葛亮留下了活命的口子，就连刘备到东吴娶孙尚香回荆州的路上，他也只是想拦住这两口子不让走，没想过要杀人。倒是口口声声仁义不断的诸葛亮用了三次手段气了周瑜三次，就把大都督周公瑾给灭了，从此蜀国少了个劲敌。东吴的人事变动因而风起，变化多次后曾经名不见经传的人物逐个登场，直接导致了若干年后陆逊灭了刘备。所以诸葛亮这个只考虑短期利益的家伙，是担了害人害己的责任的。当初看这出戏的时候，我站在东吴一边，那些武将因为都督之死而要动手杀了诸葛亮，简直顺理成章。倒是看到后来，鲁肃出面了，和诸葛亮一起说了一大篇讲道理的话，把武将都说服了，我就有点不同意了。多少年过去，自然明白了，那种情势之下，周瑜死了，下一个都督肯定是鲁肃无疑。这个老好人，一贯有周瑜撑腰，也一贯被周瑜欺负，他忍了周瑜那么久，终于能有出头之日——哪个武将要出来坏了老子的大事，肯定是没长眼睛，一定不能放过。后来鲁肃果然出任大都督，甚至比周瑜当初还要位高权重，在东吴的许多地方建立了水军训练基地，在今天的洞庭湖都有一个，其为人应该不只是当初给大伙留下的老好人印象那么简单。或许可以说，是鲁肃借着周瑜之死，达到了自己上位的目的。

　　申凤梅被称为大师，是有师承的。她开始学戏时已经十一岁了。这在通常的情形下是比较晚的，当时的老师之一李大勋后来做了她的丈夫。十四岁，这个姑娘已经登台，只短短三年间就挑班子，天赋肯定是有的，努力应该也不可少，很快就成为名角。到解放战争时期，她的戏班子加入了解放军体系，变化几次之后从一个地方剧团跃升为省级剧团，多次进京演出。就在其中的一次，她遇到了贵人——京剧大师袁世海，袁世海介绍马连良和她认识。通过一系列悄无声息的考察，申凤梅成了马连良的弟子。以前的师徒关系是大事，收徒和拜师都是了不得的事情，脑门一拍做决定是不大可能出现的。既然做了师父收了徒弟，老师对徒弟要有个真章的帮助，马连良不仅言传身教，告诫她：都是唱须生，但要根据自己的特点来唱，可以学神不要学形。马对申的帮助甚至小到唱戏时的内衬坎肩，都会关心到位，叫了相熟的裁缝量体裁衣送给申凤梅。大师的影响是无处不在的，见识过大海的人再看见小河沟应该不会惊讶。当初的教诲可能比想象的少，但重质不重量，有水平的老师点拨一两下，胜过自己摸索好多年，这样的例子太多了。和大师在一起，境界的提升才是关键，没有袁世海就没有后来的申凤梅，大师申凤梅。当时比较少见的是跨戏种收徒，之后不久，豫剧名角马金凤拜梅兰芳为师，也是佳话。

比较有意思的一个事是作为女演员，申凤梅不只出演过须生，还出演过小生、旦角，虽然是从传统戏剧开始戏剧生涯，但是1949年之后，她出演了一批现代戏，其戏路之宽是那些专攻某个行当的演员不能想象的。现存资料表明，她甚至演过老旦，在《斩秦英》一戏里，她的角色是皇后，和皇帝丈夫是多年夫妻，明白经过那么多年的磨合，自己和丈夫之间更多的是亲情了。当女儿跑到宫里说要救外孙，她开始以为没问题，后来发现事情很复杂，但是仍然在不断斡旋，和皇帝丈夫讲明各种利害，直到最后救了秦英。申凤梅此前没演过老旦，她为此下过很大的功夫，在其中的一折里她的"哭殿"一段情理互应，饱含深情，成为这个角色的经典唱段。她的皇后一角从此成为楷模，别人再演会不自觉地模仿她。她甚至能演喜剧，几乎在拍摄《诸葛亮吊孝》的同一年，《李天保娶亲》也拍摄了，她在里面饰演的李天保有严肃沉稳的一面，也有幽默风趣的成分，她同样掌控自如。老舍先生曾经断语给她：越调能手，生旦不挡，悲喜咸宜。一个女演员，唱的是小剧种，最后成了昆乱不挡的全才艺人，付出的努力是超乎想象的。戏曲界名言曰：台上一分钟，台下十年功。又曰：一天不练，自己知道；两天不练，同行知道；三天不练，观众知道。可见，做这个事，要有个韧性，短时间内速成不太现实，真真是慢工出细活。在她身上还有个现象很典型，就是她的演唱方式早中期和晚期是有变化的。作为极重视唱功艺术的戏曲门类，越调的唱腔苍劲有力，表演朴素潇洒，极富感情。有戏曲评论家认为，直到1985年，申凤梅唱腔的主要特点都是这个，此时老艺术家年龄不小了，身体也不像壮年时那么强壮，再表演需要大量肺活量的唱腔可能会有难度。顺应了这样的情况，她对演唱方式进行了修改，既适合当时的潮流，又符合自己的能力，此后再录制大量的音像制品，都是修改后的风格了。而她的学生们也纷纷改变以前的唱法，跟上老师的节奏，后果是双向的，喜欢的人说好，听不惯的人会很难接受。其实类似的情形并不少见，舞台上的即兴之作不说，就是那些名剧，名角在唱的时候，都会根据自己的情况加以修正，从而展现出演员的最好状态。想想同是一出《空城计》，马连良和谭富英、杨宝森的唱法就是不同的，他们都是一代宗师，却没人提过异议。把自己的事情做好，从来都是说服别人的最有力量的方式，在这一点上，古今中外概莫能外，从没变过。

罗汉钱

沪剧发展史上，有个女演员，曾经两次受到全国观众的瞩目，一次是1956

年拍摄的戏曲电影《罗汉钱》放映之后,还有一次是沪剧《芦荡火种》在全国引起轰动之后。这个女演员就是丁是娥,她的艺术表演方式也被称为丁派艺术。

丁是娥当然是艺名,是她的老师丁婉娥送的,为了让她的演艺生涯更顺遂。就像白玉霜和筱白玉霜,常香玉和小香玉。能在艺名中带上老师的一部分名字,说明这个学生曾经非常被看好,通常情况下,类似的判断都不会错。到新中国成立的时候,这个女演员已经是沪剧不能忽视的角了。被新生活感染的艺人们有一腔的热情要献给人民,他们的方式是演出能受到人民喜爱的戏。深扒一下当初《罗汉钱》的制作过程,会有种草率上马希望快速出成果的感觉。这个剧的编剧是三个人,一个是原来的越剧编剧,一个是沪剧的写手,还有一个更像是总体协调,这样的结构是经过考虑的。故事有来源,即赵树理的短篇小说《登记》。赵树理的作品被改编成电影或者戏剧的不少,比如《小二黑结婚》等等,说明了两个问题,一个是他的作品适合当时的形势,应和了时代的发展,还有一个是写这类作品的人有点少,进城干部中能写点文学作品的人少,当时文盲太多,比不得今天受过基本的中学教育就可以编造故事成为影视编剧了,从小说家转型过来的更是数不胜数。追名和逐利是人的天性,刚刚改革开放的年代里,和文学亲近曾经被认为是时尚和高端,于是一些人才前赴后继地扑进这个领域,最优秀的人创作出了无数好作品。后来社会风潮变换,文学不再是聚光灯下最闪亮处,许多人顺势而为转行做了别的。人才少了的结果就是文学队伍中的高精尖领域更瘦了些,近些年更有一股趋势,写小说已经成为影视编剧的又一条捷径了。

《罗汉钱》故事不复杂,赵树理的小说基本上都不复杂。村子里有个中年妇女小飞蛾,当初曾经想自由恋爱结婚,无奈时势不对,嫁的丈夫知道她以前的底细,一度非打则骂。到女儿长大了,又是想和喜欢的人结婚,但是不被环境接受,小飞蛾担心女儿如果随便嫁了会受虐待,和自己当初一样,于是支持女儿的做法。新《婚姻法》颁布,女儿顺利成婚。这个故事的内容、结构和《小二黑结婚》《刘巧儿》都很像,时间上也是前后差不多一个时期推出的。当初为了宣传婚姻自主,文艺工作者下了很大的功夫。小说中同题材的应该不少,各个剧种都上阵,掀起了宣传新高潮。如果能找到当时的各种纸媒,估计会看到类似的剧目,一定比现在知道的多许多,能在其中存留下来,说明水平出类拔萃。这样简单的故事,剧本其实有点单薄,想让观众感动,演员的压力很大。一篇短篇小说,信息量没那么多,留给改编者的线头也是有限的,换一个角度说,改编者的自由发挥空间会多许多。目前看到的戏,编剧发挥的地方并不多,骨架没有大的变化,甚至对小飞蛾的塑造都有点太正了。小说里对这个人物用了个"飞"字,说她在正月十五的晚上,村子里花灯闪亮的时候,到村子里"飞了一圈"。按照小说里提供的资料，小飞蛾此时是中年妇女，四十岁左右，农村人这个年龄是要开始德高望重，过不了两年就要有第三代，做奶奶的人了。居然还被写成"飞"，至少不能说是个简单的人物。戏里的小飞蛾看不出来"飞"的意思，倒是受气包的样子比较足，战战兢兢地时刻担心丈夫的反应，什么事都是丈夫回来商量后再定。即使夫妻两个商量的事其实最后做决定的是小飞蛾，可表面上她是不会做主的。后面的戏剧冲突里，这个人物仍然比较弱，不太像能拿主意的母亲。所以，当她忽然在全村人的面前，对女儿的由媒人介绍的婚事说出反对意见的时候，还挺让人吃惊的。和前面的人物铺垫有距离，感觉突兀，不太成功。

  大概是20世纪80年代的中期，我第一次看到《罗汉钱》这出戏，印象最深的是"燕燕说媒"一段，后来发现大家都对这个片段印象深、喜爱，于是感叹果然好东西观众都有数。戏里的小姑娘燕燕喜欢上了同村的小伙子小进，可父母不认可，一定要把女儿嫁到家庭条件更好的人家去。燕燕的心很大，自己的问题还没解决呢，先跳出来要给艾艾和小晚解决问题，向小飞蛾提亲，给她女儿做媒。小飞蛾开始不愿意，觉得村里人会说闲话。她非常头疼闲话的问题，因为闲话，她的丈夫张木匠才会出手打她。可是燕燕的说法打动了她，"既然这两个人在村里有闲话，索性就让他们在一起好了，那样就没有闲话了"。小飞蛾到目标亲家那里听墙根，发现女儿如果嫁入这个家里，可能会走上和自己一样的道路，终于认可了燕燕的说法。鲁莽的小姑娘燕燕运气不错，碰到了好时机，这个事解决得干脆利索。有一年春晚，沪剧名角茅善玉演唱了这个片段，我一听，这个我熟啊，乐颠颠地跟着哼，心情甚是愉快。

  这出戏的演员都是沪剧的一时之选，里面不起眼的人物可能是沪剧名噪一时的好角。而导演更是耶鲁大学毕业的，导这出戏是因为热爱祖国的传统戏曲艺术。传统戏曲里，始终是演员主导制，翻翻四大名旦的表演历史，他们的许多剧都经过改编创新，一定有人做过类似导演的工作，但是都没有从那个角度进行说明。沪剧历史不长，在丁是娥唱戏的早期还叫申曲，属上海地区的曲艺门类，吸取了苏滩和滩簧的一些唱腔和表演方式，再加上点耳熟能详的江南小调，发展成了沪剧，属于时间短、成熟快的那类，所以沪剧有些名角也是曲艺方面的名家。当初为了生存，演员都是很拼的，这出戏里看起来受气包似的小飞蛾扮演者丁是娥，在20世纪40年代中期曾有过性感照片出现在招贴板上，被媒体称为上海的"玛丽蒙丹"（同时期好莱坞性感偶像）。她的婚姻也充满了戏剧色彩，她的丈夫是当时的"沪剧皇帝"，而她被称为"女皇"。他们相识比较早，各自都有爱人，因缘际会之下，关系发生了变化。后来他们携手走过以后的生活道路，其中的各种阴影构成了这段婚姻的主要成分，使得双方的感情生活都有点别扭。有了这些过往，到"文革"的时候，丁是娥的日子就可想而知了。据说在上海郊区的奉贤干校，周信芳、赵燕侠和丁是娥们都被批判。给许多人留下深刻印象的是丁是娥的态度，她的样子"好像恨不得找个地缝钻进去"，出来混总是要还的，或早或晚罢了。

　　大概在《罗汉钱》电影拍摄的两年后，有个戏被酝酿出来，故事来源于一个纪实文学作品——崔左夫的《血染着的姓名——三十六个伤病员的斗争纪实》，是发生在江苏常熟地区沙家浜的革命历史。1960年1月，这个名为《芦荡火种》的戏上演了，之后被修订过一次，进京演出获得了领导人的好评。之后回沪，创下了连演三百一十场、观众五十一万人的惊人纪录。沪剧一时成了最引人注目的剧种，剧中的演员们也红得发紫。剧中，丁是娥演阿庆嫂，把沉着应敌、机智圆滑的茶摊女主人、地下革命者演得栩栩如生。大概在1963年，这出戏被北京京剧院看上并改编，汪曾祺作为编剧之一给这出戏添加了文学性，剧中的唱词被广为流传，甚至成为人际交往中的描述语，比如"人一走，茶就凉"。之后公演的演员阵容名角如云，大获成功。这出叫《芦荡火种》的戏，被更高的领导人首肯，在被改名为《沙家浜》之后，更成了现代戏的榜样。关于阿庆嫂的演员人选，目前流行的说法是开始由赵燕侠演，其实还有一个人也演过——言慧珠，而她饰演的阿庆嫂被称为全国第二。言慧珠是爽快人，立马问，谁第一？答曰：丁是娥。

《红豆》2017年第6期

"首先,你必须自己珍惜生命"

鄢烈山

最近,我到了有"世界十大怀古圣地"之誉的斯里兰卡旅行观光。

斯里兰卡,旧称锡兰,是北半球印度洋上的一个热带岛国。公元前5世纪僧伽罗人从印度迁移到斯里兰卡。公元前247年,印度孔雀王朝的阿育王派其子登岛传播佛教。公元410年我国东晋时期,法显和尚从印度取经由海路东归,曾在此地停留寻求佛经,他称之为"师(狮)子国"。始建于1877年首都科伦坡的国家博物馆,陈列有一块1911年发现的石碑,用汉文、泰米尔文、波斯文三种文字,镌刻着我国郑和船队于明朝永乐七年(1409年)造访此地的历史。

此行给我印象最深的生活感受有两点。一是不论旅馆、餐馆的卫生间,还是公园或大街上的公共厕所,马桶边都配有"水枪"。斯里兰卡的人均收入不到我国的一半,当然是发展中国家,能这样讲究公共卫生颇不容易。

二是火车车厢不关门。从外省回到科伦坡,我们住在海边的旅馆里,推窗一看,楼下是跑汽车的"马路",紧挨着的是铁轨,再挨着的就是窄窄的海滩。海浪一波一波地从一望无涯的印度洋涌来。马路与铁路之间,铁路与大海之间,没有墙或栅栏,也没有铁丝网。一列火车开过来,路边电线杆上的"神鸟"乌鸦若无其事。一切都那么自然,那么平静,眼前的平和景象,令我想起陶渊明的田园诗句"平畴交远风,良苗亦怀新",回忆起老家耕牛行走的田埂和宽阔的湖面。

让我有点紧张的是:驶近的火车车门口站着一些乘客,车门敞开,只是没有像电视新闻里那样夸张地"挂"在车厢边或坐在车顶。他们不怕摔下去吗?

于是,我们一行人商议去坐一次火车。导游把我们拉到距旅馆二三十公里处的一个火车站,来这里坐火车的中国游客还不少,列车时刻与票价表是用英文与中文双语标示的。

我们买的是二等车厢的票。还没有到发车时间,人不算多。过一会儿,来了另一班车停在几股铁道中间。这趟车上的人,除了我们都下车去改乘那趟车。显然，人们赶时间，并不在乎有没有座位。从这班车到那班车，要跳下站台走到中间的轨道上去，这样从轨道上横穿，不会被突如其来的火车撞上吗？

我注意到，无论是静止的班车还是行进中的列车，在斯里兰卡，就没有"关门"一说。我想，这或许是因为没有人从车门口摔下死伤过。要知道，斯里兰卡政府不仅长期以来实行大米补贴、全民免费医疗，而且自1945年起就实行幼儿园到大学的免费教育，2013年居民识字率就达到92.2%。其实，恋生畏死是人的本能，与受教育程度没有关系，只是与自我保护意识的强弱和文明程度有关，比如乘客坐飞机、坐汽车是否自觉系安全带。

无论如何，行进中的列车有门不关，我在感情和理智上都不大能接受，至少不肯给予赞扬。不管是乘客还是承运方，也太过于"自信"了，这是心存侥幸，还是对己、对人不负责任？而对车站以外的地方，比如铁道两边，不建围墙、不立栅栏，我却觉得很正常。偌大的岛国要采取怎样的物理措施，才能阻止想投海的人。至于到铁轨上散步、坐卧，从而引发事故的，理应承担个体责任——谁让他违规违法呢？

我问导游："为什么这里的公共管理这么轻松，投入这么少？"他这样解释道："首先，你必须珍惜自己的生命！"虽然我不是佛教信徒，对此观念我却表示认同，"因果报应"的"因"是自己种下的，自我修行很重要。

由此，我想到国内的一些情况，公用设施对意外事故的防范越来越严。这大体是好事，但在某些方面似乎过头了，劳民伤财，走向了另一个极端。

且举最近的两个例子。一是宁波雅戈尔动物园老虎咬人事件。园方设有两道高墙，偏偏有人为逃票硬闯进去，可见，预防措施即便做到位了，也难保万无一失。另一个例子，是有网友写道，北京的著名景点龙潭湖公园前段时间建了一道高高的铁丝网，把湖面围了起来。为何要花大价钱做这般大煞风景、败人游兴的工程？园方说，这是为办庙会而建的，还没来得及拆除。办庙会时人多拥挤，怕出意外，所以一定要阻隔。但换个角度想一下，为什么不能拉几根绳子，或钉一圈木桩、竹桩，或放一圈可反复使用的塑料桩呢？因为，万一出了事故，园方要承担责任。所以，宁肯多花纳税人的钱，也要买管理者的"平安"。

再比如，一些城市的地铁站台边都建有（或补建）屏蔽门，但我见过的欧洲几个发达国家的地铁站都没有这笔防护的投入。马路上出现了凹坑或丢了井盖，应当赶紧围起来；旅游景区的山路和桥索要有安全防护，对乱钻山林或到未开发的地区探险的，出了事应当付搜救费用……过犹不及，中小学校老师对在校学生的监护责任也不是无限大的，绝不能谨慎到不敢让学生上体育课玩单双杠，不敢带学生郊游，甚至怕学生下课嬉闹出事而把他们圈在教室里。

成语"画地为牢",本义说的是上古之人性格淳朴,讲规则、守信义,犯了过错,画个圈子当牢狱,他就老老实实待在里面接受处罚。这自然是"崇古派"的理想化。但讲规则,重社会契约,权利与责任都有明确边界,则是理所当然的。

古贤说:"天作孽,犹可恕;自作孽,不可活。"政府作为公共物品、公共秩序和包括安全在内的福利供给者,理应对公民承担合理的责任,但这个责任不是无限大的,提供服务是有成本的。不管不顾与不计成本,两个极端都不可取。

《同舟共进》2017年第6期

监管要跟上"假药广告表演艺术家"的套路

佘宗明

从张悟本、李一到刘洪滨，吃香的背后都有个别媒体"助推"，它们不惜以无良背书从假药利益链中分羹。

播《苗仙咳喘方》时，她是穴位吃药拔痰定喘绝技传承人；播《唐通5.0》时，她是北大专家，宣称唐通5.0后可同时治疗六种病；播《天山雪莲》时，她是高级营养师；播《药王风痛方》时，她是御医世家传人，中华中医医学会风湿分会委员；播《苗家活骨方》时，她是老苗医传人；播《苗祖定喘方》时，她是苗祖传人、中华中医医学会镇咳副会长、东方咳喘研究院副院长；播《老院长祛斑方》时，她是老院长；播《蒙药心脑方》时，她是蒙医后人；播《祝眠晚餐》时，她是著名老中医。

近几天，《人民日报》微博扒出一组电视广告截图：几款神乎其神的"仙丹"，在各领域专家的吹捧介绍下，包治各种病。结果对比一看，这几位不同领域不同学科甚至不同民族不同出身的专家，是同一个人扮演的！这人就是刘洪滨（有可能是艺名，有的节目就用"刘洪斌"）。

我猜，这位老太内心肯定是住了个孙悟空，摇身就是七十二变，一会儿是苗医，一会儿是蒙医，一会儿又是汉医；一会儿专治咳嗽，一会儿专治风湿，一会儿又祛斑……演技这么精，世界欠她一个"奥斯卡"。

不过再深的套路也是套路——节目一上来就渲染某个病多严重多折磨人，但一涂药立马就见效，里面再穿插些经不起考证的民间掌故、药典论述，还有几个"病人"陈述吃此药前后的变化。

骗局终归会被揭开，无论是刘洪滨代言的多款药被食药监总局通报处罚，还是北大、地坛医院纷纷声明"查无此人"，都足以将其钉在"骗子"的耻辱柱上。

那问题来了：她身份原本一查就可知，"中华中医医学会""东方咳喘研究院"等压根也都不存在，这么个"大忽悠"，怎么就能"攻陷"这么多卫视？

这些年来，国家中医药管理部门等监管部门对假药曾多番整治。2012年，重庆就有电视台因播放虚假医药广告遭刑事指控。去年"魏则西事件"后，国家新闻出版广电总局还印发通知，要求医疗养生类节目聘请医学、营养学等专家作为嘉宾的，该嘉宾必须具备国家认定的相应执业资质和相应专业副高以上职称，并在节目中据实提示；严禁直接或间接宣传医疗、药品、医疗器械、保健品、食品、化妆品等企业、产品或服务等。刘洪滨代言的假药广告是否在该通知出来后禁绝，还待确认。但就算还没这通知，对药品和代言者身份尽到起码的审核义务，有多难？

根本原因还在一个"利"字。这些年来，从张悟本到李一，吃香的背后都有个别媒体"助推"。作为"推手"的它们大概也知道，向那些成天在朋友圈里转"养生帖""食品谣言"的人收割智商税太容易，所以不惜以无良背书从假药利益链中分羹。毫无疑问，对于刘洪滨式大忽悠，还有相关节目方，监管部门得该处罚就处罚，绝不轻纵。

揆诸现实，刘洪滨们寄生的假药产业还挺根深叶茂的。而作为只想吃瓜不想吃假药的群众，我只想说：有关方面早些收了"知名假药广告表演艺术家"的神通吧！

《新京报》2017年6月22日

警惕"假乡贤"变身"新村霸"

王井怀　胡靖国

在一些地方,"伪乡贤"与"新村霸"之间,可能只有一步之遥。这比单纯的村霸现象更引人深思。

在一些集体经济空壳村,有"赌王"靠给村民送钱赢得"大善人"名头,并因此当选村主任;在一些拆迁村,个别村干部暗中煽风点火,挑起村民内斗,然后伪装成民意代表与政府交涉,牟取私利;在一些偏远乡村,城里归来的"小霸王"摇身一变成为村民眼中的"好后生",当选村干部后迅速招揽小弟一起"坐天下"。

随着农村现代化进程不断推进,尤其近年来党和政府不断采取打击村霸的行动,农村地区传统意义上鱼肉乡里的村霸越来越少。但值得警惕的是,有一些违法分子转而学会乔装打扮,披上了"乡贤"的外衣,斯斯文文干起了违法勾当。

与普通的村霸相比,"新村霸"的危害更加隐蔽。他们善于经营自我形象,蒙蔽群众,不少人在村内口碑还不错。然而,与传统村霸相比,他们对基层民主建设的破坏有过之而无不及。这些违法分子为一己私利,操纵农村基层政权,绑架民意,有的甚至当上了人大代表、政协委员。如果说传统村霸是基层民主大厦里人人喊打的老鼠,"新村霸"则更像藏身大梁里的蛀虫,蚕食基层民主自治于无形。

我国传统乡村治理依靠自治,而乡贤在乡村自治中扮演着重要角色。当下,一些农村出现"三空"的情况,人们在呼唤新乡贤的同时,也容易被新村霸钻空子。

出现新村霸,首先与农村管理空缺有关。在一些地方,基层政府在推进村民自治时,放松了对农村的管理,致使农村基础设施欠账多,村民之间、村民与政府之间矛盾丛生,客观上为村霸"变形"、破坏基层民主提供了土壤。

其次源于农村法治空白。一些基层干部坦言,近年来农村法治环境虽然有所改善,但在换届年的乱象较多。对村干部来说,村民选举有时会被宗族势力和金钱左右，一些人上任后便把主要精力用于为个人和家族牟取私利。而村民则容易被蝇头小利收买，对个别村干部的违法行为视而不见。久而久之，一些农村的法治环境越来越差，村民自治也随之变味。

最后源于农村集体经济空壳化。一些集体经济空壳村财力有限，甚至连一些常规工作都无法开展，不得不对有钱的村霸产生某种"依赖"。有学者指出，在一些农村地区，有钱人通过制造一种"不用家财补贴集体，就没有参政资格"的政治氛围，使普通村民丧失被选举为村干部的机会，进而被剥夺参与农村政治的可能性，严重破坏基层民主。

如何筑起农村的村霸隔离网？这需要全面加强农村建设，夯实农村基础。

其一，要加强农村党组织建设，让党组织成为农村人的主心骨。观察新村霸产生的土壤可以看出，这些村的一个共同点是基层党组织涣散，村干部在村内没有威信，甚至让村霸混进党组织、支配党组织。农村这块阵地，党组织不去争取，便有村霸去侵蚀。基层党组织要硬起来，充分发挥其在农村的战斗堡垒作用，成为阻挡村霸染指基层政权的第一道防火墙。

其二，要进一步加强农村法治。当前，规范农村选举的相关法律过于宽泛，在实际工作中常常流于形式，甚至不能有效地预防和制止违法违规行为。基层干部应建议完善相关法律法规，加强对村干部选举和任期内行为的约束，防止村霸钻空子。

其三，要壮大农村集体经济。近年来，各级组织对发展壮大集体经济的认识不断加深，但一些政策配套仍不够，扶持政策落实还没完全到位。地方政府要因村制宜，有针对性地提供可行政策。同时，村干部要根据本村的资源现状拓展多元渠道增收，减少村集体对个人的依赖，确保全体村民对村务的话语权，从而遏制村霸团伙的发展壮大。

《新华每日电讯》2017年6月7日

老字号价值在老，出路在新

李 慧

在纷繁复杂的市场竞争中，老字号更应眼睛向内，固本培元，守正出新，借力借势借智，用创新思维打造新时代的文化精品。

前不久，笔者乘飞机回北京，在厦门机场见到老字号片仔癀体验店，诸多新产品刷新着我对中华老字号的理解和认识。在这里，曾经板着脸孔的老字号片仔癀变身精华霜、牙膏、痘痘贴，深受年轻人的喜爱。作为国家级非物质文化遗产，这些产品不仅演绎着百年老店的工匠精神，更随着"一带一路"倡议的落实，走出国门，走向世界。

然而，并非所有老字号都有这样的活力。在时代的更迭中，许多老字号惨淡经营，不少甚至处于"僵尸"状态，空有品牌，离市场轨道越来越远。

数据是最好的说明。目前商务部认定的中华老字号有一千一百二十八家，发展良好的如片仔癀、稻香村、全聚德、东阿阿胶、中茶等仅占20%至30%，受困于缺资金、缺人才和缺品牌三大问题，多数企业经营情况欠佳。以云南为例，该省老字号企业共计八十九家，分布在十四个市州中，但只有三十八家实现持续三年盈利。在江西省的老字号中，近七成生存困难，部分老字号在市场大潮中悄然退场。

作为金字招牌，中华老字号承载了太多的文化情怀与记忆。民俗专家袁家方曾说过，老字号是一个地方的老公民，是老百姓的老邻居。归根结底，老字号是一个国家的商魂所系、商道所在。从这种意义上看，振兴中华老字号不仅是对一个品牌、一个行业的振兴，更是对民族自信、文化自信的有力弘扬。

老字号不仅是商品，更是文化。每一个老字号背后几乎都有一个美好的故事，时间的积淀让它更像一缸滋味悠长的老酒。在纷繁复杂的市场竞争中，老字号更应眼睛向内，固本培元，守正出新，借力借势借智，用创新思维打造新时代的文化精品。

老字号价值在老，出路在新。这个"新"是全方位的，不仅体现在对传统产品的改造上，而且还体现在发展理念的转型、销售方式的变化中。要创新理念，开阔视野，打破固有格局，多层次、多角度地提升老字号品牌的市场活力；要创新资本运作模式，大胆试水资本市场，促进企业经营从传统模式向现代企业制度转变，让百年老店的金字招牌熠熠生辉；要创新产品形态和营销模式，善于用互联网思维挖掘老字号的文化内涵，在知名度、忠诚度方面赢回顾客群，在"互联网+"的大潮中找到自己的生存之道；要创新人才培养模式，摒弃狭隘的人才观，树立全面的人才观，推行人才的动态管理，建立完整的人力资源考核和激励机制，用人才活力激发老字号发展潜能。

在经济全球化的今天，品牌不仅是企业自身的事，更事关国家的形象，是一张张生动的国家名片。作为全球第二大经济体，我国更需要打造兼具软硬实力的民族品牌，来引领文化振兴和未来发展。

当前，"一带一路"建设为中华老字号在振兴中走向世界提供了新的契机。让"老字号"跟上"新市场"，需要老字号企业深入了解市场需求，重新定位品牌价值所在。今天的老字号更需要以工匠精神体味品牌背后的文化价值，打造更多闪亮的国家名片。

《光明日报》2017年6月22日

对"无用"书法秉持一颗平常心

练洪洋

为海珠区少年宫点个赞！它不仅常年开设书法、绘画培训课程，还经常开展青少年书画节活动，举办青少年书法比赛。在"书法热"年代，凑个热闹办个班、举办个比赛不难，但在移动互联网时代，维护书法道统、坚守艺术清流，却显得弥足珍贵。在这个用二十六个字母就可以打出成千上万个汉字、许多人满足于学好自己签名的今天，毛笔书法俨然成为一种供中老年人把玩的夕阳艺术。

即使不从文化传承、文化认同的高度，或成为专业书法家方面的要求，让孩子发现一个不一样的自己，书法技艺也值得孩子一生拥有。书法，让孩子发现一个儒雅的自己。中国书法抽象地表现了天地万象之形，融入了古今圣贤之理，寓理于形、形质俱佳。学习书法，可以提升艺术审美能力，让人养成温文尔雅的气质，一生受用不尽。书法，让孩子发现一个渊博的自己。清代书法家杨守敬认为："一要学富，胸罗万千，书卷之气，自然溢于行间。"别的不说，仅以汉字演变史论，习书者对汉字的了解就比别人要丰富。书法，让孩子发现一个恬静的自己。许多父母都曾抱怨自己的孩子有贪玩、多动、注意力不集中等毛病。书法练习，讲究心到、眼到、手到，注意力高度集中，心不在焉、粗枝大叶、草草了事是写不好字的。书法练习，有助于改善孩子多动的习惯。

青少年书法教育之大敌是功利主义，许多人要么坚持"无用论"——互联网时代谁还用毛笔写字，如果不能成为书法家，卖字能挣钱，花那么多时间练书法多划不来。以"有用""无用"二元对立论看世界，很多东西都是"无用"的，你小时候唱过的儿歌、初中背的古诗词、高中做的实验、大学念的高数……今天用到了吗？"无用"就不必学了吗？要么为"有用论"折腰——孩子学习书法，就是要参加各种比赛，获得名次。有孩子为了书法比赛，就一直练几个字，练得有模有样，要是换个内容，立马露馅。练书法，尤须祛除功利心，秉持一颗"板凳要坐十年冷"的平常心。

毋庸讳言，一些孩子视书法为畏途，与书法教学不无关系。经师易得，人师难求，一些半路出家的书法教师，拘泥于书法教学传统，不了解小孩子心理，结果把书法教学弄得面目可憎，把孩子刚刚燃起的书法兴趣火苗一点点地浇灭。譬如，对入门书体的要求，传统书法教授奉楷体为圭臬，非楷皆为旁门左道。事实上，篆书、隶书、行书为什么就不行呢？兴趣，才是孩子学习书法的头等大事，有兴趣就好办了，楷书基础也可以慢慢打，要是没了兴趣，一切都无从谈起。再如，八九岁的孩子，注意力集中时间不会超过二十分钟，你硬是逼着小孩子练足四十分钟，他们怎不心生厌烦？

培养孩子兴趣，又不要有太高期望值，给太多压力，让孩子快乐地学习书法，书法的效用就会不断在孩子身上呈现。

《广州日报》2017年6月19日

耐烦有恒

陆春祥

我多次请书法家书写"耐烦"二字，是因为这二字能够时刻告诫自己，虽然一介布衣，我仍然觉着"耐烦"事关做人做事的全部。

先解"耐烦"的基本义。

耐，经得起，受得住；烦，从火从页，身体发热了头痛了，引申为烦闷、烦躁，繁杂、琐碎、烦忧、烦劳。耐烦，就是要顶得住碎烦的人和事。因此，耐烦并不难懂，且是个使用率极高的常用词。

意思简单，并不代表能做到做好。

年轻时的曾国藩也曾风流放荡懒散，当他经过内心自省，特别是做官后，就将"居官以耐烦为第一要义"奉为座右铭，几乎苛刻地遵从。耐，就是要和急躁浮泛做抗争，虚一而静，虚心，专一，内心镇定，从而到达宁静的彼岸。曾国藩深知，自己处事如果不急不躁、无怨无悔，就能时刻保持头脑清醒，如此，才能有效地驾驭部下，在任何场合，都能做出正确的决断。性烈如马，急躁冒进，只会自乱阵脚，昏招迭出。

曾国藩以"耐烦"作为做官戒律，自然八面玲珑，顺风顺水。他大尝"耐烦"的好处，将"耐烦"扩大到做人做事的方方面面。他的观点是，人生不如意事常八九，怨天尤人不是办法，只有摒除烦恼，直面现实，冷静思考，才能找出解决之道。

其实，居官以"耐烦"为第一要义，并不是曾国藩的发明，它是明朝嘉靖年间户部尚书耿定向的名言。耿尚书曾这样告诫向他求教的某县令：历代做官的名言中，都没有说到"耐烦"，而我认为，"耐烦"，却在廉洁之上，做官要廉，就如女性要守贞洁一样，是本分，而"耐烦"了，就会虽烦而不厌其烦，做什么事都会成功。

曾国藩的名言，一定在沈从文心里打下了强烈的烙印，沈从文也一定崇拜他的著名同乡，于是，他也将"耐烦"作为自己的戒律。不过，沈从文将"耐烦"的意义发展延伸为锲而不舍、不怕费劲。

我是在汪曾祺的回忆文章《星斗其文，赤子其人》里读到这些文字的。汪是沈的得意弟子，汪的回忆应该准确：沈先生很爱用别人不太用的一个词——耐烦。沈先生认为自己不是天才，只是"耐烦"。他对别人的称赞，常说"要算耐烦"。看见儿子小虎搞机床设计，勉励"要算耐烦"，看见孙女小红做作业，也鼓励"要算耐烦"。这里的"耐烦"，意思偏重于做事要不怕麻烦、持之以恒。其实，关于"耐烦"，沈从文自己也有解释：北方话叫发狠，我们家乡话叫"耐烦"，要扎扎实实把基本功练好，不要想一蹴而就。

综观沈从文的一生，他真是"耐烦"的杰出践行者。不说他文学成就的辉煌，单单是他的服饰研究成就，也达到了前人少有的高度。但是，有多少人能耐得住这个烦呢？

这个世界，无论古今，无论中外，都有无数的烦恼考验着我们的耐心。

英国哲学家罗素在《快乐的世界》里，为我们列出了一百多年前他那个国家生活中的三类邪恶：一类是物质的，如死亡、痛苦以及使用田地难以生产出粮食；二类是性格的，如愚昧无知、缺乏意志以及暴烈的脾气；三类是权力的，残暴专制，用武力或者用精神去干涉别人自由发展。罗素认为，三种邪恶没有明显的界限，它们相互牵制、相互影响。他还给出了解决的基本途径：用科学去对付物质的，用教育去干预性格的，用改革去完善权力的。这些邪恶，就是影响人们快乐的主要因素，必须要解决。

其实，我们完全可以将这些生活中的邪恶看作是烦恼，从生到死，从生活到工作，从物质到精神，烦恼总是抱团而来，想躲也躲不开。面对烦恼的包围，最有效也最简单的拆解方法就是"耐烦"，在耐烦中注入科学、教育、改革等生动活泼的因子，从而解决烦恼。

以倡导生活禅为主的星云大师，面对他的信众，不厌其烦地讲要"耐烦"。他用彼得懒得弯腰拣马蹄铁，尔后为了拣耶稣掉下的十八颗樱桃弯腰十八次的故事告诫人们，人要有足够的耐心。生活中，等人、交友、听话、处众、学习、成熟，都要"耐烦"，还有生病、守信、工作、家事、孝亲、人情，更要"耐烦"。"耐烦"做人，才能把人做好。

于是，我们就可以将"耐烦"的外延和内涵进一步拓展，比如，修养、度量。善于倾听和沟通，站在别人的立场上观照自己，站在自己的立场上思考对方。或者，退一步海阔天空，忍一时风平浪静。

但要防止另一种"耐烦"。

电视剧《人民的名义》中，孙连城区长是反面镜子。大风厂批地的事，信访办窗口改造的事，他都不急不躁，似乎耐烦得很，上可推给贪官丁义珍，下可责骂信访办，下班时间未到催着上访者离开，回到家躲进阳台仰望星空，反正升官无望，就这么耗着呗，他耐烦了，骨子里却是在推卸责任。孙连城是撞钟占位干部的虚构形象，不过，现实中，孙连城一定有不少。

就现代社会来说，居官要耐烦，就是要以民为重，心里装满百姓。百姓是你的主人，你就会耐烦，谁会对自己的主人不耐烦？百行百业，当医生、做教师，也要耐烦，病人和学生，都当成自己的家人和孩子，就没有理由不耐烦。至于你求人家办事之类的，更要耐烦，帮你是情分，不帮你是本分。以此类推。

我可以毫不夸张地断言，人与人的差异，就在"耐烦"和"不耐烦"之间。

迅速将"耐烦"培养成自己的工作和生活方式，并成为你思想乃至身体的一部分。

"耐烦"，且有恒，便能有一种平和的巨大力量，战胜所有的烦人和烦事。

《今晚报·今晚副刊》2017 年 6 月 19 日

走向世界不要靠拢世界

杜方绥

常有人问我为什么开始学中文,我会有负众望地敷衍道:没有原因,纯属偶然。当时我在读英语本科第三年,报名选修课的时候突发奇想:选择中文。就以这么简单的结缘方式走出了青春迷茫,踏上了我人生中趋向最分明、收获最丰富的旅途。此前,我不曾为自己对中国一无所知而感到过遗憾,但从那时候起,我便开始恶补这份无意中的遗憾。我学中文只是相对偶然,因为我本来就对语言学、文学和写作感兴趣,而中文在这方面很有挑战性。2009年开始读文学翻译研究生之前,并没有想过当翻译家,我最初想当作家,最终却没有写出自己满意的东西,于是借了别的作家的光来实现我的文学梦。这不仅是自嘲,我真心觉得能"职业享受"语言创作这一方面的乐趣,哪怕不是原创,至少也圆了梦的一半。

我翻译的第一本书是《贾想1996—2008——贾樟柯电影手记》;第二本是莫言的《月光斩》,是我2013年参加"中国当代优秀作品国际翻译大赛"时选择的参赛作品。莫言也是我博士论文的研究对象,具体研究的是其小说中虚构的人物"莫言"。自从我的导师杜特莱教授——他翻译过莫言等当代中国作家好几部小说——在课堂上让我们翻译了《四十一炮》的片段作为练习后,我就迷上了这位怪才作家。我翻译的最新一部书与莫言的风格相差甚远,就是由广西师范大学出版社2013年出版的畅销书《平如美棠——我俩的故事》。作者饶平如生于1921年,经历过抗日战争以来中国的历次事变,我出生的时候他已当了爷爷、外公。虽然译者不必具有与原著作者相等的阅历,但每念及此我会有些愧不敢当,觉得以一己拙笔难书饶先生寸阴是惜、轻轻拾起记忆碎片拼贴出来的文风。后来我想,翻译毕竟传达的不是原文独有的表达形式,而是原文读者的阅读体验。所谓"传神"在我看来只能这么理解。

法文版《平如美棠——我俩的故事》近期的问世引起了法国媒体不少的关注。快九十六岁的饶先生不远万里来到巴黎,接受了十几场采访,记者们被他的精神所感动，几乎都加长了原报道计划的篇幅。回顾自己作品所引起的热潮，饶先生笑称是"木偶奇遇记"，其作品罕见的朴素证明了这是一句心里话。他之所以 2008 年拿起笔来写来画，原是为了悼念亡妻毛美棠，并且给子孙描绘他俩从小的共同回忆。据他在采访中介绍，他原本没想到媒体和出版机构会看中这么一部"家用"的作品。估计正是因为作者想为家人"追忆似水年华"的初衷，他那本有形有色、有声有情的回忆录才获得了如此广泛而热烈的反响。

如何重现印在字里行间的真实感？这一点让我有些力不从心。这种原著感自然是译者无可复刻的。就像假如我要临摹饶先生书中那几百幅画风淳朴的水彩画，誊得再认真也会显得虚假，越刻意接近原作的一笔一画反而离得越远。所以，在努力呈现原文中最感人的地方时，我并没有按照形式特征的分析来译，而是让隐隐约约的阅读感受驾驭着我的笔，构建新的形式，再与原来的形式做对照并慢慢校准。我认为，只有这样才能追溯到原著的构成元素。翻译讲究的"信"，也在于相信自己的阅读体验与原文读者（包括作者）相应相合。

当然，译者只是原文广大读者中的一员，充当不了作者的代言人，尽管翻译实际上就是这么一回事。于是，这份信念需要自知之明：就算文本中隐含的所有语言和文化因素理解得都很精准，忠实于原文的方式也会因人而异。这不是翻译的缺陷，反倒是一笔财富——与其说是一种被认可的造假，不如说作品由此才能得到新的体现，供给新的读者群去体验。

翻译过程中最令人无奈的，其实是作者没有写明、只有原文读者才能唤起的文化语境。2015 年年底，我在北师大应邀参加一场关于"中国文学走向世界"的论坛，当时讲了不少中国小说到了国外像怀才不遇的流浪歌手，往往未能引起原来的共鸣，这是翻译难免造成的一种损失。这主要是因为在设计小说的过程中，作者有意无意地都会召唤有一定文化背景的读者，德国文学理论家沃尔夫冈·伊瑟尔称之为"隐含读者"。然而，译文中的"隐含读者"缺席了，进而文化底蕴被锁住了，顶多可以加一些注释来纪念。

作家难免会担心自己的作品在国外的境遇，但只能从翻译的角度去考虑，不能当成一个写作技巧或态度的问题。用莫言的一句话说，作家要保持一种"哪怕只剩下一个读者，我也要这样写"的精神。瑞典文学院院士、诺贝尔文学奖评奖委员贺拉斯·恩格道尔也说过："只有那些为自己而写，全不受读者左右的作家，才更有独特的价值……"走向世界不要靠拢世界，那是为作家而提供的方案，饶平如无心之中也做到了这一点。至于翻译家该如何呈现原作调动的文化语境，我看只有通过翻译数量和质量的增加，让下一代读者慢慢不需要注释，对中国作品逐渐有了自己的解读能力以及主动探索未知世界的意愿。总之，我作为译者的信念就是忠于自己的阅读感受，信于读者的解读能力，还原文以本来的文学价值。

《中国青年报》2017 年 6 月 12 日

学会文明观赏

朱昌俊

目前,全国各地各大艺术院校都在举行毕业展。据媒体报道,多所艺术院校出现作品被损坏甚至被盗的情况:中国美术学院毕业展学生作品被损坏,清华大学美术学院毕业展作品被家长和孩子拆解,贵州师范大学美术学院毕业展作品被观众涂鸦,南京艺术学院毕业展作品被损坏……6月2日,四川美术学院一年一度的毕业大展《开放的六月》正式对外开放,开展第二天迎来周末,数万市民观展,出现多起不文明观展行为,导致作品被损坏甚至丢失。

美术学院的学生将毕业展向社会开放,这本来是一个难得的多赢之举。对于观赏者而言,既可以免费欣赏到毕业生们的最新作品,也能近距离地感受校园文化;对于毕业生来说,自己的作品被公众喜爱、欣赏,或是善意地批评,都是一种不错的创作历练。但这类原本用来传递美的美术展,却被破坏作品、顺手牵羊等不文明现象负累,着实让人遗憾。

这类现象,很容易让人将之与游客在景区乱涂乱画的不文明行为联系起来。在根本上,两者属于同一性质。相对来说,毕业生们的美术展,更容易成为种种不文明行为的重灾区,从不遵守观赏秩序,到乱触摸,甚至是"偷盗",不文明行为往往表现得更为肆无忌惮。个中原因不难揣摩,在公共性的博物馆、美术馆参观,由于解说、保安、志愿者等组织管理相对更完善,多数人迫于外在的秩序感,一般都会刻意压制内心的"不文明"冲动,变得"文明"起来。但到了高校毕业展这样的场合,不再有足够规范的外部约束,很多人甚至打心眼里就认为这类毕业展的"层级"不高,于是便自然放松了"不文明"行为的防线,变得随心所欲起来。

然而,参展的外部环境或许不一样,但文明的标准却是一致的。只因为参观的对象和环境不同,就不拿文明当回事,显然是对参展本意的背离。参加各类艺术展,不只是一种艺术意义上接受美的熏陶,也包括对于文明参展、观赏文明的习得与训练。人们很难相信，一个连基本的观赏文明都不遵守的观赏者，又如何能够真正领悟到艺术的魅力。人的观赏行为，在某种程度上，其实是与艺术作品所传递的"美"融为一体的。破坏展品，不仅是不珍惜他人的劳动成果，也破坏了整个艺术展的气氛，传递出不和谐的音符。

当下社会文化资源的供给日益丰富，各种文艺展会越来越多，进博物馆也变得越来越方便，参加展览已变成不少普通人的生活方式，文明观赏也就成为现代人公共素养的一个重要方面。按理说，通过参展、旅游等公共训练，大多数人都应该具备文明观赏的素养。可就现实来看，我们还并未培育出应有的观赏文明。这种软实力上的欠缺，其实不利于文化资源的社会供给和艺术创作的热情。就以高校为例，开放性的毕业美术展频繁遭遇破坏、丢失，无异于给毕业生和校方浇了一盆冷水，很有可能使得部分学校不得不放弃开放办展的做法。

古人就有"赏花以破怒""着书以释怒"的传统。在现代，观赏文物也好，欣赏画展也罢，也该让人破除心中的不文明冲动，让观赏过程成为一种文明素养习得和培育的过程。对于一名合格的欣赏者而言，艺术之美是第二，文明行为之美才是第一位的。

《光明日报》2017年6月8日

心有理想,便有花儿绽放

张 博

> 文学,有一股让人从庸常生活中超拔而出的力量,在宁静中更好地思考。

青春是什么模样?三十岁以前,别说是找到答案,我连想都没想过这个问题。看到周围的同龄人,时不时戴着复古眼镜,唱着《老男孩》,喟叹时光的流逝,感慨"初老症"的烦恼,我才意识到,不少人的青春已然成了"奢侈品"。

每个人都有自己的"青春胎记"。回首过去,文学是我最深的青春记忆。学生时代简单而美好,只有两个字:读书。我学的是中文专业,不看书怎么行呢?导师的督促更让我感到时间的紧迫。哪怕是吃饭的碎片时间,我也愿意用来品读一首小词;哪怕是在宿舍和教学楼之间穿行的短暂片刻,我也愿意用来回味一段经典。慢慢地,这成为一种习惯,不管有没有人催,只要一天不读书,就像没过日子一样,心中总是空落落的。

之所以钟情于文学,更是因为它有一股让人从庸常生活中超拔而出的力量。坐在北京大学的图书馆里,和馆前那一排银杏树朝夕相对,互相印证着成长和成熟;坐在剑桥大学的图书馆里,抱着厚厚的《剑桥中国文学史》,深切地体会着中国古典诗词的文化魅力。纷纷扰扰的平凡生活中,文学就像一缕清风,能让人的心灵归于平静。

拥有一份宁静,才能更好地思考。正如一句话所说的,要么读书,要么旅行,身体和心灵总有一个在路上。从伦敦的大英图书馆,到圣彼得堡的东方研究院,再到台北的历史文献馆……我很庆幸,在自己人生最美好的时间里,邂逅了文学,并学会了思考。无论在现实生活中,还是在文学世界里,"求索"都是我生命的一个主题。原因很简单,就是为了让自己多见见世面,多濡染世界的丰富多彩,多感受生活的酸甜苦辣。对我自己来说,这是一段让生命宽度广阔的追寻;对我的青春而言，这是一份不悔初衷的执着和坚定。

如今，我已完成博士学业，回到了热爱的家乡。为了有更多时间、更加专注，我放弃了相对稳定的教师工作，走上了更具挑战性的文学创作之路。周围不少人都说，文学创作太苦太累，又没有稳定的收入，即便写出来了，也不一定有读者、知音。朋友们的规劝确实是好意，可哪个职业不苦不累？人不都是要努力过、付出过，摔过跤、流过泪，才有可能收获成功吗？正如陀思妥耶夫斯基所说："凡是新的事情在起头总是这样，起初热心的人很多，而不久就冷淡下去，撒手不做了。因为他已经明白，不经过一番苦功是做不成的，而只有想做的人，才忍得过这番痛苦。"不因坎坷而畏惧，不因困难而停步，这不正是青春应有的样子吗？

青春并非年轻人的"专利"。一位作家有言，青春不是年龄，而是心境。年纪再大，只要怀揣着"欲上青天揽明月"的壮志，抱着"穷且益坚，不坠青云之志"的豪迈，有着"老夫聊发少年狂"的洒脱，这样的人生，永远都洋溢着青春。想来，依旧是那句话：心中有理想在，便有花儿绽放。

《人民日报》2017 年 6 月 6 日

实诚的老百姓和吝啬的奖励

李晓鹏

据《河南日报》报道,三十二年前,一位农民将从自家院里挖出的十九件珍贵文物悉数捐给故宫博物院。三十二年后,这位农民不幸离世,故宫博物院要为他举行追思会。这在故宫博物院的历史上还是第一次。

这位农民叫何刚,三十二年前的1985年,二十二岁的何刚在自家院子里施工时,意外挖出一批年代久远的银器。当时,有人拿着一麻袋钱要收购这批文物。彼时,《中华人民共和国文物保护法》已于1982年实施,其中第五条规定:"中华人民共和国境内地下、内水和领海中遗存的一切文物,属于国家所有。"所以,虽然何刚发现的文物是在自家院子里,但所有权却不归他,而归国家。如果卖掉这批文物,他就涉嫌非法买卖文物,要吃官司。何刚就想到了把文物捐给故宫。文物送到北京,一鉴定,结果令人吃惊。十九件文物为高等级元代银器,"填补了故宫藏品的空白"。有的文物后来还多次出现在故宫的文物展里。

这批文物价值巨大,当年故宫总共给他奖励九千元。三十二年来,他一直是普通的农民工,四处打工挣钱,养家糊口。今年6月初,在石(石家庄)济(济南)客运专线工程工地,一台龙门吊在拆除过程中发生倾覆,在此打工的何刚不幸遇难,年仅五十四岁。

虽说人死不能复生,但我们还是可以假设一下,仅仅是假设,如果当初故宫给出了与这批文物价值相匹配的奖励,何刚还会打一辈子工直至倒在工地事故中吗?1985年,中国正是风云激荡的时代,何刚拿着这笔奖励,能不能改变命运改变生活?至少,他应该有一个不一样的人生。

中国有着世界上最好的老百姓,却有着"吝啬"的法律。在发现并上缴文物一事上,有关方面给出的奖励实在少到可怜。就拿何刚一事来说,三十二年来,故宫虽然两次伸出援手,先后补助了十万元救济何刚,但与他捐献的文物价值相比,仍然少得可怜。2014年,中国文物网评选2014年十大文物网络事件,就提到了两件发现文物价值巨大，而奖励微薄的事件：2014年10月16日，陕西宝鸡市农民魏炳祥在自家后院取土时发现一批无价之宝上交，获奖励一万元。同年10月26日，陕西省丹凤县李磊在作业时发现一把约三千年前的战国青铜古剑，11月2日，该县文物部门对主动上交的李磊颁发了荣誉证书和给予五百元奖励。

哪怕依法律规定文物归国家所有，也应当尊重发现者的发现权，在知识产权中，发现权都有着严格的保护，发现文物是否应该也有呢？至少，体现与文物价值相匹配的一定比例的奖励应当明确下来，否则不利于老百姓发现文物之后上交。

空有精神奖励，没有物质保障，任何事情都是搞不好的。不交文物最高可罚款五万元，上交文物才奖励五百元，这样的规定明显责任和权益不成正比。

《钱江晚报》2017年6月21日

艺术不能总在"神坛"上

毛建国

据6月21日《成都晚报》报道，近日，一段"川剧变脸"的视频在网上热传，只是"火"的原因有些"尴尬"，表演者在"变脸"过程中接连失误，捂脸"纠正"仍然无济于事，最终尴尬离场。有"变脸"大师的徒弟称，表演者的失误从直观形式上泄露了川剧变脸特殊道具的组合程序，严格讲是对川剧这项非物质文化遗产艺术名片的"腐蚀"。

"台上一分钟，台下十年功。"在台上出现这样的失误，是不应该的。倘若是专业演员，更不应该。这也提醒任何一个有志于表演的人，都应该珍惜舞台，珍惜观众；尊重舞台，尊重观众。但是，一次"变脸"失败天塌不下来，也构不成什么对非物质文化遗产的"腐蚀"。

川剧"变脸"本发轫于民间，但不知从什么时候起，便开始走上了"神坛"。1987年，川剧"变脸"被列为国家二级机密，更是增加了不少"神秘"色彩。仿佛这项艺术不是一般人所能涉及的，私自授艺者、揭露秘密者，也仿佛成了敌人。

"变脸"为什么要变成现在这样？过去有句话，叫"教会徒弟，饿死师傅"，对应的是在相对封闭落后的时代，能够掌握一门手艺或者技术，便可安身立命，养活一家老小，甚至荫及后世子孙。因此不但不轻易收徒，甚至在家族内部也是"传子不传女"。时代发展到今天，这种观念还有市场吗？还应该被推崇吗？

在文化大发展大繁荣的时代，一门传统艺术最大的敌人，可能不在内部，而是来自外面的竞争。拿"变脸"来说，今天的文化市场早已不是非此不可，有着太多的其他艺术形式。这一环境下，如果一项艺术依然把自己置于"神坛"之上，恐怕会导致失去观众和市场。

遑论很多传统艺术不是因其自身富有魅力，被置于"神坛"之上，而是从业者敝帚自珍，自己把自己置于"神坛"之上。在当前的文化市场上，一门艺术想要拥有更广泛的生存和发展空间，就得努力在人群中培养粉丝。专业演员安身立命靠的是技高一筹，而不是人为设置艺术门槛。

京剧这几年之所以呈现复兴之势，与其打开大门不无关系。如果京剧艺术也把自己装进"四合院"，不允许别人碰，一旦票友"唱砸了"就上升到"腐蚀"艺术的高度去指责，那么最终还能剩下几个人愿意玩？人们对"变脸"有兴趣，是好事，利用公众的兴趣，培养更多爱好者，只会有利于这门艺术的推广。

当初把川剧"变脸"列为国家二级机密，于从业者来说，可能是好事，毕竟减少了竞争。但于这门艺术的传承和发展来说，现在还是好事吗？好与坏的标准是什么？时代变了，很多事情完全可以也应该重新审视和考量。

《工人日报》2017年6月23日

慎防"白开水效应"

司徒伟智

每被问及"你养过宠物吗",我会作苦笑状:"半个世纪前养过,老资格啦,那是同小伙伴下乡捕捞蝌蚪回来养在玻璃瓶。只是'宠'得够傻,瓶子哪养得活蝌蚪,照例十天半月就呜呼哀哉。"

没想到,时至今日,此风未息。某些朋友竟有在宠物豢养五花八门之余,不忘踏青时节捞来几条小蝌蚪的,说是"让小孩零距离观察动物"。这是媒体报道的。

所幸的是,阻遏的声音大起来了。报道介绍,很多市民不认同"观察动物"说,而批评为糟蹋生命、妨碍生态。

如今的我,"觉今是而昨非",自然赞成批评方。不批评,还得了?蝌蚪是青蛙的幼体,青蛙是环境的密友。其功绩不仅在扮靓田野,"黄梅时节家家雨,青草池塘处处蛙",更在消除虫害。须知一只青蛙每天捕捉害虫六十条,一亩地蓄养六百只青蛙则各类害虫基本敛迹。"稻花香里说丰年,听取蛙声一片""薄暮蛙声连晓闹,今年田稻十分秋",蛙声噪而五谷丰,二者紧关联。反之,蛙声息而虫害兴,禾稻遭殃,农夫心焦矣。

因果昭彰,道理易明,然而一种普遍的心理令人放松自律:"反正河里蝌蚪多啦,我就捞几条,没啥影响。"诚然,茫茫湿地,八九条,十来条,在蝌蚪总量中占比何其低也。问题在于,捞蝌蚪者各地多有,比比皆是,不该单个考量,务须综合计算。你几条,他几条,汇拢来浩浩荡荡赴黄泉,蛙声日稀,有目共睹!而且,请关注一个数据即"最小可存活种群",它表示随着种群的成员数日朘月削,一旦达到"临界值",辄有整个种群灭绝之虞。

大概在社会心理学家看来,这就叫"责任分散效应"——面对一项集体责任,当个体各自承担的责任不明确时,容易各抱"少我一个无碍"的侥幸心而自我减负。德国人林格尔曼早先做过实验,分别由单人或数人拉绳子,测试结果是个人平均拉力为六十三公斤,八人组人均只有三十一公斤,竟不到单人拉时用力的一半。对此类"集体冷漠",我常觉得还可以起个更形象化的名称——白开水效应。出典在中国古代寓言。它说的是四个朋友会餐,讲定各携一葫芦高粱酒,倒在瓮里一起喝。到头来却各打算盘,都悄悄带一份白开水去混羼,结果是谁也蒙混不了。"白开水效应",何等幽默,而又警醒!

  由青蛙想到蛇。蛇也是人的朋友。尤其现时,猫成了娇养的宠物,于是蛇就成为我们对鼠作战的主要助手。可惜,郊野觅蛇难,酒桌觅蛇易,"蛇会自生自繁,我抠几条又怎样?"——竟不知"白开水效应"为何物。

  由保护动物想到保护更广阔的环境。"找回手帕取代纸巾""不用一次性木筷""用洗脸水拖地板浇花""冬天开空调减低一度""废电池交投专用回收箱",诸如此类,说难不难,却又知易行难,持之以恒者究竟有几何?老爱用"少我一个没关系"自我原谅,还是忘却"白开水效应"。

  面对伤痕累累的生态环境,每个人都该秉持"勿以恶小而为之"理念,容不得再来一点雪上加霜了。

  让"白开水效应"长鸣在耳畔,社会责任感喷涌在心头。

《杂文月刊》2017年7月

大学生都变成手机党是一种悲哀

梁晓声

文化的概念太大了，几乎包罗万象。

大众接受好文化的影响，主要是通过文艺来接受的。

比如"勿以善小而不为"——这是一种宗教思想，也可以说是一种文化思想。这种思想若要达到影响人心的目的，一篇小散文的作用肯定大于那样一句话：大海退潮，许多小鱼将要干死在海滩。一个孩子捡起一条条小鱼抛回海中。有人说，没意义的，下次涨潮还会有许多小鱼被冲上海滩。孩子说："但是对这条小鱼有意义，对这一条也有意义……"他仍不停地捡起小鱼抛向大海。某些人读到这样一篇小散文，内心会有所思考。若是影视情节，将会给更多的人以更深的印象和感受。同样，"老吾老以及人之老，幼吾幼以及人之幼"，经过文艺化之后，才更易于化人心。

由而可见，文化化人，文艺的作用极大。

以电影为例，我们所谓的一部大片的成功，往往是看票房。但从某些票房很高的电影中，我们却不太能看到很真诚的好思想的表达。我们的电影几乎已经丧失了对正面价值观的表达能力。这跟我们的社会也有关。在大学里我说，我们都应该看一部电影，有的同学会说，老师我不喜欢看这部电影，或者说我不喜欢看这一类。我说的这一类的电影当然是人文的电影，有人文的精神和人文的品性。很明显的，这类电影他不喜欢看。我的回答是，这是你必须看的。因为你在上大学，你的父母替你交学费，我作为老师有责任要求你看这样的电影，你要跟大学校园以外的那些看电影的人不一样，我们大学培养学生，起码要培养出来看好电影的青年，不但自己要看，而且还能评论，还能影响别人。

我说两件事，一件事是我在朋友家里做客，朋友的女儿在网上看新片，外国电影，朋友催促她快睡觉，她说我没有看过这样的电影，那少女很感动，说电影中的好人真好。她的母亲是知识分子，中国知识分子，她的母亲说别相信那些，没有好人。这就是我们中国家庭,我们中国母亲中的一类。另一件事,我在另一个场合,到一个外国专家家里,在北京住的公寓,我和她在交谈,她的女儿在看中国的电视剧,不停地问,剧中的人为什么都很坏?她的妈妈回答说,别相信,那是编的。她说我们回到自己的国家,你会知道我们的人没有那么坏的。我们现在的情况是,我们的电影中、电视剧中,当我们写到人很好的时候,编剧、导演自己首先不相信。

和受众处在同一水平,认为我们会有好人吗?这样写有人相信吗?当我们表演人很坏的时候,你看我们的演员,演得很棒。我们看美国电影的那个黑人演员华盛顿,当他演一个好人的时候,我们很相信。我们为什么相信呢?我们知道这个演员在演的时候,他很相信。我们仅仅把电影和电视剧看成了娱乐。我们太多的中国人几乎成了这样的动物:挣钱,然后玩闹,转身再变成"吃货",到处娱乐。我们的影视缺少对作为一个21世纪的人的那种品格和素质的好影响。

我们的生活已经改善较多了。我们从前在那么狭小的居住条件下,还有书架。现在我们房子大了,反而没有书架了。每个家庭都应该有好书,让好书影响人、改变人。

我们教出来的学生,如果出了校门都变成手机控,那我们的教学就太失败了。情况常常是这样,一个人拿着一本书,如果那书是一本好书,他在读这本书的时候,有人来问他路,他一定会好言好语地告之。如果有人拿着一本好书在这里读,别人撞了他一下,他一定不会生气。如果他拿着手机在玩那些游戏的时候,别人问他路,他可能就很不耐烦。如果两个人都拿手机在玩游戏的时候,互相撞了一下,肯定都是不好的脸色。现在有太多太多的人已经不看书了,这是令人担忧的。我们在大学里要尽量地,把我们的学生拉回到书卷中。

《北京青年报》2017年7月4日

卸下虚名的包袱

李锦涛

东汉有位名叫法真的大儒,知识渊博,可称大才。他生于官宦之家,却天生淡泊名利,曾被汉顺帝四次征召出仕,均坚辞不受。他的朋友郭正评价他:"逃名而名我随,避名而名我追,可谓百世之师者矣!"

这就涉及一个对"名"的态度问题。古人说:"人过留名,雁过留声。"人之为人,收获好评价、留下好名声,是自然而然的内心追求。但追求怎样的名声,怎样对待名声,却有境界高下之别。《道德经》提出:"道可道,非常道。名可名,非常名",从哲学上启示人对"名"和"常名"的不同境界有所认识。纵观历史,无论帝王将相还是布衣百姓,没有人因虚名而流芳千古。但凡能被世人所铭记者,无不是心中有抱负、脚下有征途,靠实绩而赢得口碑。一个人如果执迷于那些如浮云一般的虚名,很容易一叶障目,落得个名不副实的结局。

然而,汲汲于名声的人依然并不鲜见。现实中,总有一些领导干部"光说不干假把式",实际工作原地踏步,口号却喊得震天响;总有人沉溺于追名逐利,醉心于沽名钓誉,迷信"干得好不如说得好"。更有甚者,表面上不犯错、不作为,但就是不放弃出名的任何机会,习惯以作秀粉饰平庸。凡此种种,都映照着不端正的干事态度,长此以往只会失去人心、招致不满。进而言之,一个人如果名声与成就不匹配,一旦离开相应的位置,所谓的"名"很快就会烟消云散、被人遗忘。

为官一任,不是不需要声誉,关键在于如何留住清名与美德。当共产党的"官",既不是谋私利也不是享清福,而应想方设法造福于民。立下清正廉洁、一心为民的鸿鹄志,崇仰"先天下之忧而忧,后天下之乐而乐"的德行,讲奉献、讲作为、讲实干,才能行之久远。

司马迁在《史记·李将军列传》中称赞飞将军李广"桃李不言,下自成蹊"。为官从政,情理也是相同的。焦裕禄、谷文昌、孔繁森、杨善洲、沈浩……那些被群众铭记于心、时常怀念的好干部,他们的好名声哪个不是默默靠实干累积的?政声人去后,民意闲谈中,完全不必想方设法突显自己的功绩、苦心孤诣夸耀自己的不凡,只要真心为百姓谋福、为苍生立命,自然会被人们记惦。

"不受虚言,不听浮术,不采华名,不兴伪事",卸下虚名的包袱,甩开膀子,脚踏实地,把有限的精力放在干事创业中去,我们一定会在时间深处留下自己的足迹,在群众心里留下温暖的记忆。

《人民日报》2017 年 7 月 24 日

让每个角落都干干净净

凌焕新

这几年铁腕反腐、猛药治疴，"老虎""苍蝇"一起打，党风、政风、社风的大环境已是今非昔比。老百姓的获得感不断增多，满意度逐年走高，"清爽多了""舒适多了"是大家的共识。

但从具体小环境上看，清爽程度落差还比较大，有的"脏乱差"问题仍较突出。在一些地方、领域和单位，"院子里"的蚊蝇、"圈子里"的跑找、"袖子里"的来往，依然存在。"外甥点灯——照旧"的党员干部，亦未绝迹。

涓涓不塞，将成江河。大环境是由小环境组成的，点上越干净，面上越清爽；干净之点越多，清爽之面就越大。如今"卫生状况"差的地方虽然不多，但只要存在不干不净之地，只要还有害虫活动之迹象，就不容我们麻痹大意、歇脚松气，"宜将剩勇追穷寇"。

俗谚曰："上不紧，下不忙。"如今，管党治吏走向"严紧硬"，执纪问责"越往后越严"。这对于清扫小环境来说，是多么好的"东风"和"窗口"。正所谓"因风吹火，费力不多"，党员干部应当抓住机遇，带领群众"黎明即起、打扫庭除"。如果"太阳晒屁股了，还赖床不起"，是免不了挨板子的。

一些地方和单位小环境依旧，分析起来无外乎几种情况：有的习惯了过去的"脏乱差"，因而见坏不怪；有的虽然大会小会也在喊，但"开弓不放箭"；有的只顾清"大场"、扫"门面"，而没管"门窗后""桌椅下""角落里"；有的组织一次"大扫除"就以为万事大吉，没有形成常态；还有的自以为"环境不错""相对先进"，看不到"绿叶底下藏害虫"。可见，清扫小环境，关键还在于思想上提升站位、摆到正位，工作上落细落小、抓长抓常。

当然，风气环境上的脏乱差，不会像掌上观纹那么简单。因此，清理小环境，需要培养孙悟空那样的火眼金睛，保持开弓没有回头箭的坚韧斗志，掌握好灭鼠拍蝇的方法技巧。有没有纯正风气的决心意志、会不会及时修复不良生态、能不能保持一方绿水青山，是党员干部责任担当、能力水平、精神作风的综合反映，也是衡量对党忠诚、向党中央看齐最实际的尺度。

一人、一家庭、一单位、一系统，小环境清扫干净，大环境才会舒适可心。纠风除弊、正风反腐，不能只是站着看，不如挽起袖子，从自己做起。

《人民日报》2017年7月19日

舰队也能越过山岭

何冠军

茨威格在《拜占庭的陷落》中讲述了一个有意思的细节。攻城一方的强大舰队处于外海，无法施展力量。根据经验，船只能在水里航行，但他们决定利用圆木作为滑板，送船上山。最终，在对方毫无防备的情况下，整整一支舰队越过了山岭，出其不意地抵达内港，赢得了胜利。

"舰队无法越过山岭"，这是常识，也仿若禁锢思维的一道高墙。细想起来，类似的高墙在现实中几乎无处不在。从某种意义上讲，每个人其实都生活在自筑的高墙之内。譬如，当你自认为睡眠很浅时，哪怕极小的空调滴水声，也会扰得你心烦意乱；当你认定自己不善交际时，即便所有人都心怀善意，你也不敢主动去打声招呼。看不见的高墙，让我们因循守旧而不知，自我设限而不觉，成了思想和观念的囚徒。

石墙易毁，心墙难拆。在一定的环境中生活工作久了，往往容易形成一套固定的思维模式、行为方式。在这种背景下，一些人担心改变会带来不必要的麻烦，宁愿固守在无形的思维高墙之内，任由自己被惯性思维左右。长此以往，思维日益僵化、停滞，一个人就会失去发现更好自我、遇见更佳选择的时机，最终只能与成功、幸福渐行渐远。

拆除禁锢思维的高墙，将会迎来更多可能性。达尔文总是随身携带一个本子，一旦观察到与已有理论相矛盾的现象，就迅速记录下来，因为他每构建一个观点，并不是一味固守维护，而是积极主动地寻找反驳的证据。跳出日常经验、惯性思维的拘囿，勇于突破自我、否定自我，才可能收获不平凡的成果。

无法改变风向，可以调整风帆；难以改变事物，可以重塑观念。打破思维惯性，关键是要有变通意识。正如幼年司马光救人，既然无法把水倒掉，那就把缸砸破。对待人生，又何尝不需要变通呢？很多时候，我们跌入困境，并非全因外界所致，而是我们的心陷入了泥淖。面对同样的际遇，有的人焦虑抑郁，生活在牢骚和埋怨之中，有的人却从容淡定，于逆境中追寻生命的光与热。当年，杨绛曾被"发配"去打扫厕所，境遇一落千丈，但她心无纠结、手不释卷，舒展了生命的意气。事实证明，换一种想法和心态，往往就能在黑暗中拥抱光亮。

有用人单位要求写一份三十字的个人简历，其中一位应聘者觉得如此短根本不可能，并未在意，直到参加面试提交简历时才发现这是一个严肃的要求。面对应聘者的辩解，面试官从容拿出了一沓三十字的简历。自己没见过，便说事情不可能；什么都没尝试，便认为自己也不行；如果总被庸常思维所困，不敢创新、不敢突破，终日在单调机械的重复中度过，即使忙碌得像高速旋转的陀螺，也难以创造出"让舰队越过山岭"的奇迹。

《人民日报》2017 年 7 月 21 日

保护方言是对多元文化的尊重

朱昌俊

"飞起吃人""捉麻麻鱼"……这些地道的重庆方言、俚语，还有多少为人所知？最近，重庆市育才中学的四名高中生写下万字论文，探讨重庆方言在青少年中的认知及使用情况，并呼吁关注重庆方言的传承。这份论文引起专家学者的关注，还获得了由清华大学主办的"登峰杯"全国中学生课外学术科技作品竞赛复赛一等奖。8月，四名高中生将携此论文角逐决赛。

这篇万字论文的主题，契合了当今社会对于方言的乡愁。城镇化加速推进，社会流动日益频繁，方言及其对应的方言文化的式微，几乎是社会向现代化迈进的必然代价与表征之一。正是在这一背景下，"保卫方言"的声音、行动近年来屡屡进入公共舆论空间。

比如 2015 年，一位电视节目主持人发起了一项名为"響應"（响应）的方言调查计划，将用 5 至 10 年的时间，对湖南五十三个调查地的方言进行搜集研究，用声像方式保存方言资料。再比如，北京、上海等地教育部门正积极推动方言进课堂。

语言是文化的载体和重要表现形式，不同的方言对应的是多元化的社会文化、风土人情。最典型的是一些地方曲艺，如花鼓戏、相声等，往往是依托于方言的背景，方能展现其特色与魅力。那么一旦方言衰败，其对应的文化表现形式也将随之凋零。所以，仅从保护文化多样性的层面，我们也需要保护方言。

不过，在主张"共同语言"的现代社会，是否有必要保护方言，仍然存在不同意见的交锋。其中一个重要理由，如语言学家周有光曾指出的："大都会必然是用全国的各种语言甚至是世界的各种语言。"言下之意，保护方言其实是很难的。但保护难度大，并不意味着可以完全任由方言的消逝，如何保护才是关键。

在全球化时代，希望依靠行政力量来保卫方言，是不太可能的。但是，可以借助行政权力对于方言的尊重和敬畏，让方言消失得慢一点，或是寻找新的生存空间与传承方式。比如，在城镇化进程中，适当保留一些"乡音化"的地名；在发展文化事业方面，对那些与方言有关的地方特色文化项目给予必要的扶持。而在社会层面，消除对方言的歧视很有必要。

令人欣慰的是，当前"保护方言"的声音与行动，包括这次四名高中生的论文，多发轫于民间层面。这象征着民众对方言的怜惜，带有某种文化自觉的意味，也让人对方言的前景有相对更乐观的期待。这也给我们启示，保护方言无须刻意的强力安排，而要多依循社会的自发动力，给予方言保护必要的空间。作为社会环境的产物，语言并非一成不变，它有着自己的变化规律，方言也不例外。认识到这一点，在今天谈保护方言，不妨说是谈如何让社会语言的流变显得更自然。

到底如何对待方言，其实并无多少深奥的道理可辩。它在一定程度上象征的还是一个社会对文化多元性乃至亚文化的包容度，特别是在城镇化加速推进的社会，方言或是维系乡土与城市联系的精神文化纽带。

《光明日报》2017年7月13日

走出国门，不惹麻烦也是一门学问

陈进红

近日，一名中国游客在美国洛杉矶旅游时误入游民聚居区，惨遭非裔男子暴打，令人惊愕。当时，张先生走进了位于洛杉矶市中心的穷街，走到游民巷口时，已感受到当地气氛不对，但出于好奇，还是走了进去。他说，因为在中国没有看到过这样的景象，想一探究竟。

穷街位于洛杉矶中心，是无家可归者、精神病患者等聚集区，是全美国犯罪率最高的街区之一。即使是开车，洛杉矶本地人都不敢轻易经过这个街区。而张先生随后的一系列行为，把自己一步步带入危险境地。他先是在巷口拍了一张照片，巷子里有一群非裔男子聚集在一起，他又凑过去张望。张先生去过十几个国家，他很喜欢这种走南闯北、结交各国友人的氛围。但显然这次冒险精神用错了地方，张先生随后被一名非裔游民重拳打晕，左腿骨折、肋骨受伤，手机也被摔得粉碎。

网友纷纷留言说是"好奇害死猫"。首先，无疑是要谴责并追究暴徒的行为，而同时，如何不惹麻烦也是门学问。出行国外，我们该如何更好地保护自己？

"中国游客"在国际旅游界似乎已成为一个群体性标签。自2010年起，内地居民出境人数每年都大幅度递增，2016年达到1.37亿人次。境外涉中国公民安全事件也逐年增多。我们的腰包越来越鼓，越来越多的同胞走出国门，好奇是驱动我们走出去的原始动力。在好奇背后，我们是否应该审视一下自己以什么样的心态和姿态来到外面的世界。

我们身处于多元化的社会，无知者不是无畏，无视所在国家风俗习惯的行为往往会成为"文明冲突"的导火索。去往一个国家或者地区，必须先了解当地的治安状况、风俗文化等，否则很容易招来麻烦，惹出笑话。比如，走出国门之后，拍照就不仅仅是个私人爱好问题，还会涉及文物保护、人身安全以及尊重隐私等问题。要清楚什么情况下适宜拍照，什么情况下不适宜拍照，很多时候一张照片会使外国人对中国游客的印象减分,甚至是惹祸上身。

越是在新鲜的环境中,就越要有清楚的自我保护意识和对潜在危险的警惕性。陆续发生在中国游客以及留学生身上的不测和悲剧,很大程度上是因为在异国他乡初来乍到,对社区和法律环境都不甚了解,甚至想当然地把很多中国的习惯和固有思维带到了国外。

你去很多国家,并不代表你就可以把在 A 国的经验放在 B 国,没有在一个地方生活过一段时间就没有资格对其文化风俗进行评判。小到个人,大到国家,当实力日益强大,在自信增强的同时,还要学会不惹麻烦。怎样才能不惹麻烦?当然是事先将当地的风俗民情调查清楚,心中有数,这样才不会犯张先生这样的错。调查清楚,也是一种对他国文化的尊重。中华文化要求我们尊重理解他国的规则与文化,包容民族文化之间的不同,择其善者而从之,其不善者而避之。不是"我什么都不懂"的无知,更不是"我知道,但大家都那么做"的盲从。

《钱江晚报》2017 年 7 月 24 日

知足须忍痒

程学武

"知足常乐"这一古老的命题,在当今纷繁杂乱、诱惑多多的世界里,我看应是我们立身处世、自制自律的金玉良言。

曾读过"齐人攫金"的故事,说齐国有个财迷,整天想着要有许多金子。一天,他来到集市上,看到一家金店,直奔柜台,揣起金器就跑。几个路过的巡吏将他抓住。县官审问他:"当着那么多人,你竟敢去抢别人的金子!"那人这才清醒过来,答道:"我拿金子的时候,只看见了金子,除此之外,什么也没有看到。"

明代的刘元卿曾撰写《王婆酿酒》的寓言,读来颇为有趣。王婆以酿酒为生,有个道士常到她家借宿,喝了几百壶酒也没给钱,王婆也不计较。一天,道士说,我喝了你那么多酒也没钱给你,就给你挖一口井吧。井挖好后,涌出的全是好酒,王婆自然发财了。以后道士又问王婆酒好不好,王婆说,酒倒是好,就是没有用来喂猪的酒糟。道士听后,笑着在墙上题了一首打油诗:"天高不算高,人心第一高。井水做酒卖,还道无酒糟。"写完之后,这口井再也不出酒了。

这些故事、寓言告诉我们,当一个人该知足而不知足时,就会目眩神迷于五色之惑不能自拔,成为贪欲的奴隶。古人总结教训"知足不辱,知止不殆",就是说知道满足的就不受辱,知道适可而止的就不危险、可以保持长久。"人贪酒色,如双斧伐孤树,未有不仆者!"一个人,尤其是执掌权力的人,一旦对自己的地位、待遇仍不知足,欲壑难填,迟早会出事。那么,如何识高低、知满足?这道问题确实考验着每个人的抵抗力和免疫力。

现实生活中,知足之乐是以忍痒换来的。权力、地位、金钱、美色,对人的诱惑和杀伤力极大,见之"心痒"可以理解,关键是对非分之利要忍痛煞痒。有位县官死后留下一只小木箱,后人打开一看,是满箱血迹斑斑的草纸,以及一封信件。原来这位县官生前面对贿银,内心也曾一次次发痒。为戒贪拒贿、煞住心痒,他以锥刺股,以纸拭血,久而久之,集满木箱。信末,他以苏轼名言告诫儿孙:"忍痛易,忍痒难!"

极少数位高权重的"聪明人",书读得比别人多,见识比别人高,可关键时刻,忘记了祖宗的良言,忘记了前车之鉴,见利便如蚁挠心,奇痒难支。一些几十年一尘不染的干部,最终经不住诱惑,由"心痒"到"手痒"。结果"伸手必被捉",成了阶下囚。

其实,"知难不难"。古人云:"一念收敛,则万善来同;一念放恣,则百邪乘衅。"对党员领导干部来说,忍住痒,守好清正廉洁的总开关,关键是要修身慎行、怀德自重、清廉自守。各种"诱惑的痒"少了,才能心明眼亮,识别出什么是鲜花、毒草,什么是阳光大道,什么是陷阱;才能在人生的任何关口,都经得起诱惑,躲得过围猎,守得住底线。

《中国纪检监察报》2017年7月17日

可爱与可怕全在自己

赵荣霞

做数学题的时候，一个问题是一个答案，而在生活中，一个问题可以有两种答案。

老师给我讲过这样一个故事：

一位老人，每天都坐在路边的椅子上，向开车经过镇上的人打招呼。有一天，他的孙女在他身旁，陪他聊天。这时有一个游客模样的陌生人在路边四处打听，看样子想要找个地方住下来。陌生人从老人身边走过，问道："请问大爷，住在这座城镇还不错吧？"

老人慢慢转过来回答："你原来住的城镇怎么样？"游客说："在我原来住的地方，每个人都很喜欢批评别人。邻居之间常说闲话，总之那地方很不适合居住。"摇椅上的老人对陌生人说："那么我得告诉你，其实这里也差不多。"

过了一会儿，一辆载着一家人的大车在老人旁边停下来，一位父亲从车上走下来，向老人说："老人家，住在这市镇不错吧？"老人没有回答，反问道："你原来住的地方怎么样？"这位父亲看着老人，说："我原来住的城镇每个人都很亲切，人人都愿意帮助邻居。我真舍不得离开。"老人看着这位父亲，脸上露出和蔼的微笑："其实这里也差不多。"

车子开动了。那位父亲向老人说了声谢谢，驱车离开。等到那家人走远，孙女抬头，问老人："爷爷，为什么你告诉第一个人这里很可怕，却告诉第二个人这里很好呢？"老人慈祥地看着孙女，说："不管你走到哪里，你都会带着自己的态度，那地方可怕或可爱，全在于你自己。"

这位老人把同一个问题给了两个人两种答案。是的，别人对你的态度，取决于你自己。当你善待别人时，别人自然会善待你。如果你挑剔别人，别人也会挑剔你。所以，受到别人的误解和冷落，首先要在自己身上找原因。别人就像你的一面镜子，照出的是你自己的态度。如果你用一颗充满仁爱的心去对待他人，那么，你一定能够收获他人真诚的关怀！

《思维与智慧》2017年7月上半月

《论语》札记

王国华

近乡情怯

《论语》中记录孔子回乡以后，在乡亲们面前，表现得非常低调，"孔子于乡党，恂恂如也，似不能言者"，温恭谦逊，好像不会说话一样，"其在宗庙朝廷，便便言，唯谨尔"，在朝时则慷慨陈词，说话极明白，这样的表现反差很大。

能做到像孔子这样的，现实生活中并不多。很多人与其正相反。在外面吃尽了苦头，回到乡亲们面前，一定做出花团锦簇的样子，猛夸外面的世界很精彩之类。原因不外当时信息不畅，传播渠道单一，别人不知道外面的世界如何，精彩还是无奈，全凭外来者一句话。

讲述者与倾听者，本应互相知根知底，是一种平等关系。但这种信息不对称，使人与人之间变成了俯视和仰视。本无人敬之，通过真真假假的信息传播使人敬之，此种行为即对乡人的不敬。若对乡人有真爱与真敬，则无须"挟外以自重"，近乡情怯，不言、少言则可。

时至今日，在乡党面前"似不能言"又有了新的内涵。国内一、二线城市，三、四、五线城市和乡镇之间的生活水准，已无天壤之别。深圳超市里的饮料，在河北省阜城县的超市里也有，品质几乎一样，网购产品也能直达天涯海角。物质生活彼此彼此，但精神层面的差异却显露端倪。政治问题、国际问题，或是当下的社会热点问题，对某人的评价等，皆因知识背景、生活背景的差异而千差万别，怪不得有人得出结论："价值观才是人和人之间最深的鸿沟。"

故乡与庙堂，一为生活之地，一为论辩之地。故乡以情为重，庙堂以理为重。情理不同，方式不同，非此一时彼一时也。

想见其止

提到短命的得意门生颜回，孔子总是一副怜惜的样子。他什么都好——"贤哉！回也。"可谓盖棺定论。他还有具体的优点"不迁怒，不贰过""一箪食，一瓢饮，在陋巷。人不堪其忧，回也不改其乐"，对物质条件没过多要求，一心学习，谋求上进。

孔子还有这么一句："惜乎，吾见其进也，未见其止也。"这句话怎么理解？按多年流传下来的释义，也是表扬颜回的：我看见他一路向前，从没停止过，可惜死了。孜孜以求，人生如逆水行舟，不进则退，符合刻苦奋斗的价值观。但如果从相反的角度解读呢——惜颜回这孩子，他只知道一路前行，却没见他停下来过。如果他能停下来多好啊。

学习的过程中需要停下来，原因很多。停下来咀嚼消化，停下来实践，是为了上更高的台阶。或者，干脆学到一定程度就不学了。人的天赋不同，承受能力各有其限，若目前掌握的已经足够修身养性，养家齐家，那就算了。再学下去，或走火入魔，或旁门左道，乐极生悲，也不是好事。

有平衡，有自我约束，有底线，这也符合孔子一贯提倡的中庸原则。

学习如此，做人亦如此。行善乃人生向度，亦为自我净化提升之路径。与人为善，与物为善，与周围环境为善，则和谐快乐，自己亦获其利。但善亦有度，放生者将毒蛇集中散布于村庄附近，乃至将老鼠、跳蚤若干置放于森林中，骤然改变生态，周遭之事物，皆成受害者。有买则有卖，有卖则有捕捉，有捕捉则有杀戮，"行善者"只顾一己之善，罔顾结果，实已成杀戮源头。另有一"善"，迁就一切，无论善恶，妄想善能改变一切，以"至善"自居。至善转为至恶，乃真理两极之随时转化，忽视不得。

推及一切，皆应有进、有停、有退。孔子以颜回论行止进退，非为只推崇"进"。但"进"是人生第一步，稍有功力修为，或一般意义上的功成名就之后，才可论及止与退。孔子之叹，言外之意可以理解为：颜回应该是有"止"的，但我没来得及看到。他没来得及让我看到，还是因为他死得太早了。

秩序

弟子子游出任武城宰，孔子问他那里有什么人才，子游答，有一个叫澹台灭明的人，"行不由径，非公事，未尝至于偃之室也"。子游肯定澹台灭明，有两个原因，一是他没有公事的时候从不到我的住处，我是他的上司，而他不巴结我。一是他走路从不走小路，所谓"行不由径"，"径"就是小路。此说法得到了孔子的认可，因为后来澹台灭明也成了孔子弟子。

弟子们记载孔子言行，说他"割不正，不吃""席不正，不坐"。进食时，食物切割得不整齐、不方正，不吃。就座前，一定把席子摆得端端正正，否则不会坐下去。

行不由径，割要正，席要正，这三件事看上去似乎毫不搭界，但其实它们之间有着隐秘的联系，即分寸感与秩序感。

从现实角度考量，很多自我约束行为有其实际意义。比如，走小路，抄近道，诚然提高了时效，但风险系数也在提高。小路两旁草木丛生，隐藏着蛇虫之类的毒物，不小心就会被咬伤；因为走的人少，小路上的坑坑洼洼要多一些，可能会崴了脚。相反，大路宽敞，危险状况一目了然。

"割正"亦然。食物切割得乱七八糟，虽然味道没变，但吃起来心情会受到影响。一份赏心悦目的饭菜跟一份胡乱摆放的饭菜，给人的心理感受能一样吗？日本人的美食名气不小，跟他们重视细节不无关系。他们重视食物颜色的搭配，重视形状和摆盘，甚至刀在鱼身上的划痕都有讲究。做"味噌"（一种豆酱）的豆子都是一粒粒选出来的——虽然豆子是大是小并不影响做出来的品质——但这是全方位的"割正"，或说"割正"是简化、符号化的美食准则，以此要求自己，已成为一种惯性。"席正"亦如是，一个人坐得歪歪扭扭，或许会影响别人对其内在的判断。

基于利益考量的条条框框，逐渐进化、完善，形成了规则与秩序。这些秩序，就是日常规范，所谓"礼"。它们约束着人们的言行，帮助人们规避掉一些潜在的风险。

而在我们的历史实践中，有些行为是专门针对条条框框，以打破传统为荣、为乐的。你让我把衣角扯平，我偏衣衫不整，蓬头垢面；你让我定时沐浴，我偏扪虱而谈；你让我按部就班，我偏放荡不羁、天马行空。魏晋风度至今仍有拥趸。结果呢？反传统、反僵化、反固化，听上去很美，但反完以后，还是要制定新的秩序。秩序是永恒的，"割正"是永恒的。反秩序只是建立新秩序的开始。

"义"与"亲"

叶公语孔子曰："吾党有直躬者，其父攘羊，而子证之。"孔子曰："吾党之直者异于是。父为子隐，子为父隐，直在其中矣。"叶公对孔子说，他们家乡有个人偷了羊，他的儿子出面举证，大家都认为这是个正直的人。孔子说，我们家乡跟你们家乡的价值观有所不同，父亲为儿子隐瞒，儿子为父亲隐瞒，正直自然就体现出来了。

初读此言，第一反应是孔子太自私了，怎么可以不以大义为重？但仔细琢磨，孔子说得有其道理。

什么是"亲"，这个很好判断，血缘关系、抚养关系。但什么是"义"？每个人角度不同，对"义"的判断理解和给出的定义也不同。很多所谓的"义"，是阶段性的、地域性的、个人化的，有一定的局限性。

而亲情伦理是人之为人的基本要素，是维系人与人关系最后的链条，如果连这个底线都没了，还如何称之为"人"？其实，所谓"亲亲相隐"，不是和亲人一起作恶，更不是主动配合他，而是被动地退却，退到人性的底线。也有些人劝说犯法的亲人去自首，甚至举报之，但目的乃是让亲人的损害减至最低，其初衷并不一定为了"义"。

现在有些地方的法律已经规定，违法者的亲人可以不举证。乃至，如果妻子举证丈夫会对婚姻造成损害，妻子也可以不举证。这就是保留人与人的一点不忍之心、不忍之情。

《同舟共进》2017年第8期

"吃羊肉"不及"吃糟糠"

晏建怀

南宋前期,宋高宗赵构任命秦桧为宰相,时长近二十年。朝廷上下许多大臣都唯秦桧马首是瞻,不敢轻易发表异见。然而,也有少数人敢于向秦桧说"不",叶义问就是一个。

叶义问,严州府寿昌县(今浙江建德)人。他于建炎二年(1128年)入围赵构登基后科考的第一批进士,随后调临安府任司理参军,一个八品小官。宋高宗绍兴年间,叶义问调饶州(今江西鄱阳)任教授,掌学校课试诸事,因知州缺人,朝廷让他代理知州一职。当时,有一个较有名的僧人犯了罪,叶义问准备按法律对其治罪,但有人马上提醒他,此僧为徐俯的门僧(约定为大户人家做礼忏的僧人),不可轻率对待。徐俯任过翰林学士、签书枢密院事、参知政事(副宰相),曾是皇帝面前的红人,如今退休在家。而且,徐俯对叶义问也不错,刚写了一封荐书,准备向皇帝推荐叶义问,委以重任。身边同僚深知此僧来头,屡屡劝叶网开一面。

徐俯亲自赶到饶州府,当面向叶义问请求释放此僧,然而被当场拒绝。徐俯不禁大怒,责骂叶义问不讲情面,不知好歹,拂袖而去。僧人终于还是被绳之以法。

最能体现叶义问胆量的事情,是他敢在秦桧这个"太岁"头上动土。叶义问曾任江宁(今江苏南京)知县,秦桧是江宁人,江宁有他大批亲属。以前,这些沾亲带故者皆因秦桧而免掉了应该履行的差役,叶义问来江宁后,听说秦桧亲属不服差役,立刻下令给他们派差。同僚们纷纷劝他别自寻烦恼,叶义问反问:"他们不服役,何以服他人?"照派不误。

叶义问任江州(今江西九江)通判期间,豫章太守张宗元得罪了秦桧,秦桧示意叶义问的上司张常先处理,张宗元乘船恰好路过九江,张常先便命令叶义问扣押张宗元的官船。谁知,叶义问非但不执行,反而将张常先派人送来的文书丢到地上,表示宁愿获罪,也不做这种事。张常先向秦桧报告,叶义问因此被罢官,终秦桧一世，未得重任。

其实，在当时，像叶义问这种性格的人，最适合的岗位是当御史，因为御史可以放言无忌而免责。后来的事情也确实是这样发展的。绍兴二十五年（1155年），秦桧去世后，在继任者汤思退的推荐下，叶义问进入了宋高宗赵构的视野。赵构想起当年叶以一介末吏弹劾宰相范宗尹，想必既正直又大胆，便提拔他任殿中侍御史。叶义问到任，果然不负赵构所望，知枢密院事汤鹏举效法秦桧，培植亲信，铲除异己。叶义问上书弹劾，文中有"一桧死，一桧生"之语，掷地有声，结果汤及其亲信被罢免。

这样一个正直大胆的书生，任御史当言官确实干得风生水起。然而，后来赵构却任命他为同知枢密院事，掌全国兵权，以至于连连闹出笑话。

比如，金主完颜亮率军南侵，叶义问到江淮一线督军。一天，打了胜仗的大将刘锜来信报捷，当叶义问读到"金贼又添生兵"时，竟不知"生兵"（生力军）的意思，茫然顾左右问道："生兵为何物？"下属们禁不住掩口而笑。又比如，他到镇江视察，对岸的金军即将渡江来袭，他竟让老百姓在沙地上挖沟，然后在沟边将尖锐坚固的树枝捆绑在一起，形似鹿角，用以御敌。老百姓一边无可奈何地做事，一边笑着说："枢密大人吃羊肉，其识见为何还不如我们这些吃糟糠的村夫呢？江沙上的工事如同稻草人，怎么御敌呢？"果然，当夜涨潮，沙沟全平，树枝也都漂浮不知去向。叶义问因此落下笑柄。

"吃羊肉"不及"吃糟糠"，历代不乏其人其事，用人是个永远的课题。用人得当，则事半功倍，有助于江山社稷；用人不当，小则引人一笑，大则害家误国。当年金军兵临城下，进攻开封，宋钦宗竟将首都安危全部托付于一江湖骗子郭京，结果城破国亡，留下了最惨痛的教训。

《同舟共进》2017年第8期

重要的是教育自己

潘国本

每个人都觉得自己很讲道理，很有良心，所以，这个世界最不缺的东西是道理和良心。大多数人认为自己一直被低估和忽视着，所以，卡耐基那句"每个人都认为自己很重要"成了永远的警句。

每个人都有这么一双眼睛，很容易发现自己的优点长处，很难看到自己的缺点短处。所以，我们最缺的是全面审视自己的眼睛。

每个人都喜欢讲自知之明，其实自知之明是最难修炼的教养。一切卓有成效的教育，总是先"自化"，然后再化及他人，一流的教导都在好好教导自己。儒家认为做人的基本准则有仁、义、礼、智、信"五常"，首要是仁，"仁者爱人"。儒家倡导的"克己复礼""己所不欲，勿施于人""吾日三省吾身""老吾老以及人之老，幼吾幼以及人之幼"等，都是儒者的自我教导。

我们常怨天怨地，就是很少怨及自己。我们见到的是，每个老爸都在教导子女好好学习，不说谎话，但是，有几个老爸没有说过谎话？有几个老爸他自己一直在好好学习？可见教导自己是多么困难，"教育者必须首先受教育"又是多么重要。

教育是一个内化的过程。内化，首先是接受，深一层次是与自己思想的融合，只有融合为个性化的一部分了，才产生效用。举一个我自己的例子吧。一天，迎面过来几个学生，其中一个调皮鬼直呼我的姓名。八成还是在开玩笑，可我已一肚子恼火，很不自在。还是那天，我回到了老家，刚一进村，无论男女，无论年纪多小，统统连姓也不带，直呼我大名。小侄子刚学会讲话，他也大声告诉他妈妈：国本回来了，国本回来了。我也一点没什么不自在。封建社会，只有皇上的大名是不能直呼直写的，喊了写了，是大逆不道，要治罪。李白、牛顿那么了不起，哪个不都被直呼其名？我们与"大成至圣先师"论辈分相差七十多辈，不是人人都在叫他孔丘吗？稍不顺心连"孔老二"都喊。其实当面称你"王老"的那位,背了面,就一直称呼你"老王";当面尊你"老爷子"的那位,转过身你的代号就是"老头子"。

这世上从来就不缺教导他人的天才,最稀缺的,还是好好教育自己的人。这篇短文,本是说自我教育很重要,不经意间又在教育他人了。

《杂文月刊》2017年8月

鲁迅与内山谈"认真"

乐　朋

1927年至1936年的十年间，鲁迅一有空就会去内山书店逛逛，买些书刊，并与内山完造喝茶聊天。他俩聊的话题很广，可谓推心置腹、无所不谈。

据内山完造在1936年底刊于日本《改造》杂志的回忆文章记载：大约是1935年3月的一天，鲁迅又来书店与内山聊天。在中国生活了二十年的内山，汉名叫邬其山，是个"中国通"。其时，内山所著《活中国的姿态》一书刚由鲁迅作序出版。鲁迅说，它给日本读者介绍了"中国的一部分真相"。可对内山赞扬中国历史文化的乐观态度，鲁迅不以为然。他说："你的漫谈太偏于写中国的优点了，那是不行的。"为什么不行呢？因为"现实非常令人悲观"，而且优点说多了反会"滋长中国人的自负的根性"。

那天的聊天集中于鲁迅养病期间的思索。鲁迅说："我这三个月躺在家里休息的时候想得很清楚了，中国四亿民众其实都得了大病，病因就是我之前讲过的'马马虎虎'！我认为那就是一种随便怎样都行的极不认真的生活态度。"1934年11月起，鲁迅每晚发烧、咳嗽。鲁迅生病期间，想到国人的通病，症结就在做事、生活缺乏认真精神。

曾在日本留学多年的鲁迅，对比了中国人和日本人。他说："我想日本人的长处就是不论做什么事都有像书里说的那种把生命都搭上去的认真劲儿""我不得不承认日本人非常认真。这是我对比了中日两个国家的国民性格得出的结论"。鲁迅的观察很深刻，对国民性格缺点的批评很中肯，也是对《活中国的姿态》所持观点的纠偏。

"九一八"之后，中国的抗日声浪渐起，国人对日本人的仇恨情绪加剧。此时此刻，鲁迅夸日本人的"长处"，褒扬其"认真"，似不合时宜。深知国人脾性的他说："我想，中国即便把日本全盘否定，也决不能忽视一件事——那就是日本人的长处——认真。无论发生什么事，这一点，作为中国人不可不学。只不过现在好像不是说这话的好时机,今天就算我喊破了喉咙,怕是也没有谁会听我的,相反会被扣上类似'卖国贼''帝国主义走狗'之类的帽子,被人追杀吧。罢了,对于这一点我无论如何都不吐不快,只不过是觉得今天应该说出来而已。等到病快好的时候我一定要说,这事我不得不说。"

八十多年后的现今,中国强大了,经济总量超过日本,位居世界第二,但国人的"马虎"病仍未痊愈。做事情、过生活,认真的不多,而像"做戏似的"不少。国人大都轻蔑地呼称"小日本",可一谈到家用电器的冰箱、空调以及小汽车,又总喜欢买原装进口的"日货";连个抽水马桶盖,还要去日本抢。产品质量的高下与做事的态度确有正向关系。

其实,不只日本人的认真,德国人的严谨、美国人的创新,都值得一学。自大自负,难有进步。

《杂文选刊》2017年8月

做"手有余香"的陌生人

宋 威

"湖上影子,惟长堤一痕,湖心亭一点,与余舟一芥,舟中人两三粒而已。"年少时读晚明小品《湖心亭看雪》,只偏爱"人鸟声俱绝"的遗世独立与洒脱。近日重读此文,体会到"焉得更有此人"的惊喜、"拉余同饮"的热情,方才知晓:真正让人着迷的,不是孤独的雪景,而是在孤独中遇到相同雅趣的陌生人。

人的一生之中总会或多或少地遇到陌生人。对陌生人的态度、与陌生人的距离,很大程度上界定着个体与世界的关系。纵观中国传统文化,既有"与人为善"的处世之道,也有"投我以木桃,报之以琼瑶"的礼尚往来,还有"同是天涯沦落人,相逢何必曾相识"的心意相通……凡此种种,都是与陌生人交往的准则,蕴藏着中国文化对和谐人际关系、乐观生活态度的价值追求。

但在现实中,陌生人之间并不总能奏响和谐的音符。常有人感慨诚信缺失、社会凶险、世态炎凉,笃信"不要随便与陌生人讲话",心中藏着"不安全感"。对于来自陌生人的援手,不少人尚且抱着警惕、怀疑、拒绝的态度,不敢轻易接纳,更不必说冒着被欺骗、惹麻烦的风险去主动温暖他人。无论是"做邻居三年却互不相识"的尴尬,还是"老人摔倒却无人敢扶"的冷漠,都在一定程度上揭示出现代人之间愈加疏远的现状。而一旦不信任、不安全等心态传递扩散,就可能塑造出一个饱含疏离感的社会。

毋庸讳言,现代人的疏离感,部分源自被一些无良者欺骗、讹诈的经历与听闻,以致人们面对陌生人时,首先选择警惕与怀疑而不是信任。但从更宽泛的视野看,这种疏离感还有其深层次的社会根源。有学者曾用"技术隔离"来描述这一现状,比如互联网拉近了人们的"线上距离",却也压缩了人们的"线下交集";技术进步不断加深着社会专业化程度,反过来也加剧了信息的不对称,在人与人之间筑起不信任的高墙。除此之外,现代社会的形态和结构也快速变迁。从熟人社会到陌生人社会,从相对静止的结构到快速流动的社会,某种意义上,人与人之间的陌生感，是现代化、城镇化的副产品。因此，既不必过度反思人心，也无须刻意放大人与人之"远"。最重要的，当是透过社会运行的表象，去直面现实问题。

在人与人之间的疏离感出现之后，制度层面的建构当然是拉近彼此距离的有力基石。事实上制度层面也已经多有建构，比如《民法总则》规定，因自愿实施紧急救助行为造成受助人损害的，救助人不承担民事责任。这样的鼓励无疑能打消援助者的顾虑。惩恶扬善、激浊扬清，公正的法律能够激发更多人源自心底的善意。然而消除陌生与隔阂，也离不开以信任为基础的"交往文化"涵养。在社会环境日趋复杂的今天，不能苛求毫无保留地帮助别人，更不能完全否定戒备之心，但在"评估风险""理性选择"之外，也该听听内心的声音，做一份"举手之劳"的善行。哪怕只是为他人递上一把伞、扶一下弹簧门、等一下电梯，也可能照亮一个心灵，为社会增添一份暖意。

"赠人玫瑰，手有余香。"无论是日常的一个微笑、一句问候，还是关键时刻的一声提醒、一次帮扶，坚定地对陌生人施以援手，一个人必会在心中体悟到助人为乐的深刻含义。对陌生人多一分善意，社会也将多一瓣心香。

《人民日报》2017年8月28日

以谦卑之心蓄进取之志

李慧勇

近日潜心阅读，看到一个令人深思的细节。20世纪60年代，针对大家的撰书建议，周恩来同志回应："如果我写书，我就写我一生中的错误。让活着的人们都能从过去的错误中吸取教训。"虚怀若谷、躬身自省的品格，映照着不凡的人格魅力，令人敬仰、感怀。

谦虚谨慎、低调内敛，不仅仅是一种性格特质，也能彰显一个人的精神境界和胸襟气量。回溯历史，古人常有"吾不如也"的感慨。刘邦坦言自己"不如子房""不如萧何""不如韩信"；狂傲不羁如诗仙李白，也曾感叹"眼前有景道不得，崔颢题诗在上头"。可见，"不如"他人并不可怕，也不必觉得尴尬。对个体来说，时常省思、认清差距，不仅无损颜面，反而会因冷静清醒而大有裨益。

春秋时期宋国大夫正考父，平日严于律己，为人低调谦和。他在家庙的鼎上铸下铭训："一命而偻，再命而伛，三命而俯。循墙而走，亦莫余敢侮。饘于是，鬻于是，以糊余口。"意思是，面对任命提拔，要越来越谨慎，甚至连走路都靠墙走，只需有这只鼎煮粥糊口就可以了。古人云："处满常惮溢，居高本虑倾。"事实证明，无论一个人掌控多大权势、拥有多少财富，只有心存敬畏、戒骄戒躁、平和待人，才能在谦逊中不断长进，赢得尊敬。

"做到严和实，最难最核心的是如何对待自己。"判断一个人谦逊与否，关键看其能否认真审视自我，正确摆放自己的位置。解放战争期间，刘伯承同志成功指挥多次重大战役。当时解放区各界代表抬来绣有"常胜将军"的横匾时，他却婉言谢绝，连连表示"不敢当"。任弼时同志功勋卓著，但他从不居功自傲，常把自己当作小学生。正因虚心求教、勤勉工作，他最终获得了"党和人民的骆驼"之美誉。山脊分流是因为高耸，山谷蓄水则缘于深沉。人生又何尝不是如此？骄傲自满者，最易折戟沉沙；谦虚恭谨之人，常能如有神助。

现实生活中，有的人缺乏自谦自省的觉悟，经常自我感觉良好，很容易陷入自大自恋的迷宫。孔繁森有句名言："老是把自己当珍珠，就时常有怕被埋没的痛苦。把自己当泥土吧！让众人把你踩成路。"看淡业已取得的成绩与功劳，放低身段、见贤思齐、取长补短，一个人才能以实际行动诠释奋发进取，累积自身优势。正所谓"反听之谓聪，内视之谓明，自胜之谓强"，志存高远、襟怀坦荡，听之于耳、虑之于心，容得下批评，时刻观照内心，凡事反求诸己，就能超越自我，从胜利不断走向胜利。

"越丰满的稻穗，头垂得越低。"人亦如此。弯下腰来，真诚谦逊，注重涵养谦卑之心与进取之志，我们终将行稳致远，遇见一个更好的自己。

《人民日报》2017年8月4日

守望共同的生态家园

陈 凌

在青海可可西里索南达杰自然保护站不远处的一座瞭望塔下，有一片天然的石头滩。上百块大大小小、形态各异的石头上面，写满了志愿者和游客的留言，"永远做藏羚羊的保护神""可可西里：神秘的地方，可爱的家乡"……历经风雨冲刷的"碑文"，无声地诉说着一个共同心愿：守护好人类"最后一片净土"。

这样的共识，来之不易。时针拨回到20世纪后期，一种名为"沙图什"的藏羚羊绒披肩在西方走俏。在高额利润的驱使下，即便是"生命禁区"，也难以阻拦盗猎者的贪婪。他们把枪口对准无辜的"高原精灵"，刺耳的枪声打破了高原的宁静，触目的鲜血染红了圣洁的雪山。倒伏在卓乃湖畔血肉模糊的藏羚羊身影，刻写着"千湖之地"的累累伤痕。

"藏羚羊数量锐减""最少时不足两万只""濒临灭绝边缘"……昆仑无言，雪山默默，但疼痛却总在提醒人们别忘记这段历史。以至于多年以后，一位作家这样记录道，有个摄影师在可可西里看到一只来打招呼的小藏羚羊，便喂它水喝。突然，旁边的藏羚羊保护队队长凶狠地把小藏羚羊赶跑了。摄影师生气地质问他为什么这么做，他回答说，你这样会让它们以为人类是善良的。宁愿让它们从此讨厌人类，也不愿哪天被盗猎者偷袭杀害。如此冷肃的回答，道尽了盗猎行为给当地带来的痛楚。

任何一个地方生态的破坏，威胁的终将是人类自身的生存。更何况，相比于平原，高原的生态更加脆弱，一旦被破坏，恢复将是难上加难。一位环保工程师便曾指出，在可可西里，"用铁锹随意挖去一块草皮，要想自然地恢复过来，得等三百年"。正是觉察到了这一点，二十多年前，时任青海省玉树藏族自治州治多县委副书记的索南达杰，在深入了解可可西里以后，他提包里的书，从《工业矿产手册》变成了《濒危动物名录》。促使他走上环保之路，甚至不惜献出宝贵生命的，并不仅仅是对野生动物的朴素感情，更是守护家园的职责和使命。

保护生态、守望家园，成为可可西里守护者的沉甸甸的责任。正是因为内心的这份责任，哪怕缺水缺油、没有信号，哪怕要面对冰天雪地、狂风怒吼、流沙肆虐，每年在荒野奔走上万公里，巡山队员依然始终坚守在与盗猎者斗争的一线；也正是因为对可可西里爱得深沉，一批又一批的志愿者来到高原，他们踏水而行、碾过风霜，默默付出，守护净土。他们的努力，就像一座座路标，引导着后来的人守望共同的生态家园。

一个多月前，可可西里"申遗"成功，世界自然保护联盟在评估报告中评价说，这里保存着完整的藏羚羊在三江源和可可西里间的迁徙路线，藏羚羊可以不受干扰地迁徙。某种意义上，成功"申遗"，不仅意味着可可西里"高原野生动物基因库"的自然特质得到了世界的认可，更意味着一代又一代的守护者拯救藏羚羊、保护自然环境的人文精神赢得了认同，引发了共鸣。

汉学家史景迁曾指出："一个国家之所以伟大，条件之一就是既能够吸引别人的注意力，又能够持续保有这种吸引力。"像保护眼睛一样保护生态环境，像对待生命一样对待生态环境，让美丽中国如磁石一样始终保有吸引力，这是索南达杰们的心愿，也是我们每个人肩负的责任。

《人民日报》2017年8月24日

让自己燃烧起来

康 伟

有位企业家将人分为三类:自己就能熊熊燃烧的"自燃型",点火也烧不起来的"不燃型",介于两者之间的"可燃型"。这样的譬喻,刻画出职场众生相,令人深思。

同样是工作、同样在干事,但从一言一行、一点一滴中,不难窥见个体之间的差异。有的人志存高远、激情四溢,善于自我加压、主动作为,眼中处处有事,不用点火即能自燃,无须清风也会盛开;有的人相对被动,但只要被激起热情,也能顺势而为、发光发热;有的人则甘当"顽石",冷漠坚硬、浑浑噩噩,消极应付、麻木不仁,当一天和尚撞一天钟,甚至还会给别人泼冷水。可以想见,不同的行为模式,也将塑造相异的职业人生。

面对工作,究竟该选择怎样的心态与姿态,其实一目了然。然而在现实中,缺少"自燃型"特质的人却并不鲜见。他们总体上欠缺积极进取的精神,在工作中不求有功但求无过,甚至"感而后应,迫而后动,不得已而后起"。这样的员工,往往跟工作的要求相去甚远。无论处于何种岗位,如果缺少必要的热情、应有的勤奋和较强的责任意识,都难言做好本职工作。争做一名不需他人督促、勤于主动创造的"自燃型"职员,才能在日趋激烈的职场竞争中赢得更大优势,收获更多成长。

一位企业家曾说:"有两种人永远不会成功,一种是除非别人要他去做,否则绝不主动做事的人;另一种则是即使别人要他做,也做不好事情的人。"思想有多远,才能走多远。对个体来说,一生碌碌无为还是成就充盈丰满的人生,很大程度上取决于做事的精神状态。飞鸟和白云都在天上飞,鸟儿飞得自由自在,云却始终无法把握行进的方向。差别何在?就是因为鸟儿自己在飞,而云一直被风吹着走。"我要干"与"要我干",体现着截然不同的价值选择与行为状态,其所对应的结果也自然对比鲜明。

诗人臧克家写过一首诗："块块荒田水和泥，深耕细作走东西。老牛亦解韶光贵，不待扬鞭自奋蹄。""不待扬鞭自奋蹄"，不仅是一种责任和义务，更照见一种精神与境界。哲人有言："你要追求工作，别让工作追求你。"每一个看似平凡的工作岗位，都在为社会创造着财富。牢记自身职责、点燃工作激情，充分发挥能动性和创造力，我们才能不辱使命、不负重托，创造更丰厚的价值，成就更有意义的人生。

"天地生人，有一人应有一人之业；人生在世，生一日当尽一日之勤。"这是话剧《立秋》中，丰德票号自上而下、永世谨记的祖训。"生一日当尽一日之勤"，也应成为所有人干事创业的座右铭。

《人民日报》2017 年 8 月 7 日

大妈的胜利？

袁贻辰

自从加入那个由中老年妇女组成的"讨债团",双目失明的高云（化名）就仿佛重获光明。

她再也不是那个得了糖尿病和冠心病却只能吃低保的"废人"了。三十多个老姐妹一道,拿起扩音喇叭,像一群女战士,站上一个又一个建筑工地和小区楼盘的地界,替"老板"讨债。

大妈们拉开架势,嘴里像机关枪一样蹦出"你个鳖孙""孬种",撕扯推搡不断。她们忘了自己是乳腺癌或高血压患者,一定要吵到对方答应还钱。几个小时不行,那就一天,一天解决不了,那就天天来。

这活比跳广场舞、"听电视"有意义多了。不仅"自己有了用处",碰到大方的老板,高云一次还能拿好几百元。再不济,"也会管饭"。

从2013年开始,这个当地人口中的大妈"骂骂队"在河南省商丘市所向披靡,吵出名气的她们共参与了二十九次寻衅滋事行为。高云也慢慢发现了自己的"价值":正常讨债太难了,男人去讨债很容易打架,她们都是"老弱病残",对方拿她们没有办法。

越来越多不认识的人托亲友、邻居辗转找到她们帮忙,高云一次又一次冲上"战场":有时在医院帮人"处理"医患纠纷,有时是拆迁出了问题,还有时候邻居间发生矛盾,也来拜托这群老阿姨帮忙。她们像"太平洋警察"一样,忙到四处赶场,处理这座城市层出不穷的争端。

高云一度以为自己在人生的下半场胜利了,直到法院的判决书飘然而至——这个"大妈团"的十四名主要成员被河南省睢县人民法院一审判决犯组织、领导、参加黑社会性质组织罪和寻衅滋事罪,判处两年至十一年不等的有期徒刑。高云被判了五年。

大妈们输得一塌糊涂。可这场"战斗"的输家似乎却不止大妈。有大妈的亲人透露,商丘这样的讨债群体还有很多,有艾滋病患者队、残疾人队、老人队。一座城市竟然需要如此多的弱势群体来维持"公道",也许,很多东西在这儿都已输了个干净。

《中国青年报》2017 年 8 月 9 日

摘取"最大的麦穗"

李树杰

传说古希腊哲学家苏格拉底曾让他的学生在麦田中穿过,不许走回头路,去摘下那株最大最好的麦穗,且每人只有一次机会。第一个学生走几步看见一株大的麦穗就摘下了。但他继续前进时,发现前面有许多比他摘的那株更大,懊悔不已。而另一个学生总觉得前面会有更大的麦穗在等着他,结果走到麦田尽头,一无所得。

或稀里糊涂地摘下,却不是最大的;或患得患失,不敢轻易下手。摘麦穗其实是一道两难"选择题"。工作中我们也会时常遇到这种艰难"选择"。为官一任,造福一方。不少领导干部都想为一个地方的发展和群众生活水平提高干出点名堂。但一遇到实际问题、复杂矛盾,在判断和抉择上就常感到无从下手,甚至不知所措。

比如,有限的资金是用在重大基础设施补短板上,还是用在民生事业的点点滴滴上。一个是立足长远打基础,一个是雪中送炭解近渴,如何取舍有时也不会轻而易举;比如,一项改革措施是否要出台。出台是大势所趋,但也可能引起一些反对声音,带来阻力惹来麻烦。诸如此类,利弊皆有,轻重难辨,抉择起来颇费思量。优柔寡断,当断不断,会错失战机;拍脑袋,盲目决策,也会贻误事业。

其实,亦有两法可解:一曰"踱方步",一曰"列单子"。

"踱方步",就是真正静下心来,深入思考问题,研究判断形势,抓住主要矛盾,找出解决问题的思路。越是万事繁杂,越是百事待理,越要保持清醒的头脑。实际上,党的路线方针政策,中央的文件精神,往往都蕴含了方向性的思路。通过学习理解把握,真正站在全局、大局上考虑问题,就能找到事物的主要矛盾,就知道如何去摘取那株"最大的麦穗"。

"列单子",就是在决策上碰到一些犹豫不决、争论较大的问题时,认真梳理各种意见,用拉单子的方法列出好与坏、利与弊、可行与不可行,"一、二、

三、四"都清清楚楚呈现。利大于弊、得大于失，就大胆决策。否则，就谨慎决策或暂不决策。

一"踱"就有了深入思考，一"列"就有了科学分析。深入思考加上科学分析，如何抉择往往就不是难事。比如，有限资金怎么用，要根据实际情况权衡而定。如果在贫困地区建设一批路、桥、水利等基础设施，既补上了短板，又解决了民生，何乐而不为呢。再比如，改革措施的出台，既要大胆，又要细致。认真评估各种可能的负面影响和代价，在得与失上慎重选择。同时，一旦实施，全力做好各方面思想工作，让"弊"最小，让"利"最大，赢得绝大多数群众的拥护和支持。

历史上的成功者，就在于他们选择时能够胸怀全局，权衡利弊。"不谋万世者，不足谋一时；不谋全局者，不足谋一域"，以及"两弊相衡取其轻，两利相权取其重"，都说明这个道理。做到了这两点，就可保证我们的选择是科学和正确的。

萧何对曹参说：对沛公来说，没有万全之策而只有利弊权衡。既然是选择，就有利弊得失。在问题和困难面前，我们既要慎重，又必须积极行动。故事称，苏格拉底的第三个弟子吸取了前两位的教训，他没有马上走进麦田，而是先冷静思考。然后当他走到三分之一时，即分出大、中、小三类，再走三分之一时验证是否正确，等到最后三分之一时，他果断选择了大类中的最大一株麦穗。这样的选择，就是最佳选择。他选择的就是实际意义上的"最大的麦穗"。

《人民日报》2017年8月18日

"一生一世"中的语文问题

戎国强

"说要爱你一生一世的男人,最后和你离婚了,算不算说谎?"这是浙江大学竺可桢学院新生选拔考试的一道语文试题,被一些学生称为"奇葩试题",引起激烈的讨论。

《钱江晚报》昨天报道此事后,在读者中也引起讨论。从转载这一报道的公众号上网友的留言可以看到,争议集中于两点:一是该题的正确答案应该是什么?二是拿这样的题目来考试是否合适?应该说,这两个问题是有内在联系的:如果该题的正确答案不被人们所认可,那就是说人们认为该题确实过于奇葩,就不适合拿来用作考题。

这是一道语文试题,它的"语文性"在哪里?首先在"说谎"二字。要判断"一生一世"是否说谎,先要确定"说谎"的定义,然后用这个定义去衡量那个"男人"的行为——不但要掌握词义,还要会运用词义。该题假设的情景对考生造成了很大的干扰,基础知识薄弱的,或者掌握了基础知识而思维能力较弱的,都容易被"一生一世"带到沟里。

所谓"一生一世",婚恋行为是人生现象或者说是社会现象,在这道试题里,它是考生的思考对象。它要求学生了解人的复杂性、社会的复杂性,又能清晰、恰当地表达自己的看法。这道试题包括了语文课的核心内容:语言文字知识和运用语文表达自己的思想观点的能力。这里要强调的是,语文能力不仅仅是掌握了词语、词组等语言材料,也不仅仅是掌握组合材料的原则即语法;语言能力更是运用语汇、语法进行思考、思辨、表达的能力。因此,从语文的专业角度来看,这是一道成功的语文试题。

从考生角度来考量,这也是一道好试题。浙大是一所研究性大学,竺可桢学院则从已经被浙大录取的新生中选拔学生,进行重点培养。尖端的研究人才,既要有扎实的基础知识,又要有很强的研究能力。研究能力的核心,不就是思考能力吗？如何从纷繁复杂的表象中发现实质性问题，如何排除各种干扰找到研究方向、确定思路，这是研究型人才的核心能力。

具体到这道试题，就是看谁能够从婚恋问题的表象中把握语文试题的核心问题。《钱江晚报》的报道提到浙大中文专业女生蒋同学，她说："离婚有很多种因素，不一定代表着夫妻双方不爱了。"这个回答，清楚地表明，蒋同学思路清晰概念清楚，表达周密——她能够分辨"爱"与"婚姻"是两个不同的概念，并依据她对生活的观察、理解，表达自己的看法。这样的能力，是研究型人才所必备的。

蒋同学这一事例说明，生活现象既是表达的前提，也是表达的内容。把这个观察的结果表达出来，则是语文的任务。但是，即便是在语文圈子里，语文课的核心问题也往往被忽视，一些非专业或专业性很弱的问题常常成为热点问题，很多专业人士也未能坚持专业立场，自觉不自觉地被牵着走。

就在大约十天前，有文章质疑课文"存在贬中崇洋倾向"，语文教师和语文研究人员的时间和精力有很大一部分被消耗在这类非语文的问题上，对语文教学的专业性研究探讨就无法深入。从这个角度考量，竺可桢学院的这道语文试题，是一个非常有价值的提醒：守住专业立场，才有专业价值。

《钱江晚报》2017 年 8 月 23 日

管住乱写乱画的手

朱昌俊

乱涂乱画,看似只是一个细节问题,人们一般也将之表述为不文明行为,但这里的"不文明"不仅仅是指道德意义上的行为失范,一些乱刻乱画,更是已经涉嫌违法。

日前,有网友爆料称,清华大学标志性建筑"二校门"被刻字:皇上我来了。前不久,清华大学日晷被刻字,刚刚修复,老校门又惨遭毒手。当天下午,有媒体从清华保卫处了解到,目前清华校方已经得知此事。

有关乱刻乱画的现象,这些年媒体时有曝光,此次接连出现在本应更具文明素养的大学校园,就更显其讽刺意义。

有兴趣到大学参观的,多带有对文化、文明的向往,大学向社会开放,满足这部分人的参观需求,增进与社会的互动,本身是好事。可明明是对文化的"朝拜",一些人却非得弄成在校内文物建筑上刻字的不文明行为,这显然与参观游历的目的相悖。即便想为旅游留下纪念,也不该用这种不文明的方式。正如有网友嘲讽的:"有本事就把名字刻到清华大学同学录里。"

乱涂乱画,看似只是一个细节问题,人们一般也将之表述为不文明行为,但这里的"不文明"不仅仅是指道德意义上的行为失范,一些乱刻乱画,更是已经涉嫌违法。比如文物法中就规定,刻画、涂污或者损坏文物尚不严重的,由公安机关或者文物所在单位给予警告,可以并处罚款;故意或者过失损毁国家保护的珍贵文物的,构成犯罪的,依法追究刑事责任。而治安管理处罚法中也明确,刻画、涂污或者以其他方式故意损坏国家保护的文物、名胜古迹的,情节较重的,处五日以上十日以下拘留,并处二百元以上五百元以下罚款。

所以,在舆论谴责乱刻乱画这类不文明行为时,相关部门也有必要进一步强化社会对这类行为法律性质的认识:看似轻飘的信手一划,很有可能已经构成违法,而不仅仅是"不道德"。相应的,对于行为确实已经构成违法的,执法部门也应"该出手时就出手",该追责就追责,不能总让那些有着"到此一游"癖好的游客继续不文明下去。同时,落实责任管理,也需要一些管理硬件的补充,比如对于重点文物设施,可以安装二十四小时的监控,以便取证,也打消部分"管不住手"的游客的侥幸心理。

  面对游客的不文明表现,也不乏一些要求大学限制游客或索性关上开放大门的声音。不文明的行为,当然需要限制,大学校园的环境、文物也需要得到保护,但一遇到"不良反应"就想到闭门应对,无疑显得过度。从技术层面来看,避免不文明行为对于校园的伤害,校方完全可以从加强对游客的引导、完善相关服务、提升保护措施等方面来进行控制;从价值层面来看,旅游过程中出现的不文明现象,在一定程度上也正是社会旅游文明的观念不够的一种现实表现。而开放的校园,容纳更多的参观者,也是对社会旅游文明训练的一种增益。一味地"隔离",限制旅游半径,只能适得其反。再说,能够平衡处理好因为开放而带来的"烦恼",也是开放性大学的必备素养。

  社会物质生活水平的普遍提升,让旅游从少数人的专利升级为大众活动,这一转变过程中所出现的不文明现象,其实是可以预见的,也是一个社会走向开放须承受的"阶段性烦恼"。但游客走得越来越远,一些不文明行为愈发醒目,不能仅仅依靠文明的自觉"进化",外在的文明形塑体系,包括旅游服务、旅游设施保护、相关法律法规等应该加速完善,尽量缩短这一"过渡阶段"。

《光明日报》2017 年 8 月 28 日

别担心儿童读不懂古诗文

唐晓敏

据媒体报道,语文"部编本"教材大大增加了古诗文的比例。对此,有部分网友担忧,文言文比例增长后会增加小学生背诵课文的压力,而低年级学生又难以理解古诗文的含义。这种担忧过虑了。少年儿童完全可以读古诗文,这种阅读并非机械地读,也不是死记硬背,而是能形成自己独特的审美与文化感受。

明代王士禛七岁入家塾,学《诗经》,已能领会诗情。诗人臧克家童年时喜欢听祖父读诗,他在《我是怎样成为诗人的》中说:"有时,他突然放开心头的铁闸,用湍流的热情、洪亮的嗓音朗诵起《长恨歌》来,接着又是《琵琶行》,他的声音使我莫名其妙地感动。"作家张恨水九岁时对《孟子》产生了兴趣。幼时便喜欢阅读古文经典,这样的例子不胜枚举。

七八岁以及十来岁的孩子,对古诗文自然不能有理性的认识,但他们是有感受的。这种感受,也可以说是儿童的"懂"。文学家金克木曾提出,为了了解中国文化,有一些书是必读的,如"五经"和《论语》《孟子》《老子》《庄子》《荀子》。他在《书读完了》一文中分析说,这些书,除《易》《老》以外,"大半是十来岁的孩子所能懂得的,其中不乏故事性和趣味性。枯燥部分可以滑过去。我国古人并不喜欢'抽象思维',说的道理常很切实,用语也往往风趣,稍加注解即可阅读原文。一部书通读了,读通了,接下去越来越容易,并不那么可怕。从前的孩子们就是这样读的。主要还是要引起兴趣。孩子有他们的理解方式,不能照大人的方式去理解,特别是不能抠字句,讲道理。大人难懂的地方孩子未必不能'懂'"。

"大人难懂的地方孩子未必不能'懂'",这是很深刻的见解,也是过来人的经验总结,值得重视。"从前的孩子们"能做到的,今天的孩子也能做到。笔者在批阅研究生试卷的作文题时,有一位考生写的是初遇《论语》的感受:"我依稀记得,当我翻开《论语》时,仅仅上小学的我便被其中简短却又复杂深刻的句句箴言所吸引。虽然并不懂其中的奥义，但它有力和缓、抑扬顿挫的韵脚语调，磅礴大气或内敛平实的语言氛围给我留下了不可磨灭的印象。"儿童完全可以读古诗文，而且会有自己的感受。儿童读古诗文产生感受的过程，即是激发情感和产生丰富的联想、想象的过程，这本身就有非常重要的意义。家庭及语文教育，都应认识到儿童的心理特点，对孩子的"懂"有正确的理解，给予儿童必要的指导。

　　自然，儿童对古诗文的感受也是不一样的，有的孩子感受强，有的孩子感受弱一些，这也没有关系。孩子们只要是认真读了古诗文，将这些优美的文字记在心中，随着自身的成长，终究是会有感受的。

《光明日报》2017年8月31日

让心中住进一位"工匠"

朱 磊

专注,耐得住寂寞,对于喜欢的东西穷尽精力,对于细节精益求精,原本以为这样的人遥不可及,最近却发现并非如此。

一位朋友几年前迷上了漆艺,原以为他只是兴趣使然,不会持续太久,因为他平日工作太忙,没想到最近再去看他,已经成为国内该领域小有名气的专家,这些年他将所有业余时间都投入在这个爱好上,制作的漆器作品也从供朋友欣赏升级为高端定制。

身边类似的例子还有不少。一位媒体朋友因为喜欢钻研美食,专门做了一个厨艺分享网站,如今竟有了数量可观的会员;一位律师朋友,爱好武术,多年苦练,最近在国内比赛上已拿了几块奖牌;一位一直研究古诗词的同学,在业余时间开设了自己的诗词评析公号,现在已走上大学讲堂,和高校学生分享心得……

这些成功看似偶然,但细细揣摩,从业余爱好走向专业认可,是缘于几个共性的原因:其一,在兴趣的指引下,找到了自己的爱好,专注投入,只求技艺精进,不抱功利之心;其二,因为水平的提升,得到市场和专业领域的认可,不仅拥有了"粉丝",而且实现了以技养艺的反哺。

而在两者的背后,折射出的正是工匠精神,热爱、专注、精益求精。

在一些人看来,工匠精神听来多少有些"高大上",但其实,技艺水准或许有高低,仅就精神追求而言,每个人的心中都可住进一位"工匠"。认真修手表也可以从技师成长为大师,专注于唱歌也可以让歌声引起他人的灵魂共鸣,躬耕于美食也可给周围的人带来身心愉悦……不管怎样的职业,不分行业和领域,在真诚热爱的基础上精益求精,拥有诚心、耐心与专心,这都是对工匠精神的最好诠释。

让心中住进"工匠",需要心怀热爱与欣赏。正如那个人们耳熟能详的寓言:面对同样盖房子的工作,在第一位工匠看来,只是在做砌砖的工作;在第二位工匠看来，是在盖房子，让人有所居；在第三位工匠看来，自己的工作是为了让这个城市变得更美丽，让住进房子的人能够更开心、幸福。只有对自己所从事的工作心存热爱，才能更长时间地坚持与付出。

让心中住进"工匠"，还要有足够的恒心与毅力。喜欢一件事不难，但难的是持之以恒，不懈坚持。以毅力和耐力去经受各种磨炼，以钻研精神始终力求精进，方能不断取得进步。

尤其是当下，随着互联网的发展、自媒体的普及，"快"似乎成为人们生活与工作的最重要节奏，而在这样的节奏中，坚守工匠精神，有沉潜之心、躬耕之力，就弥足珍贵。当然，互联网的迅捷和快速也使得坚守"工匠精神"的匠人，不再只有"躲进小楼成一统"的寂寞，不再"酒香也怕巷子深"，而是可以更快传播，更有机会获得知音共赏、市场青睐。

期待，每个行业的每个人都能坚守工匠精神，让工匠精神真正成为整个文化市场发展和个人进步的信心保障。

《人民日报》2017年8月31日

让认真成为一种习惯

马祖云

1930年中原大战中,冯玉祥部下的一名参谋未经核实,误将电令会师之地沁阳写成泌阳,导致贻误战机而落败。此战被后人戏称为"败在一撇上"。

多写"一撇",是战败的表象;缺失"认真",方为失利的实质。何谓认真?它是一种专注、一种投入、一种坚韧,乃为可贵的精神品质,彰显对职守的忠诚、做事的严谨、追求的执着。播种认真,收获品格;播种品格,收获信念;播种信念,收获辉煌。正如一谚语所示:"认真是成功的秘诀,粗心是失败的伴侣。"

认真之要,在对"毫厘"的极致严格上。事物的质变,往往缘于毫厘的差别和缺失,一丝一毫牵动全盘,认真与否关乎成败。非凡,每每孕育于丝毫的较真之中,无论做好一项工作,还是成就一番大业,皆要有精细、精准、精深的全程投入。20世纪60年代,邓稼先在领军对我国首颗原子弹设计进行理论计算时,发现一关键资料与苏联专家提供的技术指标有细微之别。于是,这些科研精英们操作着那时的手摇计算器,耗费了数百公斤资料纸,最终以确无"毫厘"之差的严谨结论,证明了完全可以忽略苏方提及的冲击波波峰值,万无一失地完成了我国原子弹的理论设计。正是这种极其认真的精神品格,成就了昔日的"两弹一星"、当今的"蛟龙""天河"等科技明星。

认真之贵,在对事业的"至拙"专注上。"天下之至拙,能胜天下之至巧。"认真,彰显的是笨功夫、长功夫、真功夫,乃为至拙的内在修炼。有了这种修炼,滴水可穿石,铁棒可磨针,铁树可开花。马克思潜心研究四十年,终成科学巨著《资本论》;李时珍耗费心血二十七载,"读万卷书,行万里路",终成医药经典《本草纲目》;钱穆倾尽一生心力,砥砺"虽居乡僻,未尝敢一日废学"的拙功,终成一千七百万言的国学著述。古今中外、千行百业的事实可鉴:做事、治学、成大器的真谛在于,"心心在一艺,其艺必工;心心在一职,其职必举"。

认真之难,在对成功的默默守望上。成功过程是坚守认真的寂寞远征,不是一事功,而是事事功;不是一阵子,而是一辈子。其间不会躁动、不曾走神,也永远不忘初心、不言放弃。1977年至今,多少科研奇迹层出不穷,多少名流人物闪烁更迭,但那颗名为"旅行者一号"的空间探测器,依然飞驰在太阳系外的轨道上。漫漫四十年,这个航天科研团队的成员,从青春到暮年,一直在关注着那么遥远的距离、那么浩渺的太空、那么难测的结果。沉潜事业的认真,多么需要远离红尘熙攘,摈弃功利躁动,抵御炫眼诱惑。否则,何以到达"诗与远方"?

然而,一举成名、一鸣惊人的"速成"心态,使一些人变得急功近利、心浮气躁。殊不知,一旦履职分心、做事粗心,厄运便不远了。君不见,一块脱落的塑料泡沫未引起监控发射者的关注,导致美国"哥伦比亚"号航天飞机的悲惨失事;一个粗心的农林工未灭烟蒂,引起一场森林大火……因失于一物之细,而失去天下之大;因疏于一事之微,而导致一场悲剧,这是警世教训。

"万物得其本者生,百事得其道者成。"干事创业得认真之"道",必能事举功成。

《人民日报》2017年8月22日

中国人的生死观

赵 焰

我童年的时候生活在乡下，每逢死人，便闻哭声一片，尤其是那些妇女，呼天抢地，捶胸顿足，悲恸欲绝。什么原因？既是对死的恐惧，也缺乏对死的准备。

中国人对死，总体上是持否定态度的。一般来说，中国人是重现世的，认为死亡不是一件好事，人一死，万事皆休。对于死亡，中国人的方式是什么呢？儒家是"敬鬼神而远之""不知生，焉知死"，态度是逃避，避而不谈，也避而不想。"敬"的骨子里，其实还是怕，潜意识里的怕。可是不想谈不愿谈，这个问题会溜走吗？溜不走，还在那。所以这个态度，其实是"掩耳盗铃"。

道家及道教呢？它的生死观有别于儒家。道家的庄子是一个朴素的唯物主义者，对于生与死有透彻的感悟。庄子认为，人即一口"气"，"人之生也，气之聚也，聚则为生，散则为死"。庄子主张"齐生死"，什么意思？生与死是一样的，须一样看待，顺其自然。没有了生也就没有了死，没有死也就没有了生。这一个看法，倒是豁达通透。只是古代中国人中，接受庄子生死观的，是少之又少。"道"一分为二，道家和庄子成为思想派，道教则成为行动派。道教对待死亡的态度是什么呢？是追求长生不老，注重养生，炼气炼骨炼丹，炼所谓的仙风道骨。长生不老其实是想战胜死亡。也因此，道教有炼丹和求仙等一系列主张，核心内容还是想免除死亡的困扰。可是人能长生不老吗？现代科学证明了人没有这个能力。对长生不老也因而失去了学说支柱，变成了歪理邪说。

对生死悟得最透彻的其实是佛教。佛教有一系列说法，正视生死，参悟生死，超越生死。总体上来说，佛教对人生的看法是无意义：人生苦短，意在轮回——人死之后，根据生前的所作所为，将进入地狱、饿鬼、畜生、阿修罗、人、天等六道。以佛看来，人世充满苦难，不仅有生、老、病、死之苦，有种种欲望得不到满足的苦，还有很多不确定的苦，苦海无边，须回头是岸。佛教还认为，人生的一切富贵贫贱、祸福得失皆出于因果，不同的因，会造成不同的果，各种关系也为因缘所定。只有跳出轮回的结果达到涅槃的境界，此生才是有意义的。

怎么样才能跳出生死，达到涅槃？就需积德行善，克制欲望，多做善事，追求智慧，证得自我。小乘是个人需如此修为，大乘是引导众生一同修为。

佛教对于死亡的观念甩其他学说几条街。更让人觉得惊异的是，佛教不仅阐述死亡哲学，更有修证的一块。什么是修证？就是亲力亲为，体验和实践死亡。佛教如何了解死亡？说法是通过"禅定"，以达"三昧"，提前验证死亡和轮回之路。何谓"三昧"？即禅定的三个阶段：一是从冥想的超意识恍惚开始；二是与绝对完美结合，达到登峰造极；三是兼容世界，佛我合一。在这个过程中，见到"中阴身"什么的，是很正常的。这一个"中阴身"，说法是介于生与死当中的阶段……此中林林总总，其实我也不太懂得，"知之为知之，不知为不知，是知也"。我不懂这个东西，就不敢乱讲，有兴趣的可以去看《西藏生死书》《西藏度亡经》之类。读这一类的书，一定要平常心，要介于信与不信之间，不可全信，也不可不信。视线有小死角，知识有大死角，实属无奈，世界本身就是死角。以知识来校正自己的行为，是一种好办法；以知识完全"押宝"自己的行为，是一种蠢办法。毕竟，人生难得，以现世之美好，赌来世之空幻，一无必要，二无验证。

儒释道俗四者当中，佛教应是对生死之道探悟最深的一种学问，自以为悟得绝对真理，超越了无意义的轮回。这一个说法，很大胆，也很妄为。且信且疑，中庸对待。

日常生活中，中国人是尽量不提"死"字的。我们小时候说这个字，是犯忌的；尤其是节庆过年，不能提这个字；家里有人生病，更忌讳提这个字。可是真的有人死了，怎么表达呢？得说"走了"。这一个"走"，就是一去不回。避而不谈死，骨子里还是怕。怕又没有办法，只好回避。人在死亡面前其实挺可怜的，像一只夜晚出洞的鼹鼠，眼前都是恐怖世界，慌慌张张，躲躲闪闪。

因为平时不谈死亡，也不想死亡，大多中国人缺乏心理准备，一旦遇到死亡，总是猝不及防，心理上大起大伏。民间家里死了人，都是大悲大痛，先哭天抢地，再大操大办。为什么会大操大办？还是内心虚弱，虚弱要找精神支撑，就把葬礼办得特别隆重，用轰轰烈烈来掩盖自己的悲伤。中国人的葬礼是出了名的热闹和喧嚣，有时候办着办着，把丧事办成了喜事，尤其是下葬之后，成百上千号人在一起吃啊喝啊，一副及时行乐无所顾忌的样子。这时候的丧事和喜事有区别吗？主题是有区别的，形式上，却没有区别了。

中国人不仅害怕死亡，对墓地也有恐惧感。一年三百六十五天，平常很少有人去墓地，只在清明和冬至祭扫。一方面邀亲唤友，一方面鞭炮齐鸣，仍是以群体性的热闹方式来抵御恐惧。中国殡仪馆、墓地旁边的楼价通常是最便宜的，为什么？谁都不想跟死亡接近。可是欧美呢，却是倒过来的，墓地通常位于市中心，周边的房价都很贵，很多人都愿意到墓地去散步。尤其是一些名人的墓地，会成为一个景点。

柏拉图有一本对话录，薄薄的，叫《斐多》，杨绛也曾翻译过。"斐多"是什么？是苏格拉底一名弟子的名字，在书中曾跟苏格拉底一起谈论死亡。以"斐多"为书名，就如同《论语》上经常用弟子的名字做章节一样。苏格拉底在饮鸩赴死之前，仍不忘跟弟子们从容讨论死亡，他坚持相信灵魂不死，还可以再生。值得一提的是苏格拉底的态度，虽为临死之人，却一点不忌讳谈论死亡，态度平和，推理严谨，思辨大胆，耐心而细致地把死亡和灵魂谈得很透彻，就像谈论其他问题一样。什么是伟人？在死亡面前如此从容的人，即为伟人。

希腊是美少年文化，纯洁，文雅，不存邪念。希腊对死是正视的，对命运是正视的。正视之后，态度是人道。拿人道去对抗天道。你走你的天道，我走我的人道，两股道上跑的车，各走各的路。

西方文化不回避死亡，一方面是古希腊罗马理性思辨精神的强大，另外一方面则是基督教的影响。二者当中，以基督教生死观的帮助最大。基督教告诉人们，人的生命是短暂的，人死之后一分为二：要么去天堂享福，要么去地狱受苦。人信上帝，才能让死去的灵魂皈依天堂。宗教以恐吓和思辨胁迫人们去从善也有好处，就是当死亡真正来临的时候，人们一般不会感到意外，不会大惊大乍，也不会鬼哭狼嚎，而是静穆地对待这件事。宗教培养了人们的悲悯态度，也包括对于自身的知晓和怜悯。有上帝不离左右，人很少敢自大自妄，这一个现象对于社会是有利的。

死亡是一面镜子。人死亡时的态度往往可以看出一个人的境界。孔子临终之际，总体上是淡定的，唱了一首歌，叹息泰山将要坍塌了，梁柱将要腐朽折断了，哲人将要如同草木一样枯萎腐烂了。这是心犹不舍，又心有不甘。正常。王阳明临终的时候说："此心光明，夫复何言。"如此从容自信，像是尼采所说的"超人"。在死亡面前，没有恐惧的人是了不起的。成语中有"视死如归"的说法，就是把死当作回家一样。只有真正了不起的人，才能做到"视死如归"。

从容境界从哪里来？来自于对于生死的悟彻。唐刘希夷诗《公子行》收句："百年同谢西山日，千秋万古北邙尘。"邙是什么？就是坟山。意思铁打的江山，只是和北面坟山的尘土一样。这跟《红楼梦》中"纵有一个铁门槛，终须一个土馒头"，其实是一个意思。李白诗卷首的《古风》里，有一首写秦始皇雄才大略、尽灭诸侯、一统天下，可是最终的结果呢，"但见泉壤下，金棺葬寒灰"。苏东坡的《赤壁赋》为什么好？就在于游赤壁后，对于当年的金戈铁马有深层次的感悟："驾一叶之扁舟，举匏樽以相属。寄蜉蝣于天地，渺沧海之一粟。哀吾生之须臾，羡长江之无穷。挟飞仙以遨游，抱明月而长终。知不可乎骤得，托遗响于悲风。"茫茫大江之上，苏东坡以此顿悟。人生的真谛是什么？就是"清风明月一扁舟"。

宋元时代的很多绘画都有着这样的苍茫感：山峦嵯峨，岩壑幽深，一两个村夫野老很渺小地隐逸于崇山峻岭之中。如此这般，实际上是画家在悟生死，旨在说明人与一花一叶一草一木无异。道家所谓羽化成仙，换一个角度说，就是融入自然，在自然中了生死。这种"小我"的感觉，从人生和社会来说，其实是一件好事。社会就怕"自大狂"，这个世界上的绝大多数坏事，都是那些忘却死亡的人做下的。一个人，如果能意识到自己的渺小，能经常想到死亡，就会不自觉地校正自己的行为，就会珍惜人生，让人生过得更有意义一些。什么是开悟？就是能看透生死。反过来，从未想过人是要死的，一天到晚拼命地索取和掠夺，就是不开悟。

对于死亡的态度往往决定生命的态度：没有"死"这个背景，"生"就会显得单一，不够立体；没有死亡作为观照，人生的态度会很幼稚，不正确，不豁达。这一点可以从中老年人与青年人的区别上看出——一般来说，老年人比青少年要显得良善。为什么？因为从社会中退隐了，离死亡近了，想得开了，觉得人之间的争斗没有意思，杀来杀去，斗来斗去，乏味而无聊。人是半神半兽的动物，善的力量壮大了，恶的力量相对就式微了。

生与死，像白昼与夜晚，也是一种阴与阳的关系——人自出生的那一天，死亡就存在了，它隐藏于生命当中，随着生命的蓬勃而壮大，随着生命的式微最终取而代之。随后，生命又取而代之。生与死，本是一个整体——生，是相对于死而存在的；死，是相对于生而存在的。人是要死的，这是最基本的常识，可是很多人还是不懂这个常识，不愿意面对这个常识。我建议小学一年级的第一课就写这几个字，讲这句话的意思，让大家明白这个道理，再去积极乐观地活。那些有权有势的人，可以经常安排时间去养老院做义工。有了这两点保证，我相信这个世界的"自大狂"会少很多，各种紧张的社会、人伦和自我的关系，也会缓解不少。

最好的生死观是什么呢？就是"向死而生"，就是以死为目标，来校正生命。这句话听起来很诗意，说白了，还是一个在观念上对死亡的超越问题。人多看看死亡，想想死亡，就会明白很多。诸多人都有一个感受，每次去火葬场送朋友后，出来都觉得：生命多脆弱啊，活着多么美好啊！还是好好生活吧，做点有意义的事，做点想做的事。可是过一会儿又忘了，又跌进滚滚红尘中去争去抢，去假模假样装神弄鬼。为什么有这个毛病？这还是火葬场去少了，得经常去才是。

  死亡是世界上所有知识、学问、思想和精神的一个"底"。没有这个"底"，就很难说智慧和成熟。现代文明成熟的标志之一，其实是下了很大功夫，稍稍练就了一个"平常心"来对待死亡。

《安徽商报》2017 年 8 月 20 日

不慌不忙

杨福成

不慌不忙，是人生最好的状态。

不知道大家还记得法拉赫吗？在里约奥运会万米比赛中，他中途摔倒又爬起来，不慌不忙，一步步尾随着各路强手，在比赛后段他完成超越，成功卫冕。

在之后的五千米决赛中，他又是以不慌不忙的姿态笑傲群雄，夺得金牌，成为继芬兰名将维伦之后，第一位连续两届奥运会都包揽男子五千米和一万米金牌的运动员。

在人生漫长的岁月中，每个人的路都不是平坦无碍的，每个人都会摔倒，但最后能否成功，就是看一个人的心态。

大约是在十多年前，小王开了一家工厂，规模虽然不是很大，但效益不错。

那正是万物复苏各行各业突飞猛进的年代，他也按捺不住自己，一天到晚地想着赶快扩张赶快挣大钱，紧急上项目招员工，这样折腾了没有两年，别说挣大钱了，最后连工人的工资都发不下来，还欠了一屁股债。

几百万上千万买的机器让债主当废铁卖了，围墙的砖头也都让工人拉走顶工资了。

前些日碰到他，很是狼狈，他说要拉我干个大生意。

我问他什么生意。

他说一个月能挣三四十万。

这种天上掉馅饼的生意，谁都知道是什么。

他是急着东山再起，陷入了传销陷阱，不能自拔。

在这个竞争激烈甚至恶劣的社会，人们都想一口吃成个胖子，太着急了，很难静下来持守不慌不忙的心态。

但有句俗话说得好：心急吃不了热豆腐。能挣大钱成大器的人，往往都是有一种不慌不忙十分平和的心态，断然不会是急出来的。

在我上大学的时候,我们学校院墙外有一家快餐铺,主要就是卖米饭和把子肉,因为味道好,老板也踏实,他这个小铺可以说一年一变,现在已经成了我们学校附近最大也是最红火的酒店了。

当然,人来世上走一遭的意义,不是为了拥有多少财富,而是来享受世间的美好的。前天在微信上看到这么一句话:"我们从地狱来,到天堂去,路过人间",说得太好了!

上帝那里没有银行,每个人都是赤裸裸地诞生,最后又孑然而去,没有人能带走自己一生苦苦经营的财富与盛名,所以,我们着什么急呢?

不慌不忙,慢下来,你才能发现身边的姑娘很美,清晨还有鸟叫,月亮在夜幕还没有拉下的时候就已经挂到了天边……这一切都很浪漫,都很好玩,都很精彩,这是人在匆匆忙忙间万万看不到听不到的。

我很羡慕在山上放羊的老人,您看他坐在山坡上抽着烟,看看烟霞,听听风,时不时还高歌一曲,多么惬意啊!

不慌不忙,是人生的从容与淡然,它让人不计得失,忘却名利,能进能退,知行知止。

《黄河黄土黄种人》2017 年第 9 期

要守住内心的火焰

刘 瑜

"任何时候我们都不应该变成坏人,是吗?"电影《末日危途》里,孩子这样问爸爸。

"任何时候。"爸爸答。

与好莱坞其他灾难片相比,《末日危途》最大的特点就是毫无希望。在《天地大冲撞》里,人类靠聪明才智击毁了撞向地球的彗星;在《后天》里,被淹没城市的幸存者最后转移到安全的地方;在《地心抢险记》里,科学家们最终逆转了紊乱的地心磁场……但是在《末日危途》里,阳光已经消失多年,庄稼和树木不再生长,建筑纷纷腐朽,人类几乎灭绝,剩下的"人"已经不再是人——他们像动物那样四处翻找越来越不可能找到的文明时代的遗剩食物:一瓶可乐、一盒罐头……在不能找到这一切时,他们吃人。

在一个毫无希望的世界里,"善"还是必要的吗?在生命本身都不再有意义时,"做个好人"还有意义吗?

电影里的大多数人以行动做出了回答:像其他动物一样,他们瞪着血红的眼睛,被永恒的饥饿驱使,将眼里的世界分为食物与非食物。他们急迫地向食物扑去,哪怕这个食物有一颗跳动的心脏,跟他们说一样的语言。

但是主角父子的选择不同。他们宁愿饿死也不吃人,甚至碰到垂死的同胞时,孩子坚持说:"爸爸,给他一瓶罐头吧。"

"你必须守住内心的火焰。"这是父子间的约定。

但是,为什么要"守住内心的火焰"呢?为什么要追求美好呢?

我曾和一个信教的朋友就道德的起源进行辩论。在他看来,人类的同情心、爱的意愿、对美好的向往是如此神秘、如此顽强,只能用"神意"来解释。比如所谓"自然权利",哪有什么"自然"呢?天上怎么会掉下来权利呢?当人们诉诸"自然"时,实际上是在诉诸内心深处的"上帝"。我说,道德哪有什么神秘之处，它完全可以从达尔文主义的角度得到解释：人与人之间一定程度的友爱和善意是一种集体生存策略。"团结就是力量"，这种策略经过几百万年的进化，慢慢内化为一种本能的情感。这和上帝有什么关系呢？

看完《末日危途》，我突然想起这场辩论，并意识到自己的逻辑是多么可怕——也许正确，但是可怕——如果"善"是一种求生策略，那么"恶"其实也是。如果都是求生策略，那么，难道善恶在本质上没有区别吗？难道将罐头分给濒死老人的孩子，与那些捕猎同类的食人者，没有区别吗？

不对。

所以《末日危途》本质上是一个哲学拷问，直指人类在生存困境面前的道德虚空。把电影里的极端性去掉，它所暴露的就是我们当下的生活本身。它追问每一个人：如何从生命的虚空里打捞"善"的意义？"内心的火焰"，这火焰来自哪里？又为什么在心中噼啪作响？

我至今仍无法领悟，只能在诚惶诚恐中心怀莫名的感激。

《读者》2017年第9期

深挖一眼泉

李慧勇

近日阅读，看到一个有趣情节。据载，唐代书法家欧阳询在赶路途中，偶然发现晋代书法名家索靖写的石碑。他观赏了一阵，刚准备离开又忍不住返回，然后下马继续研究。最后，干脆坐下来反复揣摩，竟在碑旁一连坐卧三天。如此专注，不知者或以为痴，却是成就事业的必然。

古人云："心不专一，不能专诚。"不专不诚，焉能成事？历史上，勾践多年卧薪尝胆、发愤图强，终成霸业；曹雪芹"披阅十载，增删五次"，字字看来皆是血，书写了不朽篇章。今天，屠呦呦靠着滴水穿石的韧劲，历经一百九十次失败，最终提取出挽救无数生命的青蒿素；黄大年凭着"不疯魔，不成活"的拼劲，不舍昼夜、潜心科研，引领中国走入"深地时代"。任何一个成功者的足迹，都刻印着艰辛与执着，专注成为他们不可或缺的品质。

反观一些人，缺乏尽职履责的恒心和定力，在浮躁中蹉跎了时光，靡费了才干。有的人稍遇挫折，就想调岗位、换环境；有的人拈轻怕重、见异思迁，这山望着那山高；有的人怕吃苦，难以静心做事，凡事追求"短平快"。"欲多则心散，心散则志衰，志衰则思不达也。"专注的人，往往能把时间、精力和智慧聚焦于关键目标，最大限度地发挥主观能动性，即便碰到诱惑、遭受挫折，也能不为所动、勇往直前，直至成功。反之，一个人如果心浮气躁、朝三暮四，干什么都会虎头蛇尾、半途而废。事实证明，如果无法保持专注，很容易陷入躁动、低效、粗浅的泥淖。

进而言之，专注也体现为一种内心的坚守，一种忘我的情怀。诗人贾岛"推""敲"未定，在驴背上想得出了神，不知不觉闯入韩愈的仪仗队。王国维亦总结过众所周知的求学三个境界："昨夜西风凋碧树，独上高楼，望尽天涯路""衣带渐宽终不悔，为伊消得人憔悴""众里寻他千百度，蓦然回首，那人却在，灯火阑珊处"。凡此莫不表明，无论读书学习还是干事创业，都体现为日积月累、历久弥深的过程，都需要目标专一、久久为功。

  涵养专注力，信念与责任感是最好的守护者。古人说得好："志不立，如无舵之舟，无衔之马，漂荡奔逸，终亦何所底乎？"信念坚定方能凝神，凝神则能气定，气定而能专注。而唤醒内心深处的责任意识，时常自警自省，则能抵御外在诱惑、对抗消极散漫。对个体而言，根除沽名钓誉之心、摈弃急功近利之意、涤荡冒进浮躁之气，才能凝神静气、行稳致远，抵达成功的彼岸。

  "用功譬若掘井"，一锹下去可能会遇到瓦砾，也可能会遇到岩石。但是，只要心无旁骛，倾力深挖一口井，自有清泉涌出之日。排除一切干扰、集中全部精力，始终保持那么一种静气志气、痴劲钻劲，我们就一定能看到别样的风景，成就生命的丰盈。

《人民日报》2017年9月20日

好日子咋养不出壮孩子

长　乐

近日,来自东北某市中学生运动会的数据引发舆论关注,女子八百米纪录四十年未被打破,女子一百米、男子一百一十米栏纪录也分别保持了三十八年和三十六年。无独有偶,前不久的征兵体检中,湖北某市逾55%的年轻人身体不达标。世界卫生组织最新研究报告称,目前中国高中生和大学生的近视率均已逾七成,青少年近视率高居世界第一。

新中国成立以来特别是改革开放以来,从总体上看,我国中小学生身高、体重等身体指标均有不同程度提升,但随着人们物质文化生活的丰富,忽视体育锻炼导致的青少年体质下滑问题却日益凸显,"好日子养不出壮孩子"现象令人担忧。仔细分析,不想锻炼、不愿锻炼、不敢锻炼是导致青少年体质下滑的三大原因。

所谓不想,就是青少年的业余爱好从"体力型"转到了"脑力型"。倒退几十年,踢毽子、滚铁环、跳房子、捉迷藏是少年儿童的最爱,既锻炼身体,还结交伙伴。现如今,捧着手机或平板电脑玩游戏成为不少青少年的首选,游戏变成"电子鸦片",孩子们对体育锻炼"不感冒"甚至敬而远之就不难理解了。

所谓不愿,就是现代生活把越来越多的青少年变成了"宅男""宅女"。过去即便不想锻炼,吃饭、上课、上厕所总得动一动吧?现在可好,购物有淘宝、吃饭有外卖、娱乐有网游,能用手机听课,宿舍有卫生间,于是乎,"葛优躺"和"宅文化"成了时尚,对"深夜撸串喝大酒、学习娱乐不下床"习以为常。视力下降、体重超标、脂肪肝、血压高……这些中老年疾病早早敲开了年轻人的"命门"。

所谓不敢,主要是对学校而言,体育锻炼、组织春游等户外活动有可能对学生造成伤害,一旦出现问题,家长不依不饶,上级主管部门追责问责,学校和老师"吃不了兜着走",确实让人害怕。因此,一些"精明"的学校干脆连学生运动会都取消了,春游更甭想,反正"无过便是功"。这样一来,还能拿出更多时间上文化课，家长"放心"、学校"安心"，一举两得，何乐不为？

于是，在锻炼身体的问题上，"老年人在奋起，中年人在觉醒，青少年在沉睡"。可孩子们的身体就在这不想、不愿、不敢中变差、变弱了。

健康是"1"，有了"1"，其他的"0"才有意义。能否健康生活，对个人来讲，关乎生命质量和家人幸福，对国家和民族而言，则关乎未来发展和前途命运。当代青少年，正是实现"两个一百年"奋斗目标和中华民族伟大复兴中国梦的中坚力量，身体扛不住，如何得了？

让青少年喜欢体育、锻炼身体，需要多管齐下、综合治理。一方面要为学校减压，上级主管部门和家长对校方非失职渎职造成的学生体育锻炼伤害，应给予必要的宽容和理解；另一方面要为学校加压，对主科"挤占"体育课，不按规定组织运动会，学生体育锻炼时间不足、学生身体状况总体欠佳的学校，要严肃问责。此外，还需要让体育锻炼的标准硬起来、考核指标严起来，保证学校有足够的运动场地和设施。同时，丰富体育锻炼的内容和形式，让有意义的事有意思，让孩子们真正爱上运动。

营造青少年爱好体育锻炼的浓厚氛围也很重要。比如，开展丰富多彩的体育比赛和健身活动，吸引青少年；依法管理网吧、游戏软件等，限制青少年；家庭、学校、社会齐抓共管，引导青少年。这样才能激发更多孩子积极参与体育锻炼的兴趣，让青少年快乐起来，身体棒起来。

《人民日报》2017年9月21日

球场变道场对球员的尊重在哪里？

子 猷

上周末，河南建业和山东鲁能队的足球赛，引发广泛关注。河南某球迷协会在郑州航海体育场摆祭台，请十五名道士"作法"，为建业的胜利而驱邪祈福。现场还搭出了一个小台子，扯起了三面旗帜，上面写着"天意建业必胜"等口号。一个是本土道教，一个是中超联赛。正可谓，符咒和足球齐飞，令旗共队旗一色。结局是，建业队还真赢了。

继天价外援之后，又引入道士"作法"，急得足协约谈有关俱乐部：足球场地并非宗教活动场所，在公开的体育竞技场地举办类似活动，既不恰当更不符合职业足球的形象。

建业球迷的心情可以理解，在此前近十八个联赛主场比赛中，建业队仅赢得一场。球迷爱之深，恨之切，但做出荒唐事来就不可取了。与其向神仙"场外求助"，还不如激励球员努力再努力，以场上拼搏赢得胜利。足球是靠脚踢的，建业球员若在场上不努力比赛，又怎能收获胜利。毕竟，天上是不会掉馅饼的。

球队是有灵魂的，正如人有人格一样。作为球迷，喜爱、支持、追随某支球队，为其熬夜、呐喊、奔波都是正常的情感付出。但是，请一帮道士"作法"，这既否定了球员的努力，伤害了球员的情感，也侮辱了球员的人格，更毁坏了职业足球的形象。作为球员，技不如人，在场上被对手击败也属正常。作为教练，成绩不佳，可以下课。但球迷请来神佛护佑，摆起道场加持，即便取得了胜利，恐怕也只会沦为众人茶余饭后取乐的谈资。

从几时起，球场变了道场，队旗不如令旗呢？早在2015年，就有媒体报道过广州富力请大师到主场"作法"的新闻。那段时间，富力在越秀山体育场战绩不佳，球队也想借此"转转运气"。而在今年7月，主场连续不胜的富力再次"出招"，根据风水理论，把球场座椅都从蓝色改涂成了金色。在其他俱乐部中间，各种"小迷信"也司空见惯。一些主帅对哪只脚先迈进球场也有讲究，还有人习惯于指挥比赛穿同一件衣服,认为可以带来好运。对于很多足球人来说,这些小细节更多是出于一种习惯和心理上的暗示。

毫无疑问的是,胜利和这些"迷信"之间并没有因果关系。"足球是圆的,一切皆有可能。"我们若把场地、球员、教练、战术种种的利弊,一一摊开来说,恐怕三天三夜都说不尽。况且,这些足球专业领域的东西,未见得能勾起普通球迷的悲喜。论起影响力,还是不如道士作法、久输翻盘来得简单刺激。看过场上的种种闹剧,还不知下一步会荒唐到怎个境地。如此的联赛,难怪要让路于TFBOYS 的演唱会。

习近平总书记曾指出,足球运动的真谛不仅在于竞技,更在于增强人民体质,培养人们爱国主义、集体主义、顽强拼搏的精神。这也正是足球之所以成为世界第一运动的关键所在。赛场上球员们展现的是高强度、强对抗、快节奏的运动,体现的是球员们超强的意志力、自制力和勇敢顽强、百折不挠的精神。赛场下,我们的俱乐部和球迷们要能够理智看待输赢,破除愚昧迷信,回归比赛本身,时不我待。关注球员,尊重球员,做个负责任、有见识的球迷,与球队一起努力。赢,一起狂;输,一起扛,没有过不去的坎。

人民网 2017 年 9 月 27 日

最快的脚步是"坚持"

宋 威

最近读书，偶然翻到一段记述，颇令人感慨。宋代诗人石曼卿做海州通判时，发现县衙对面"山岭高峻，人路不通，了无花卉点缀映照"。有一天他突发奇想，叫人用黄泥裹着桃核做成弹丸，闲暇时便一颗颗往山岭上投。几年下来，竟然"花发满山"。后来，苏轼游历此地，赋诗赞曰："坐令空山出锦绣，倚天照海花无数。"

空山收获繁花似锦，表面上看得益于诗人的奇思妙想和闲雅情趣，本质上则源自日复一日的坚持。数年之间，没人记得清都有谁参加过投掷游戏，也无法计算究竟有多少颗桃核最终落脚山坡。然而，可以确定的是，如果没有坚持不懈的重复播种、静谧无言的守望等待，定然不会迎来满山芳华的惊喜。其实，为学立志、干事创业，又何尝不是如此。

"事业常成于坚忍，毁于急躁。我在沙漠中曾亲眼看见，匆忙的旅人落在从容的后边；疾驰的骏马落在后头，缓步的骆驼继续向前。"诚如诗人所言，生活之路迢遥，比拼的并非一时一地的速度。在贵州遵义草王坝村，老支书黄大发挥洒三十六年时光，凭着坚忍不拔的毅力、百折不挠的恒心，最终凿通"绕三重大山，过三道绝壁，穿三道险崖"的水渠，彻底改变了祖祖辈辈缺水的命运。世界上没有一蹴而就的成功，更没有从天而降的"伟力"；那些不急不躁、朝着既定目标砥砺奋进的人，才能在日积月累中抵达梦想的彼岸。

靡不有初，鲜克有终。"坚持"二字，谈起来容易，做起来不易；做一阵子不难，做一辈子很难。苏格拉底曾给学生们布置作业，要求大家每天甩手上百下。结果，第一天所有学生都能完成，但一个月后尚能坚持者仅剩一半，一年后还在坚持的就只有柏拉图一人了。现实中，不少人在干事创业之初也都意气风发，但在漫长而艰辛的跋涉路途中，逐渐褪去了干劲与激情。殊不知，即使慢，即便遭遇挫折，只要驰而不息、久久为功，终能遇到美好风景。坚持，可说是梦想的生动注脚。

　　当然，坚持不是不辨方向、不顾实际地盲目前进。方向正确，步履再慢也终将抵达；目标缺失，行动再快也难偿所愿。今天，随着经济快速发展，"职业版图"被快速刷新，人们面临着更多的职业选择、更快的生活节奏。在这种背景下，一些人认为积累和坚持已经落伍，下苦功夫没有前途。于是，他们以最快的脚步追求速成，开网店赚钱就去做店主，"网红"吃香了又匆忙去直播……在浮躁中，一步步陷入了低效忙乱的怪圈。对个体来说，不省思自身方位、不注重过程积累，就难免竹篮打水一场空。

　　最慢的步伐不是跬步，而是徘徊；最快的脚步不是冲刺，而是坚持。河北塞罕坝昔日飞鸟不栖、黄沙遮面，如今绿树葱茏、天净水清，这样的绿色奇迹，映照着塞罕坝人超越半个世纪的坚守。"万事从来贵有恒"。日拱一卒的坚持，永远是打开梦想之门的金钥匙。

《人民日报》2017年9月1日

往"低处"走走

李 俭

"人往高处走,水往低处流",这是客观现象,也是人们常讲的道理。然而在今天,这个道理需要辩证地看。拿破仑说过,"不想当将军的士兵不是好士兵"。提倡人往高处走,有利于激发人们的进取精神,鼓励人们充分施展才能、努力拼搏。但是,高楼大厦是从基础盖起来的,人往高处走也要从"低处"起步。只有乐于往"低处"走、从基层干起、向群众学习,才能行稳致远,才有可能走到"高处"。

现实生活中,一个人乐于往"低处"走,更能成就自我。尤其是党员、干部,不能一味想着往高处走,而要乐于往"低处"走。这里的"低处",是指基层和人民群众生产生活的第一线。"基础不牢,地动山摇。"只有把全国两千八百多个县、四万多个乡镇、四百五十多万个基层党组织建设好了,国家才能长治久安,人民才会安居乐业。从这个意义上讲,党员、干部乐于往"低处"走、甘作铺路石,既是一种责任和担当,也是能力与价值的体现。路遥在《平凡的世界》中写道:"细想过来,每个人的生活也同样是一个世界。即使是最平凡的人,也要为他那个世界的存在而战斗。"一个人来到世界上,总要有所作为,凡是走过的路,都要努力留下自己的奋斗痕迹。一个人的价值在"高处"可以实现,在"低处"同样能够实现。像焦裕禄、谷文昌、杨善洲等一大批优秀共产党员,就是在基层一线赢得了人民群众的夸赞,彰显出巨大的人生价值。

乐于往"低处"走,是我们党的优良传统和作风。长期以来,我们党一直鼓励干部投身基层一线,做扎根基层、熟悉基层、奉献基层的优秀干部。1969年初,十五岁的习近平来到陕西省延川县梁家河村。他在那里一干就是七年,从一名不会做饭、不会干农活的普通知青,到乡亲们眼里能吃苦、爱读书的好后生,再到为群众办好事、干实事的大队支书,付出了艰辛的汗水,也学到了受益终身的东西。许多年后,习近平同志深情地说:"我永远不会忘记梁家河,永远不会忘记父老乡亲，永远不会忘记老区人民。"20世纪80年代，他又主动要求从北京的机关到河北省正定县工作。他蹲在基层、扑在一线，跑遍了全县所有的村庄，与人民群众结下了深厚友谊，为人民群众做了许多实事好事，深切地读懂了什么是中国的农村、什么是百姓的喜怒哀乐、什么是中国的基本国情。

"宰相必起于州部，猛将必发于卒伍。"党员干部只有乐于往"低处"走，才能真正成长起来。我们党历来高度重视从基层培养选拔干部，因为基层是培养锻炼干部的"练兵场"，基层群众是最好的老师。经过基层这个"练兵场"操练、在群众这个最好老师熏陶下成长起来的干部，往往既了解实际情况又深知群众所需，既有深厚的百姓情怀又有丰富的治理经验，更善于解决我们党高度关注、群众普遍关心的现实问题。这些能力和优势是那些坐在办公室里只靠书本分析问题、远离田埂地头未经基层历练的干部所不具备的。

"不患位之不尊，而患德之不崇。"党员干部无论身处何处，都要牢记"金杯银杯不如老百姓口碑"的至理名言，始终把人民群众放在心中最高位置。千万不能只想着往"高处"走，甚至在仕途升迁、上调机关等问题上苦心钻营、斤斤计较，而要乐于往"低处"走，扎根基层、安心一线，多为老百姓办实事、解难事、做好事，在为人民建功立业中实现自己的人生理想。

《人民日报》2017年9月4日

弄清自己的"第一等事"

吴樵人

十二岁那年,读私塾的王阳明向老师提出了一个很不寻常的问题:"何为第一等事?"老师告诉他,第一等事无非就是科举及第。王阳明不以为然。他觉得真正的第一等事,应当是"读书学圣贤"。"成圣"成了他毕生的志向和自觉追求,最终也得到了认可。

什么是"第一等事"?实际上就是人生的方向、目标。要想清楚、弄明白自己这一生真正最想要的东西是什么,到底朝着一个什么样的目标去奋斗。

叶向真在对父亲的回忆中,介绍了叶剑英如何选择他自己的"第一等事":抛弃荣华富贵而走向革命。她说,父亲在黄埔军校时就跟蒋介石结下了非常好的友谊。别人都不可以佩剑和佩枪进入蒋介石的卧室,只有他可以佩戴短剑和手枪进入蒋的卧室,后来蒋还让他做了二师师长兼着两广的盐务管理官员。尤其后者是一个肥缺,半年一百万美金就有了。他当师长,行军时不想骑马就坐轿子,还有一个士兵挑着担子,前边是丹麦进口的饼干和炼乳,后头是威士忌和白兰地。很多人都看中这个位置,希望能够有一天做到他这样的位置。但是父亲还是毅然决然地脱掉皮鞋穿起草鞋,冒着生命的危险,奔向了革命。

实际上,古往今来,在何为"第一等事"上,没有一个统一和标准的答案。有的人看得近,有的人看得远。有的人看得小,有的人看得大。虽然没有对错之分,但却有高下之别。比如,王阳明看中的不是金榜题名而是成圣贤,叶帅选择的不是大把捞钱吃香的喝辣的,而是带领穷人闹革命,看似不合时宜、难解其中味,其实却是真正参透了何为"第一等事"。真正的"第一等事",是一种更崇高的人生目标,超然于个人私利之上的精神追求。诸如孔子的"天下大同",王阳明的"成圣",戊戌六君子的"血荐轩辕",革命年代无数共产党人不惜牺牲生命来换取的"民族独立、人民解放"。

曾有人感叹:我现在车也有了,房也有了,人生还有什么好奋斗的啊。还有的人梦想的"第一等事"就是荣华富贵、升官发财、名利双收。但钱有了,名出了,官当大了,却内心空虚,活得并不幸福,甚至还抑郁。这样的"第一等事"因其境界太低、价值太小,对人生来说没有多少意义,追求起来也难以快乐。

"如果你是一滴水,你是否滋润了一寸土地?如果你是一线阳光,你是否照亮了一分黑暗?如果你是一颗粮食,你是否哺育了有用的生命?如果你是一颗最小的螺丝钉,你是否永远守在你生活的岗位上?"很多人回味《雷锋日记》里这段话,心中便亮起盏盏明灯,这也可说是对何为"第一等事"的最好回答。"先天下之忧而忧,后天下之乐而乐""为天地立心,为生民立命,为往圣继绝学,为万世开太平",像无数优秀共产党人那样,抛弃小我,一心为国向民,这样的"第一等事"方为真正的"天下第一等事"。

一位常年在戈壁大沙漠跑车的司机说,人最恐惧的时候,不是没有钱的时候,不是没有水的时候,不是没有车的时候,而是没有方向的时候。弄清自己的"第一等事",有了方向,其实所有的困难都不是困难。

《人民日报》2017年9月15日

做到最好,你就是英雄

刘汉俊

《战狼Ⅱ》之所以火爆,是因为吴京塑造的"中国英雄""中国硬汉"形象点燃了人们的爱国情怀,激发了许多人内心深处的英雄情结。为正义、为和平、为中国而战的"战狼精神",让无数中国观众提气,表达了一个以更加开放、更加自信、更加强大的姿态走近世界舞台中央的中国应有的国民心态和精神状态。

历史是人民创造的,是由人民群众中诞生的英雄推动、引领的。中华民族在漫长的历史进程中,产生了丰富的物质遗产、精神成果、文化经典,那些创造辉煌成就的思想家、政治家、科学家、文学家、军事家,那些在民族苦难、国家危亡的紧要关头挺身而出、舍生忘死的忠臣良将、豪杰义士,为人类发展和社会进步做出了贡献,是我们这个民族的英雄。那一串串耳熟能详的名字闪耀在历史的星空,是我们的"床前明月",激励着世代中华儿女奋勇向前。中华民族的历史闪耀着英雄的光辉,因英雄而精彩。

近代以来,中华民族曾经饱受外侮、伤痕累累,但中国人民从不屈服、永不言败、决不退缩,那些慷慨赴义、为国捐躯的革命先烈,那些筚路蓝缕、以启山林的革命先驱,那些东奔西走上下求索中国向何处去的开路先锋,都是国家的英雄。一个能哭着微笑的人不会被打倒,一个饱受屈辱还能泪眼望远的民族不会停下脚步。只要英雄的情结和精神尚存,英雄的血性和气概还在,散落一地的基因和细胞就会聚合成钢筋铁骨,用血肉之躯筑起新的长城。中国革命、建设、改革波澜壮阔的伟大历程中,涌现出许许多多杰出人物,那些振臂一呼、应者云集的人民领袖,那些"为有牺牲多壮志,敢教日月换新天"的劳动大众,那些"挽狂澜于既倒,扶大厦之将倾"的坚强砥柱,都是人民的英雄。新中国的蓝图记录下英雄的荣耀,因英雄而多彩。

一个国家不能没有自己的英雄,一个时代当有自己的楷模。国家因英雄辈出而强大,民族因精神挺立而兴旺,社会因正气浩荡而温暖。没有英雄豪气的人会萎靡不振，消解英雄的社会没有希望，缺少英雄的国家没有力量。中华民族的伟大复兴是一项气势磅礴的伟大事业，靠无数各路英雄共同推动。那些胸怀坚定理想、执着信念、崇高使命、深沉情感、强烈责任的身体力行者，那些致力改革发展稳定、内政外交国防、治党治国治军的勇敢担当者，那些心系人民呕心沥血、面对灾难赴汤蹈火的无私无畏者，还有那些敬业奉献、助人为乐、见义勇为、诚实守信的国家功臣、先进典型、时代楷模、最美人物、道德模范、大国工匠、身边好人，都是我们这个时代的英雄。民族复兴的伟业呼唤着英雄的精神，因英雄而出彩。

英雄不问出处，好汉各有来路。不管什么身份、什么岗位、什么地位，只要我们"平常时候看得出来、关键时刻站得出来、危急关头豁得出来"，你就是英雄。不必抱怨没有脱颖之机、用武之地，做最好的自己，你就是英雄。

数风流人物，还看今朝。中国梦是人民的梦，为我们开启了人人都有出彩机会、人人都能成为英雄的好时代；大众创业、万众创新，为我们开辟了群英荟萃、英才竞现的宽广舞台。把"战狼"点燃的激情转化为实现国家富强、民族振兴、人民幸福的实际行动，你我都是英雄。

《人民日报》2017年9月7日

你喜欢怎样的"称号"?

徐文秀

媒体曾经报道,中国工程院院士、植物病理学专家朱有勇最喜欢的称号是"农民教授"。无独有偶。前不久,不经意间成了"网红"的中国工程院院士、七十八岁高龄的科学家刘先林也曾经有一个心仪的称号,叫作测绘界的"工人师傅"。

为什么这些大名鼎鼎的人物都喜好这些"草根"味很浓的称号?而有些人特别是有的领导干部,却偏爱这"长"那"长"带"官味"的称号,或者热衷于"老大""老板""头儿""哥们儿""大当家"等等带江湖气的称号?称号不仅仅是一个简单的叫法,它折射出一个人内心的喜好和偏爱,体现了不一样的世界观、人生观和价值观。

从称号可窥重"官本"还是重"民本"。有的领导干部时时以"长"为贵,处处以"官"为荣,说到底是官本位思想和特权观念在作怪。最近,有两个"官迷"引人关注。一个是"五假干部"卢恩光,在忏悔时他连连说自己是个"官迷",而且疯了。一个是大连原常务副市长曹爱华,也是一个十足的"官迷",她所做的一切都是为了自己的升迁。试想,一个"官迷"成瘾的人,怎么会心中有民、做事为民?他们更在乎的是自己的官帽,计较的是官衔,琢磨的是官位,甚至平时连排名次序、走前走后、照相座位都锱铢必较,这样的现象不少见。"官本"还是"民本",孰轻孰重判若分明。

愚者图虚名,智者务其实。元代诗人王冕一生正直豁达,不图虚名,曾于墨梅图上题诗"不要人夸颜色好,只留清气满乾坤"。真正的智者,鄙薄流俗,独善其身。有些人偏偏贪图那些大得吓人、玄得唬人的名号和头衔,有的连名片上都刻意留一大串名不副实的荣誉称号,唯独忘了自己的真实身份,忘了自己是谁、干什么的、从哪儿来的,丢了本色,忘了来路。陈云同志早在1943年曾就文艺工作者中的党员如何明确自己身份问题指出,党员不能把工作的分工"作为特殊化的根据","党员就都是党员"。务实乃本,重不重称号,重什么样的称号,像一块试金石,试出一个人是图虚名还是讲务实,是爱独尊还是慕平等。

称号体现好热闹还是喜宁静。当下,心浮气躁、急功近利、焦虑不安是不少人的一种常态,有的静不下、坐不住、等不得,有的习惯于看热闹,喜欢刷存在感,生怕被人忽略或遗忘,反映在称谓上也是高调、张扬和喧哗有余,而对于朴素、直白、简单的东西往往表现出不屑。《道德经》上说,"静为躁君"。《大学》里讲:"静而后能安,安而后能虑,虑而后能得。"宁静既是一种修为,又是一种力量。"心收静里寻真乐,眼放长空得大观。"宁静的人才会对名利保持一种淡定和从容,才能发现并懂得享受生活中的真善美,才能在纷繁复杂的事物中保持一种定力。人生的真谛是在嘈杂喧闹中活出一种恬静,让生命在宁静中运转,而不是在焦虑中追赶,正所谓宁静以致远。

称号里面有学问,从中既可以看出一个人的思想意识和价值取向,又可以看出他们的思想境界和人格修养,不妨好好观之、听之和处之。

《人民日报》2017年9月26日

人生慎按"加速键"

位聪聪

四岁起在私塾读书,九岁首次参加高考落榜,十岁考入大学,按照父亲的规划,争取二十岁博士毕业。日前,一则十岁小女孩上大学的新闻在社会上引发热议。

乍一听,这简直就是按下加速键的"开挂"人生。但新闻背后,一些问题值得深思。没有接受义务教育,这本身有违义务教育法,何况,孩子还要面临童年缺失、同年龄人陪伴缺位、独立生活能力缺乏等现实问题,即便上了大学,也难免让人为小女孩的未来捏把汗。

固然,每个人情况不同,成长的轨迹不尽相同,教育当因材施教。但教育也是一门科学,要讲求规律。所谓"十年树木,百年树人",就是在强调教育不只是知识学习的过程,更是完整人格培养和完善的过程。而这一点,需要学校、家庭、社会的共同努力,需要孩子自身、家长、朋辈的共同参与,需要岁月的沉淀和时光的打磨。之所以用九年的时间让孩子接受义务教育,就是因为教育要循序渐进,急不得、抢不得,要静待花开,要"唤醒"而非"催熟"。

已经有越来越多的案例告诉我们,教育的成功与否,要用孩子全面发展、身心健康等多角度来打量,决不能仅用时间上的"早"和"快"作为衡量标准。然而,放眼周围,这种"早快好省"的教育理念却并非个例,"早学总比晚学好""不能输在起跑线"等观点在家长中屡见不鲜,带来的结果是孩子们在无尽的辅导班中穿梭,在幼儿园掌握小学课程,在小学拿下初中课程……一步紧赶着一步,本该自由无虑、多姿多彩的童年全然被各种补习和培训所取代。焦虑的家长猛踩孩子人生的油门,一边心疼孩子的辛苦,一边却无奈地被裹挟前行。

过度的焦虑与攀比带来的一定是伤害:对于孩子个体的伤害,对于家庭氛围的伤害,对于整个社会营造健康成才理念的伤害。

教育要尊重孩子的身心发展规律,在什么阶段就要做什么事。人生路那么长,脚踏实地走好人生每一步更重要。期待更多的家长能让孩子慢下来，在属于孩子自己的人生道路上，走出长度，走出宽度，走出多彩的旅程。

《人民日报》2017年9月21日

婚恋本该更加纯洁和美好

丁建庭

婚姻是神圣的，恋爱是甜蜜的，人们理应追求和享受婚恋的纯洁和美好。不过现实中也存在另一番景象：欺骗、拜金、交易、出轨、欺诈，等等。不少失败的婚恋已经说明了这一点。尽管婚恋也有如此消极的一面，却不能阻挡也不应影响人们对美好婚恋的向往。

婚恋关乎大众幸福指数，不止个人和亲朋好友关心，党和国家也高度重视。今年4月，中共中央、国务院印发《中长期青年发展规划（2016—2025年）》，将青年婚恋列为青年发展十大领域之一，同时还明确了"加强青年婚恋观、家庭观教育和引导""切实服务青年婚恋交友"等发展举措。随后，共青团中央率先行动，表态"将帮大龄未婚青年找合适伴侣"，引发社会热议和期待。共青团浙江省委更是在全国第一个成立婚恋交友事业部，表示将"利用我们的组织优势为青年朋友的婚恋交友提供更多帮助"。日前，共青团中央又联合民政部、国家卫生计生委共同制定并下发了《关于进一步做好青年婚恋工作的指导意见》，提出推动婚恋交友平台实名认证，依法整顿婚介服务市场，严厉打击婚托、婚骗等违法婚介行为。

恋爱结婚是人生重要阶段，该以一种什么样的态度去开始这段人生旅程呢？这个问题没有标准答案。许多人从父母朋友身上、在小说影视作品中、在大众传播的案例中寻找启示，既有可能开启理想主义的婚恋模式，但也有可能陷入不完美甚至是丑陋的婚恋之中。这就是现实婚恋的两面特征，很大程度上也是社会风气在婚恋领域的投射。近年来，不少地方频频爆出"天价彩礼"新闻，网友还据此制作了"全国彩礼地图"。这背后投射的便是物欲主义和功利主义的婚恋观——一些人幻想通过索要"天价彩礼"一夜暴富，幻想通过"嫁女儿"改善一家老小的生活状况，而且越是贫困地方的农民越是热衷于此。这与社会极力倡导、大众普遍期待的婚恋观背道而驰，如果任凭这种婚恋观和社会风气蔓延，婚恋也将逐渐失去纯洁和美好。所以，有必要倡导树立婚恋文明新风，形成积极健康、文明理性的婚恋导向。

　　婚恋的纯洁和美好，需要价值观的引导，同时也需要道德和法律的护航。比如，一些人欺瞒骗婚，将婚恋视为分割财产、获得利益的物质工具；一些商业机构将婚恋视为牟利生意，选择性忽视社会责任，进而成为一些婚姻骗子的帮凶。据媒体报道，2011年，一名北京男子伪造港人身份在婚恋网站诈骗，一年之内连骗六名企业女高管，诈骗金额近六百万元。2012年，深圳警方破获一起征婚诈骗案，该犯罪嫌疑人通过婚恋网站两年内骗婚二十七名女子，涉案金额达三百万元。婚恋骗子让人不齿，但这些婚恋平台也难逃干系。尽管网站均设置了实名注册门槛，但信息审核存在严重漏洞，关于年龄、学历、婚姻状况等注册信息都能作假，假身份、假学历也能轻易获得网站认证。正是基于这种徒有其表的监管，一些婚恋平台被网友指责为"骗子集中地"。对此，不仅要强化婚恋平台的社会责任，更要对其中的置若罔闻者依法进行整顿，严厉打击违法婚介行为，从道德和法律上培育健康的婚介服务市场。

　　婚恋的更大意义是满足人们的精神需求，健康成熟的婚恋也更多是基于情感认同和价值认同。这样的婚恋是纯洁和美好的，也更有可能走向持久。虽然有的人被世俗婚姻打败，有的人亵渎了爱情和婚姻，但婚恋本身的纯洁和美好，值得我们一直追求，值得我们共同守护。

*《南方日报》*2017年9月20日

游学精髓就在知行合一

翟 力

据媒体报道,刚刚过去的这个暑假,在"研学旅行"计划的推动下,中国传统游学模式逐渐回归,一些教育机构如山西的三益书院和北辰学堂等都推出了相关的游学形式,参与者数以千计。

何谓"游学"?传统上,游学是游学者游历四方、寻师求学、传播思想的文化活动。人有恒言曰:"百闻不如一见""读万卷书不如行万里路"。游学之益在于体验,人世间有些知识,有些情感,有些体会,非亲历其境不能得其益,游学的必要性就在于此。

游学传统由来已久,早在《史记·春申君列传》中,就有"游学博闻"之语。孔子周游列国,历时十余年,行程数千里,历经艰难险阻,一边宣传自己的政治主张,一边带领弟子读书、体验山水、感悟人生,并将一路的所闻、所见、所感记录下来。孔子死后,其弟子及其再传弟子把孔子及其弟子的语录进行整理,编成《论语》,传诵至今。司马迁从二十岁起就漫游祖国各地,到处寻访古迹,采集传说,行迹所至,殆遍宇内。丰富的旅程,不仅让他开阔了眼界,增长了阅历,而且壮丽山水中的灵气,也赋予了他"疏荡颇有奇气"的文风,为他写下"史家之绝唱,无韵之《离骚》"的《史记》打下了坚实基础。一直到明代的徐霞客、清初的顾炎武,这种传统代代相传,成就了中国古人知行合一的优良士风。

其实不仅仅在中国,游学也是世界各国、各民族文明中最为传统的一种教育形式。13世纪,来自意大利的马可·波罗沿丝绸之路来到东方,并在中国游学十七年,其口述的《马可·波罗游记》不仅激起了欧洲人对东方的向往,奠定了新航路的开辟,同时也是研究我国元朝地理和历史的重要典籍。18世纪,英国上层社会也兴起了一股赴欧洲大陆游学的热潮,在加强与欧洲大陆联系的同时,也促进了自身经济和文化的发展。今天的日本,游学早已成为教育文化的一部分,国家大力支持中小学学生游学,并和地方财政共同承担其费用。

随着时代的进步和教育的发展，教育形式越来越多样化。曾经，游学这种教育形式因费时、费力、费钱等缺点的存在，加之社会各方担心学生在游学过程中会受到意外伤害，一度有被搁置的趋势。2016年末，教育部、中国国家旅游局等十一个部门联合发布《关于推进中小学生研学旅行的意见》，明确把"研学旅行"纳入中小学教育教学计划，该计划的发布和实行使游学获得了制度保障，在一定程度上可以帮助其扫清障碍，解除后顾之忧。

　　从目前来看，游学传统的回归弥补了学校教育的很多不足，扩大了见闻，磨炼了意志，陶冶了情操，值得大力推广。但目前也有些游学掺杂了一些别的因素。比如有些融入了过多的商业因素，游学逐渐变成商人赚钱的一种手段。有些掺入了过多道德规训的内容，偏离了青少年教育以生发和活跃为主的特点。对于这些问题，摆正心态是关键。学校和相关教育机构要意识到游学是为学生提供知识学习的有效途径，是锻炼学生意志和提升境界的绝佳方法，尤其是那些在自然界中的游学，可以使学生在天地人的交融之中陶冶人格境界，感受天地的大气象，这也是对城市生活和现代性思维的必要补充。而其途径，除了常规的学习之外，更多的应该是体认、感悟、反思、知行合一。

　　游学教育作为教育活动的一种形式已有两千多年的历史，其价值依然灿若明星，其精髓贵在知行合一，诚如青年毛泽东所言："闭门求学，其学无用。欲从天下国家万事万物而学之，则汗漫九垓，遍游四宇尚已。"

《光明日报》2017年9月4日

"一箭易断,十箭难折"

李浩燃

"一箭易断,十箭难折",在金砖国家工商论坛开幕式主旨演讲中,习近平主席引用的这句古语,引发与会者的强烈共鸣,并不胫而走,成为描述金砖国家合作的"金句"。

这句话源于《魏书·吐谷浑列传》。据载,吐谷浑国王阿豺临终时,命二十个儿子各取一支箭放于地上。阿豺让同母弟慕利延拿起一支来折,慕利延很轻松地折断了;然后又让他拿起另外十九支箭一齐折,结果怎么也折不断。阿豺告诉大家:"汝曹知否?单者易折,众则难摧,戮力一心,然后社稷可固。"

"折箭遗教"的历史典故,映照着和睦、合作的东方智慧。中国还有句古谚:"高树靡阴,独木不林。"金砖五国虽然山海相隔,但怀着合作共赢的共同目标走到了一起。金砖国家就像五根手指,伸开来各有所长,攥起来就是一只拳头。回首金砖合作走过的十年,金砖国家互帮互助、互惠互利,秉持开放包容、合作共赢的精神,让金砖的成色越来越足,分量越来越重。"交得其道,千里同好,固于胶漆,坚于金石。"十年的光辉历程说明,"和"与"合"是加强国际合作的正道,始终拥有很强的吸引力、感召力。

巴西青年马科斯的真实故事,可成为金砖合作日益走深走实的生动样本。两年多前,马科斯惊艳于物美价廉的中国石材产品,果断进军厦门石材市场。随着时间的推移,他的公司快速成长,去年出口额已达一千万美元。在创业期间,他与一位中国姑娘喜结良缘,成就人生美好姻缘。今天,打开跨境电商平台,俄罗斯糖果、巴西"人字拖"、南非的"百洛油"、印度的香料被中国网友放入"购物车",而手机、服装、电子产品等"中国制造",也成为其他金砖国家消费者的热门选项。当金砖国家彼此间的联结日渐紧密,携手前行汇成强大的发展合力,老百姓拥有了更多的获得感,五国的"朋友圈"也越来越广。

"福善之门莫美于和睦,患咎之首莫大于内离。"在中国传统文化的语境中,

"和"意味着互尊互助、开放包容，"合"则指向齐力同心、相向而行。厦门会晤期间，不少人把目光定格于新兴市场国家与发展中国家对话会的会标。霓虹绽放、多彩汇聚的简洁图案，既象征伙伴关系，也喻示朴素哲理：朋友多了路好走，团结起来有力量。聚力打造"金砖+"合作模式的"金点子"，正是植根于和衷共济、合作共赢的中华传统理念，也彰显了中国智慧、中国方案的独特魅力。对话会上，习近平主席连用四个"加强团结协作"倡议大家同舟共济、携手前行，联手营造有利发展环境。我们有理由相信，厦门会晤发出的"金砖声音"，将传之久远、影响弥深，赢得更多回应。

一花不是春，孤雁难成行。随着人类社会越来越成为你中有我、我中有你的命运共同体，一国一域难以独善其身，如果不主动汇入和平发展、合作共赢的时代潮流，只会踽踽独行、故步自封。"软实力"概念的提出者约瑟夫·奈曾做出判断：中国倡导的政治价值观、社会发展模式和对外政策做法，会进一步在世界公众中产生共鸣和影响力。当今世界，因应现实挑战、破解发展难题、防范潜在风险，无不需要播撒"和"与"合"的中国理念。

"金砖合作之所以得到快速发展，关键在于找准了合作之道。"崇仰"和""合"，胸怀天下，立己达人，更加精彩的故事正等待我们去讲述。

《人民日报》2017年9月6日

外教不能是个"老外"就能当

张　涨

近年来,各类早教及英语培训机构在我国各大城市持续火热,其中最抢手的莫过于外教。《半月谈》记者调查发现,一些外教并非来自英语母语国家,更不具备相关从业资格证和经验。

谈起"外教热",可能很多父母都深有感触。一方面,是越来越多的家庭都有找外教的经历,从豪华的"一对一"外教到经济的"一对多"教学,丰俭由人。另一方面,是越来越多的学校开始把外教视为"标配",也不管有没有聘请外教的必要。

但这些"老外"其实未必都是英语教学专家。比如我的一个朋友的孩子,上了一个双语幼儿园,一学期下来孩子常常说一口"风味独特"的英语,后来才知道,原来这位"老外"是法国人。那酸爽的发音,还不如家长自己教呢。

一边是外教热,一边是鱼目混珠者不少,得从供需两个方面来分析。首先是现在主流的精细育儿理念,让家长们都期待孩子能尽早地接触英文,还得是"原汁原味"的英语,这自然大大滋长了外教的市场需求。有时候,也掺杂了家长一点小小的虚荣心,孩子能跟外国人聊聊天,或者能演一个英语短剧、唱一首英文歌,发到朋友圈都是一件"有面子"的事。

其次,是在膨胀的需求之下,外教越来越多,但门槛却越来越低。不管有没有过教育经验,是不是英语母语,一包装都成了"国际教育专家"。就广州而言,有媒体做过调查,由于外教是外籍人士赚取高薪最为轻松的方式,其实相当多的外教都没有过从业经验:有的外教是搞乐队的,有的是厨师,有的是工人……

要让外教这一行业规范起来,管理上必须保持一定的门槛,比如外教需要获得本地颁发的外国专家证、由外国专家局审批、必须来自母语国家、两年以上工作经历等。但在实际操作中,请"黑外教"能规避繁杂程序,价格也更便宜,于是一些教育机构便打起了擦边球。对于外教的从业资格,有关部门理应更加主动地进行查验。别等着孩子们都讲了一口不知是哪里口音的英文，才想起来查查外教"客从何处来"。

而父母也得有一个更平和的心态。外教不仅不是万能的，甚至在与孩子沟通方面，可能还存在语言和文化上的隔阂。外教与中国教师各有所长。而且在中国的教育环境下，外教只能是孩子的"补品"，不能取代中文教育的"正餐"。有的教育机构就是看准了家长迷信外教的心态，想尽一切办法增加"国际元素"，以收取更高的费用。

外教固然能给孩子的学习和成长带来一些特别的东西，但一必须规范合法、货真价实，二也没必要过分迷信。只要孩子自己感兴趣、肯努力，没有外教一样学得好英语。

《广州日报》2017年9月29日

知情同意书，法律之外还有人心

叶 泉

在解决医患矛盾的时候，我们不妨先收拾一下人心，让道德和人心挺在前面，而不是动辄就提制度化、法律化。

9月23日，一名患者家属向上海市第一人民医院宝山分院讨要抢救病人时脱下的衣服和财物，医护人员反复解释无效，最终通过监控还原了事实真相。27日下午，该院党办工作人员接受记者采访时说，目前，患者家属已向医院道歉，双方达成谅解，并称医院在抢救患者时不会出具"剪破衣物知情同意书"（9月28日《北京青年报》）。

"剪破衣物知情同意书"，这个概念听着很稀奇。要弄明白事情的来龙去脉还要从近几天的新闻说起。9月11日，武昌一位李先生突发疾病，救护人员赶到后因抢救需要而将其衣服剪破。事后李先生的父亲报警称李先生随身携带的钱物丢失，要求医院赔偿，后院方向其赔偿了一千元。此事发生后不久，有网友在微博发帖称，安徽省亳州市人民医院制作了一份"剪破衣服知情同意书"，并称该同意书需要在患者住院期间由家属签订。亳州市人民医院后澄清没有此事，照片是网友PS的。

把以上这三条新闻串起来，我们也就明白了上海市第一人民医院宝山分院在面对因抢救病人而引起的纠纷时为何有此一说。对此，舆论也有各种不同的反应。有人就认为"剪破衣物知情同意书"这个可以有，制度化以后能够减少医患纠纷。

关于医患之间的知情同意书，相关的讨论已经很多了。十年前，北京曾发生过同居男友不签字而导致产妇死亡的事件，此事件引发人们对家属不签字医院是否有权手术的讨论。不久前，榆林产妇跳楼事件更是将对此问题的讨论推向新高潮。很多人认为在抢救病人的关键时刻，医院要求对病情不了解的家属签字才手术不合理。这等于是把患者的生命交到了另一个人的手里，如果这个人不负责任，那么患者就很危险了。然而，虽然有一次次的惨痛事故，但医疗手术签字制度似乎没有要动摇的意思。正在修订的《医疗管理机构条例》，极可能保留这一条。

法律不修改这一条的原因，有拿得上台面的，也有拿不上台面的。拿得上台面的原因是，极端事件毕竟是个案，大多数患者家属还是负责任的。拿不上台面的原因大概是，医院不想负这个责任。在当前医患矛盾突出的大背景下，让医生为患者的生命负全部责任，必然会让医生压力山大。

其实，无论是手术家属签字制度，还是所谓的"剪破衣物知情同意书"，都体现的是一种责任的分担。医院不仅要为患者的生命负责，还要为患者的财物安全负责。医院为了减轻责任、减少事后的纠纷，才会青睐这种制度设计。

分担责任本身并没有错，因为如果说守护生命、战胜病魔是一场战争的话，那么上场战斗的不只是医生，还有患者及其家属，每个人都必须要为这场战争的最后胜利守住自己的阵地。但是随着医患矛盾的加剧，医患相互之间越来越不信任，彼此设防，相互猜忌。这个时候制度就成了挡箭牌，沦为找借口、甩责任的手段。就像走得太远，我们已忘记了为什么要出发一样，大家都把心思放在如何让制度设计更严密、更谨慎以及对自己更有利上，而忘了对生命都有责任。

武汉的患者家属向医院索赔事件发生以后，有人从法律上对事件进行全面分析，包括紧急避险、无因管理等相关的民事问题，都分析得很有道理，体现了用法律化解社会矛盾的社会治理逻辑。但是我们都知道，法律未必是社会治理最好的办法，却是最不坏的办法。在法律之外还有人心。如果解决医患矛盾只靠法律，那么相信制度越完善，人心越冷漠。因为制度设计的前提就是把所有人都假定为坏人，怀疑是制度的催化剂。这种设计理念在许多场景下都是合理的，但在医患问题上应该慎用。因为当你把生命都交给医生的时候，你就不该有理由怀疑他。

"剪破衣物知情同意书"是网友的恶搞。它很可笑，可笑之处就在于本该是队友的医患双方因为相互怀疑而变成了对手。

所以我们说，社会治理单靠法律不行。没有道德，法律独木难支，没有法律，道德也会左支右绌。只有法律与道德相结合才能支撑起社会秩序的大厦。为此，在解决医患矛盾的时候，我们不妨先收拾一下人心，让道德和人心挺在前面，而不是动辄就提制度化、法律化。

《法制日报》2017 年 9 月 29 日

从鸡汤到家园有多远

史一棋

如今，随着全民阅读的呼声日渐高涨，不少告别阅读良久的人重新将目光投向落满灰尘的书架，暗暗发誓："从今天起，我要多看书了！"然而，这种激情又常常是短暂的。拂去尘土，双手捧书，不少人忽然发觉：自己还是没法沉下心来专注阅读，尤其是当自己面对深度阅读的时候。

如何面对深度阅读，这是个值得细细思量的问题。泛泛的阅读虽然比干脆不读好很多，但蜻蜓点水地轻描淡写无法达到水滴石穿的深刻效果，更难以深入心灵深处。时间花了很多，精力投入不少，等合上书页，却是一问三不知。这种阅读，毋宁说是消遣。

深度阅读，或许首先应当选好恰当的主题领域。如果所选书籍内容过于深奥，与自身理解能力严重脱钩，阅读是不可能走向深入的。如果平时只阅读中国社会、历史方面的书籍，却拿来一本尼采的《论道德的谱系》，骤然投身西方现代哲学，缺乏必要的知识储备，读来必然是云山雾罩，不得要领。假如平时只是阅读浅近平易的网络小说，突然入手一本大部头的《资治通鉴》，也自然会有不得门径而入的感觉。

将阅读推向深入，就得尊重阅读规律，慎重选择领域，根据自身情况循序渐进、由易到难地完成不同阅读阶段的精神攀爬。准备涉足西方哲学，大可不必一头扎进尼采的悖论思辨和虚无主义中去，不妨先翻看罗素的《西方哲学简史》，了解西方哲学的门派和流变过程，再选择感兴趣的领域渐进深化。计划研究三国历史，如果对《三国志》惜墨如金的笔法感到费解，不如先从一些轻松通俗的三国读物入手，宏观掌握这段历史之后，再回过头来攻读，或许更容易读进去。

更进一步，要想在根本上提升阅读质量，不妨试着变流于表面的零散阅读为主题阅读。其实，阅读也分为不同的层次：第一层是篇章阅读，即读懂一本书中的每个章节；第二层是书本阅读，即领会整本书的意旨；第三层就是主题阅读，即选准某个具体的知识领域,广泛涉猎该领域内有价值的中外所有书籍、资料,甚至相关学者的研究论文,力求穷尽所有。相比主题阅读,篇章和书本层次的只能算零散阅读。

试举主题阅读一例,如将领域锁定为先秦哲学,那么遍览诸子原著只是一个开始,为诸子著作做注者如郑玄、王弼、郭象、朱熹、王先谦等都应在摄取之后批判继承,梁启超《先秦政治思想史》、冯友兰《中国哲学史》等经典的总括性著述也该择精汲取,再如梁漱溟、牟宗三、李泽厚、陈鼓应等知名学者的观点论述也应做到心中有数。

果真能完成这样有效的主题阅读,你自然会成为相应领域的专家,而主题阅读的过程,与其说是在读书,不如说更像在研究。大多数人平时都在进行零散阅读,这未必不好,但正因其零散而容易使阅读泛化,东一榔头西一斧子,最后所得无多。当我们将零散阅读的粗浅体验升华为主题阅读的凝神研究,阅读将不再只是睡前床头的鸡汤慰藉,而是渐渐盛满充盈的灵魂家园。

《人民日报》2017年9月19日

存公心才会有分量

马洲兵

一名男子，跷着二郎腿，一只手托着腮帮，悠闲自得地斜躺在秤盘上。秤座上的重量显示为："00.00kg"。这是日前见到的一幅漫画，旁边还有八个字："不爱企业，毫无分量"。

不禁联想起同样颇具妙趣的另外一幅漫画：一位官员，手握一枚公章，站在磅秤上，显得威风凛凛、得意扬扬。旁边有人对他讲："放下你手里拿的公章，看看还有多少分量？"

分量代表意义与价值，有分量意味着在人们心目中有地位、受尊重。人生一世、草木一秋，做人自然当追求做出点"分量"来。"人之所以异于禽兽者几希"，这有异的"几希"，一个重要方面不就是人作为"万物之灵"所具有的知耻与进取心吗？

当今社会，有两种人或曰两种现象，并不鲜见，其害非浅。

一者恰如那"秤上男"，安闲度日、得过且过，人到心不到、出工不出力，不求作为、不愿担当。"人犯一'苟'字，便不能振；人犯一'俗'字，便不可医。"做人沾上苟且、庸俗的毛病，怎么可能"有分量"呢？

一者正似那位"磅上官"。这类人倒是十分看重"分量"，但剑走偏锋，心思全用在追求升官发财、功名利禄上，以为拥有这些"附加之物"，便会身价大涨、"分量"大增。古人早告诫："人无善志，虽勇必伤。""官"迷心窍、"财"迷心窍，只会越"勇"越"伤"，不仅加重不了"分量"，还可能反误卿卿性命。

做人只有一个公私，做事只有一个邪正。一个人"分量"的有无与轻重，归根到底还得看其作为与成就，看其对国家、对集体、对他人的付出与贡献。要做"有分量""分量重"的人，除了存公心、行正事，没有别的路径可以选择。所以自古以来，做人都要求"国而忘家，公而忘私""公家之利，知无不为"，作为官员更须"心有社稷，心中有民""一心为公，一心为民"。"人心之病，莫甚于一私""私意一萌，则是非易位"。做人尤其是做一名领导干部，一旦"私病"缠身，必将会"消瘦"得失去人形。那些跑官、捞财、贪名之人，也许自以为很有"分量"，在旁人眼里却不值一文。

"善响者，不于响，于声；善影者，不于影，于形。"在人心这个秤盘上真正"有分量"的人，一定是懂得"人生富贵驹过隙"的人，是践行"一代功名托至公"的人。他们从政，无不以"做官"为载体、"做事"为目的，一生思报国，不是爱封侯；他们经商，笃信的是"独贵独富，君子耻之"，希冀的是以"财"发"身"，而非以"身"发"财"；他们出名，决不会虚张声势、欺世盗名，而只会默默耕耘、实至名归。为什么老百姓"仇富不仇袁隆平"？因为他"保养身体，是为了保证每天下田"，老百姓公认"他真是为我们国家做出贡献的人"。

人心是称量人生"分量"的唯一秤砣。一个人为国为民出多大力、流多少汗，百姓就会给你亮多高分、点多少赞，不会添枝加叶，也不会缺斤短两。追求人生的"分量"，不可不知这个道理。

《人民日报》2017 年 9 月 25 日

美好"止于丰饶处"

鲁 浩

生活中,"追求极致、抵达完美"的文章,时常可见。的确,追寻丰盈、止于至善,可说是不少人的潜在目标和行为准则。但最近看到一句话"止于丰饶处",意即凡事须有度,当留有余地、适可而止。这种"留余"的理念,值得深思。

如同作画中的留白,留有余地堪称一种人生智慧。譬如,农民懂得,不留种子,就会绝种绝收;渔夫会问,一网打尽,下一网打什么?现实中,毫不保留地付出努力、追寻尽善尽美的结果,是应有的人生态度。但有的时候,多一分负重往往意味着多一分阻力,如果留存一点灵活空间,反倒会迎来峰回路转。有人说,"真理再向前多走一步就成了谬误"。存续"留余"思维,审慎把握为人处世之度,有助于避免绝对化、片面化、极端化等倾向。

进退之间,脚下留有余地。进与退,需要辩证看待。一些看似光芒四射的进击,很容易变成束缚心灵的枷锁;一些看似孤寂无奈的后退,映照的却是"人生看脚下,世事平常心"的豁达。明朝高景逸有言:"临事让人一步,自有余地;临财放宽一分,自有余味。"对个体来说,日常言行中讲一点"留余",进有度、退有则,就不难实现"静坐常思己过,闲谈莫论人非",最终抵达"责人之心责己,恕己之心恕人"的精神境界。

得失之间,心上留有余闲。唐代诗人李涉在流放期间,与一僧人闲聊后顿悟,一扫麻木悲苦的心境,书写下"因过竹院逢僧话,又得浮生半日闲"的名句。看透得失,才有余闲;心有余闲,才能宽广。美学家朱光潜批评现代人"勤有余劳,心无偶闲",不仅使生活索然寡味,也让内心变得驳杂,受困于名缰利锁。一些人之所以感到心累,正在于心中装得太多、太满,以至于负重过载,甚至忘记了初心,迷失了方向。学会"留余",及时调适人生节奏,美好时光就能更多地驻足停留。

取舍之间,身后留有余声。苏轼说:"有所取必有所舍,有所禁必有所宽。"

取与舍的辩证法说明,"拥有一切"既不现实也没必要,应该学会有所舍弃。陈廷敬常以"我自长贫甘半饱"自励,留下了"半饱居士"的清名;曾国藩笃信"留一分余地,可回转自如。不留余地,则易失之于刚,错而无救",成为修身齐家的典范。身后有余荫,历史有回响。取舍之道,又何尝不指引着人间正道。

时间最公平,在何处播种施肥,就在何处开花结果;时间又不公平,得到之时也意味着失去。其实,"人生最不该有风景占尽的念头"。有人说,"人类面临三大问题,顺序错不得,先要解决人和物之间的问题,接下来要解决人与人之间的问题,最后一定要解决人与自己内心之间的问题"。既葆有拼搏奋斗的姿态,也善于以"留余"的视角审视人生,理性对待进与退、得与失、取与舍,我们必定能够拥抱一个更加真实、更为洒脱的自我。

《人民日报》2017 年 9 月 19 日

致敬"最温柔的守护者"

张 凡

"直到我只剩最后一口气,我也要一直教汉语,我教汉语教到不能动为止。"最近,年逾花甲的汉语教师米斯巴引发关注。在巴基斯坦,很多会说汉语的人都是米斯巴的学生;而她毕生致力于传播汉语的信念,则源自对其影响至深的两位中国老师。教师点燃爱的火焰,竟能赋予人超越国界与文化的力量。

有人如此评价教师:在沉淀了所有的苦之后,升华为一种罕见的甜。在我们身边,从不缺少以苦为乐、甘于奉献的好老师。他们用点滴行动,一次次擦亮教师的职业名片。乡村教师支月英三十多年倾心相守、黑发积霜,为大山深处的孩子们点亮了"知识改变命运"的灯塔;新疆老人潘玉莲开办"爱心课堂",二十五载含辛茹苦,让两千多个孩子有机会走向更广阔的人生之路;浙江淳安十二位老师爱心接力,三年来轮流走山路去上课,让十三岁的残疾孩子也有梦想花开的机会……类似的价值选择与职业坚守,令人动容,给人温暖。

每个人成长的路途上,都曾驻留老师的身影。他们或许没有轰轰烈烈的事迹,也不曾荣膺至高无上的美誉,但却深深刻印在人们心中,成为随时可以唤醒的记忆。在问答网站上,有人发帖讨论:"你有哪些关于老师的温暖和感动的故事?"网友们的回忆触动了许多人。高考前最后一次自习,一位老师对同学说:"你们再看看书,我再看看你们。"一位网友晒出老师的亲笔书信:"此番赴考,不论成功与否,汝皆应不失少年之志,继之以读万卷书,行万里路,作万篇文。"千千万万俯首耕耘于三尺讲台的老师,普通而平凡,却能影响人的一生。

"善之本在教,教之本在师。"在中华文化的价值排序中,教师素来处于重要位置。"曾子避席""程门立雪"等典故,映照着尊师重道、崇学尚智的传统赓续不息。也正是在一代代老师"传道授业解惑"的过程中,我们实现了知识技能的传递、文明薪火的延续。今天,社会发展日新月异,获取知识空前便利,但教师的价值并不会因此而泯灭。面对信息过载,学生更需老师帮助自己"择其善者而从之";面对多元价值,老师更有责任引导学生"善养吾浩然之气"。着眼未来,教师队伍的整体水平和质量,事关学生个人发展,也事关国家的前途。

近年来,教师职业也遭遇着"成长的烦恼"。今天,人们的职业版图不断拓展,对教师职业的评价出现了不同的声音。时代的喧嚣也不时打破校园的宁静,给淡泊名利、潜心育人者带来更多挑战。一些教师还承受着生活的重担,自我发展遭遇瓶颈。破解这些问题,除了教师个人涵养德行、勇于担当,还需要全社会营造有利于教师发展的生态环境。园地里拥有了充足的空气、水分、土壤,耕耘者才能扎下根来,悉心守护花草生长。

"教育路上一路走来,一种感觉越来越强烈——我和我的学生们,彼此是这世间最温柔的守护者。"第三十三个教师节来临之际,来自老师的话语温润心田。让更多教师享有这样的职业荣光,让更多教育者发自内心地认同"做教师真好",应是教师节最好的礼物。

《人民日报》2017年9月11日

治理共享单车，不能穿新鞋走老路

越 名

据报道，深圳南山区即将于9月底开始试点共享单车智能锁车桩，通过设立停放区、锁车桩和电子围栏，共享单车使用者只有在这些区域才能实现单车取还车操作。

看到这个新闻，我的脑海中立刻出现了一个"没落贵族"的形象，没错，就是它——公共单车。现在北京的街头还能看到它们的身影，偶尔会有买菜的大爷骑行，年轻人是早就跟他们"决裂"了。早些年推着公共单车满大街找停车桩，好几次几乎走回出发点，半夜没地方停推回家过夜被扣钱……相信这样的经历不只属于我一个人。

共享单车出现，上班族真是欢欣鼓舞。无桩取车还车，方便快捷，几乎可以实现"门到门"，真正解决了交通的"最后一公里"问题，人们的出行变得"易如反掌"。今年8月份，交通运输部公布了《关于鼓励和规范互联网租赁自行车发展的指导意见》，明确共享单车对解决公众短途出行、缓解城市交通拥堵、构建绿色出行体系等方面发挥了积极作用。

当然，新事物来了，问题也跟着来了。共享单车乱停乱放成了城市管理的大难题。经常能看到有单车或孤零零地停在路中间，或扎堆堵在一些出入口处，特别是早晚高峰时期，有些单车停到了自行车道上，影响了交通秩序。

治理，必须治理。共享单车无序发展，不仅影响到市容环境，也无益于其长远发展。因为当其一旦混乱到所有人都"用脚投票"的时候，离"say goodbye"也就不远了。

但如何治理？是运用智能锁车桩把共享单车"圈起来"，还是通过政府、企业、社会多方合作共治？毫无疑问要选后者。

前者看起来是省事了，但后续同样会产生许多新问题，比如：智能停车桩的设置位置和数量是如何确定的？方不方便、够不够用？在设计过程中会涉及多家共享单车的运营系统,能否实现无缝对接?倘若运营过程中出现故障率高、响应慢、用户体验差等问题,谁来解决?最终会不会重蹈公共单车的覆辙?

后者虽然看起来麻烦,却是真正在为出行者服务。政府管理部门、共享单车企业和骑行人共同出力,"有形的手"与"无形的手"各司其职,最终实现共享共治。比如,早晚高峰期,大量单车汇聚在地铁、公交站等交通节点,而其他地区车辆较少,共享单车企业就应该安排运力进行调配,"削峰填谷",迅速疏解对交通秩序的影响。目前城市交通规划主要以汽车为主,留给自行车的空间不足,政府管理部门就需要设计和开辟新的停车空间,解决自行车停放位置的绝对数量不够、用户"无处可停"的问题。骑行人也要本着"与人方便自己方便"的原则,自觉做到规范停车。对于那些只图自己方便,丝毫不顾及他人的用户,企业要有相关的约束、惩罚措施。政府要明确乱停放单车的法律责任,制定和完善相关的法律、法规。

古人云:思所以乱则治矣。同理,从共享单车乱停乱放的原因里,就能找到解决问题的答案。关键在于我们不能穿新鞋走老路,不能用旧思维应对新事物。正如交通运输部管理干部学院法学教授张柱庭所言,地方政策制定者应充分考虑到共享单车对于城市交通出行的意义,充分考虑到交通部《指导意见》确定的"鼓励发展""包容审慎"的基本精神,以及坚持"多方共治"原则。解决共享单车社会管理的核心是增加行政供给,保证路权,需要"完善自行车交通网络"和"推进自行车停车点位设置和建设"。

所以,政府管理部门应该从城市自行车交通的整体出发,在自行车政策、设施、路权、环境等方面发力和施策,系统解决制约自行车出行的普遍性短板问题,宽容新事物,宜疏不宜堵。

毕竟,用户骑行需求和当前交通现状这对矛盾,才是共享单车乱停乱放问题的根源所在。

毕竟,没有人愿意推着共享单车四处寻找停车桩。

新华网 2017 年 9 月 27 日

别让"刷"出来的荣誉扭曲了孩子的价值观

李亚芳

在微信朋友圈存在大量的投票链接,如"××之星评选""最佳××"等,其中相当一部分涉及未成年人的投票。为给孩子拉票,有的家庭几乎发动所有关系网,将投票链接页面转发到N个群,以求点击;有的家庭则另辟捷径,通过刷票公司等操作让孩子的票数远超其他人。一些投票链接中,除了单纯的"投票",还自带"礼物",不同的礼物均有与之对应的票数,任何人都可以花钱购买礼物送给相应的"候选人",花的钱越多,购买的礼物越好,票数也就越多。

"微信投票",是近年来出现并流行的一种新形式,各种投票行为在各种微信群里被转得不亦乐乎,有的还不忘发个红包以求票。其实质乃是一些公号"吸粉"的一种手段,对于评选对象来说则比的是谁的朋友多、拉票能力强。这种投票方式,作为一种群众性的娱乐活动,大家愿意自娱自乐一下未尝不可。但若作为一种正式的评奖选优手段,则有失其公正性、严肃性与权威性,显然不可取。

以爱之名,让家长们不断消费自己的人际关系,拉拢各种人脉投票,甚至通过在各个微信群狂撒红包、雇佣"水军"变相造假等方式换取榜上有名,如此"变味拉票",表面是在考验家长的动员能力,背后却助长了社会关系的比拼和异化。正如专家所说,这样"不择手段争第一"的思想不应侵入孩子成长的世界,学校和其他主办方更不能单纯靠网络投票为孩子定性。在这方面,社会更需要做的事是还孩子一方净土,树立一个正确的价值舆论导向,促进孩子的健康成长,而不是被道德绑架、被金钱侵染、被功利心驱使。对于第三方网络平台,要加强监管力度,特别是投票行为,建议考虑实名制的方式,采取奖惩适当的措施,可引导强化民众对其的监督,可举报或者把第三方列入监管范畴,共同营造一个风清气正的视听环境。

作为比赛活动方,要合理地设置规则和程序,比如说网络投票只能占一定比重,不完全看网络投票;比如说除了网络投票,还可设置公众代表投票、专家投票。再就是要健全个人的诚信制度，法律法规上可明确个人、公司以及网络平台在个人信息的使用、采集以及其他相关活动中的诚信义务，通过相关司法解释，明确行为的违法违规甚至犯罪的标准和底线，提供健全的法律制度保障。也可将这种刷票行为纳入到个人诚信记录和公司诚信记录当中，对相关行为加大违法处罚成本，使网络刷票行为得到有效遏制。

这种"刷"出来的荣誉，必会"刷乱"孩子们健康成长过程中价值观的确立，必须要警惕"刷票"行为对青少年心理方面造成的不良影响，绝不能任由其继续错误下去。作为家长，也应该学会辨别，引导孩子积极、正确地参与，并在这样一个过程中更好地促进孩子的健康成长。

中国青年网 2017 年 10 月 10 日

网购时代，如何安放一碗泡面

盛玉雷

在经历五年销量连续下跌后，以方便面、冷冻食品等为主体的中国方便食品行业触底复苏。近日举办的第十七届中国方便食品大会上，业内人士认为，以创新推动健康转型和价值提升，将成为行业发展的关键所在，也是方便食品"东山再起"的最大考验。

一碗热气腾腾的泡面，是很多人从孩提时就挥之不去的味蕾记忆。春运神器、加班拍档、创业伴侣、上网绝配……方便面已经不仅仅是一个饮食符号，而是见证着我们的一段段生活。在里约奥运会上，马龙和张继科取得优异表现，奖励是教练刘国梁亲手煮的方便面；在创业初期，阿里巴巴也曾专门聘请一个能把方便面煮出五十种味道的员工。方便面之所以能成为"国民食品"，离不开改革开放以来人们对时间和效率的重视。中国也因此毫不意外地成了方便面消费第一大国，每年销售四百多亿包，相当于世界总消费量的一半。

饮食习惯的变迁，折射了一个社会的发展之路。今天，中国人依然重视时间和效率，同时也更加重视绿色和健康。因此，被贴上"油炸""添加剂"等标签的传统方便食品，在满足人们绿色生活、健康发展的追求上，就显得力有不逮。长期以来，方便食品所填补的饮食空间，遭受外卖行业异军突起的强烈冲击；多年来产品停留在"加量不加价"的逻辑上，对食客尤其是年轻人的味蕾吸引力不足。销售下滑、市场萎缩，深陷内外交织的发展危机，造成了方便食品行业如今江河日下的困顿。

有人说，作为出行领域的"供给侧结构性改革"，高铁正用"快餐加咖啡"的饮食消费，加速替代绿皮车时代的"花生瓜子方便面"。当绿皮车换成了迅驰的高铁，当小卖部升级成琳琅的超市，当外卖四处开花、网购无处不在，一碗泡面该何处安放？唯有顺应时代潮流、实现改革转型才能觅得生机。今年以来，方便食品行业的暖意正来自大刀阔斧的创新变革。在今年报送的创新产品中，60%

以上的方便面放弃油炸，降油减盐趋势明显；调味包的"工业味"大幅降低，增加了天然配料和脱水蔬菜的应用；面条形态也在原有的基础上，增加了荞麦面、土豆面、刀削面、米粉等款式。总体来看，低热量、低脂肪、低糖低盐的方便食品正成为主流，契合消费者健康、营养、安全的饮食理念。这些变化，让方便食品有了"正餐化"的契机。

今年方便食品行业的变化，也是践行供给侧结构性改革的生动样本。不久前，国办印发《关于加快推进农业供给侧结构性改革大力发展粮食产业经济的意见》，提出要大力促进主食产业化，支持推进主食制品的工业化生产、社会化供应等产业化经营方式，大力发展方便食品、速冻食品。落实这一要求，就不能只局限于生产配方的推陈出新，还要着眼于产品理念的更迭，改变人们"方便食品等于垃圾食品"的刻板印象。比如，在方便面的老家日本，方便面不仅没有消失，人均消费量反而比中国更高，还专门建了两座博物馆来展示方便面的发展历史。可见，转变产品观念，从"方便地吃饱"迈向"健康地吃好"，市场依然会对方便食品敞开怀抱。

有位泡面达人为了寻找完美的泡面，在二十年的时间里品尝了四十多个国家的五千六百多种泡面。其实，哪有完美的泡面，只有不断进化革新的饮食。只要产业革新能跟上市场需求的步伐，那么在人们的餐桌上，方便面就依然会是可供选择的食品之一，这股美味也就永远不会消失。

《人民日报》2017年10月9日

南北稻香村何不美美与共

邓海建

这两年,南北稻香村之争甚嚣尘上:为了商标权的归属,各说各的理,谁也不服谁。近期,北京知识产权法院做出行为保全裁定:苏州稻香村立即停止在电商平台销售及宣传带有"稻香村"标识的糕点等产品。苏州稻香村此后提交复议,请求撤销这一保全裁定,同时提供六千万元作为反担保。几天后,北京知识产权法院再次下发裁定文书,解除了对苏稻公司采取的保全措施,这意味着,苏州稻香村可以继续在电商平台上使用"稻香村"标识。

"村径绕山松叶暗,野门临水稻花香。"南北稻香村之争,我们恐怕很难说谁正宗谁盗版、谁李逵谁李鬼。"苏稻"可以溯源至清乾隆年间的苏氏糕点铺,取名自《红楼梦》大观园里荣国府大奶奶李纨的居所"稻香村"。而"北稻"起源于1895年,金陵(今南京)人郭玉生在北京前门观音寺打出"稻香村南货店"的字号,售卖南味食品。古时物流闭塞、市场割据,各卖其货,各香其香,倒也相安无事。因此,江浙人可能更认可"苏稻",而北京消费者可能对"北稻"更有感情。

正因为尊重了以上历史,南北稻香村的官司才历经"十年之痒"而未曾休止。

当然,曲艺有流派之争,武术有门户之斗,老字号商家之争也不算稀奇。时移世易,规则更迭,市场开放了,商品流通了,原本相安无事的同名或近名的老字号在知识产权上陷入尴尬境地——争地盘、争利益、逾越边界的例子也不少。我国商标法的基本原则,既强调注册申请优先,又强调对驰名商标的特殊保护。南北稻香村之争久拖未决,说明这不是个简单的判断题。

不过,有两点可以肯定。第一,"苏稻"和"北稻"不存在本质上的真伪之争。双方在市场上应该摒弃零和博弈的思维,非要在名号上争出结果可能延误了升级发展的契机。第二,只要廓清边界、厘清是非,同名的老字号完全可以试着"共享"权益。具体说来,一方面,南北稻香村亦曾有过漫长的合作"蜜月期";

另一方面，刚刚落槌的加多宝与王老吉"红罐之争"或可成为类似纠纷的殷鉴。既然剑拔弩张解决不了问题，不妨平心静气喝杯咖啡——共赢互利是商道之本。

老字号既是工艺与商品的流转，更是文化和历史的传承；既代言着市场商誉，更寄寓着价值情怀。在呼唤"中国制造"，推崇匠人匠心的年代，保护好老字号，创新出老字号，是中国参与国际竞争的必由之路。有数据显示，2016年度世界品牌500强的平均年龄为93.71岁，其中100岁以上的"老字号"有206个。做成百年老字号千难万难，保护并传承好百年老字号，既要有历史的情怀、时代的视野，更要有法治的底蕴、人文的情怀。从这个意义上说，南北稻香村何不"美美与共"？

《光明日报》2017年10月10日

谈谈"创意味"

周舒艺

刚刚过去的这个中秋节,让你印象最深的是什么?在我看来,除了热闹的团圆气氛,就是月饼的变化了。小小的月饼上面,体现出的"创意味"越来越浓。这些不一样的月饼,在网络上尤为走红。

这种"创意味",体现在月饼的制作工艺上。传统的月饼有广式、苏式、潮式等几种,馅心无外乎莲蓉、蛋黄、豆沙等,然而这几年来,又出现了冰淇淋月饼、龙井月饼、蟹黄月饼……将一些具有地域特色的食材,创造性地加入月饼的馅心里,并且,更注重了对低糖、少油的强调。而在外形上,有的也突破了传统压花图案,呈现出卡通形象等更多样的图案以及各种色彩。

"创意味",还在月饼的包装上。豪华和过度的包装不见了,取而代之的是简洁却颇具匠心的设计。今年,我就见到这样一款月饼:以秋天的五种自然现象来定义盒中五款不同口味的月饼,外盒的包装与盒内的月饼,无论在造型还是图案或是色彩等方面,都紧扣着这五种自然现象。一盒月饼,体积不大,重量不重,包装简洁,却将中秋之意蕴含其中。

说起来,"创意"一词在饮食消费领域已不是什么新鲜事。餐饮行业里就有"创意菜"一说。某一道"创意菜",往往就是一家的独门菜、招牌菜,只能在这家吃到,在那家吃不到。而在很多其他的领域,我们也看到了创意的丰富呈现。比如,这几年来在市场上相当火爆的故宫文化创意产品。与故宫有关的图案、形象、元素等,被巧妙地、艺术地融入人们的日常生活用品里。于是,有了以故宫所藏名家画作为伞面的雨伞,有了印着故宫角楼图案的领带,有了做成"朝珠"(清代朝服上佩带的珠串)款式的耳机……

雨伞、领带、耳机……这些物品很多人都有,可是人们为什么愿意花钱再去购买一次呢?我想,人们买的,更多的是故宫文创产品里的创意,而不是物品本身的实用性功能。是那些精彩的创意让一件产品具有了新的价值,并使它脱颖而出，打动了购买者。

可见，好的创意从来不乏问津者。原因何在？因为创意之上，凝结的是人们创造的智慧。智慧的独特性让这些创意变得独一无二，与众不同；智慧的无限性让这些创意能够层出不穷，生生不息。因为创意背后，彰显的是人们对创新的用心。不必奢华，不必繁复，哪怕简简单单，但是小到每一幅图案的绘制、每一种色彩的搭配、每一样材料的选择，都倾注了极大的心思。

智慧无价，用心无价，创意无价。创意，需要被鼓励。不知明年的中秋节，我们又会看到哪些不一样的月饼呢？

《人民日报》2017 年 10 月 9 日

博物馆要努力成为"民众的大学"

耿银平

近日,贵州省博物馆新馆开馆。"建设贵州省博物馆新馆,是全面提升贵州文化自信的重要举措,是惠及全省各族群众的民生实事。要进一步加强管理和服务,在藏品保护研究、陈列展示和满足群众需求、推动文化交流等方面取得更大成绩,努力把博物馆建设成为弘扬贵州人文精神的重要平台、展示多彩贵州文化的重要窗口。"(10月9日《贵州日报》)

当下,随着社会发展水平的不断提高,人们对精神生活和文化生活有了更多更高的需求,希望"脑袋"与"口袋"同时富起来。因此,博物馆、图书馆、美术馆等公共文化基础设施,需要进一步发挥重要的文化传承和滋润功能,成为"民众的大学"。

强化以人为本,注重文化惠民。《博物馆条例》规定,博物馆要"为教育、研究、欣赏的目的征集、保护、研究、传播并展出人类及人类环境的物质及非物质遗产"。博物馆的职能不仅是保存文物、收藏历史,更有重要的文化传播责任,"博物馆不在于拥有什么,而在于它以其有用的资源做了什么"。因此,博物馆在做好文物整理、文化研究的同时,更要摆脱传统的"以物为上",多注重"以社会和人的需要为上",将社会公众切实的文化需求,放在第一位,想方设法让各种文化举措、展览活动,满足社会各方面的需要,也可通过流动展览车、文物下乡等活动,让博大精深的优秀文化和基层民众完成深度接触,让更多公众了解到传统优秀文化的厚重典雅,不断提高文化素养。

做好"网上博物馆""数字博物馆",提高现代化服务水平。当下,"互联网+"已经和广大群众完成了"亲密链接",包括大街小巷的商贩都在用二维码扫描入账了,如此的信息化浪潮无疑在提醒我们,博物馆的公共服务意识,一定要更具鲜明的信息化、时代化特点,一定要更加契合公众尤其是年轻人的时尚化和个性化需要。因此,博物馆在做好传统展览和研究的同时,通过博物馆APP、微信微博、网上订票、网上预约等方式，给公众更多方便快捷、富有时代气息的文化服务，整体提高博物馆的现代化服务水平，发挥更为形象、更为生动的文化引导力和影响力。比如，走在"卖萌"前列的故宫，目前已有超七千种各具特色的文创衍生品，仅今年上半年文创产品销售额就已突破七亿元，超过去年全年销售总和。贵州省博物馆新馆也可以借鉴这些新模式和新做法，提高信息化和现代化服务水平。

强化馆校结合，让博物馆成为学生的第二课堂。青年是国家的未来，如果他们从小就打下了厚重的文化根基，"文化强国"的美誉就会更加名副其实。因此，各级各类博物馆在做好传统展览、文物典藏的同时，更要弯下腰身，在文教合作、馆校结合方面有所作为。比如，博物馆可以为学校的历史、艺术、音乐等学科，多提供教育教学场地，同学们可以在老师和博物馆讲解员的引导下，亲自动手完成一项项科学小实验，让孩子们在鲜活生动的文化氛围中，感受和认识传统优秀文化的魅力，"让躺着的历史'活'起来，让深奥的科学'动'起来"，不断提升审美素养、道德涵养和文化修养，争做传承和发展中国优秀传统文化的践行者、开拓者。

中国青年网 2017 年 10 月 10 日

让渐冻人活在温暖的阳光中

秦　川

"请遵循我的意愿：其他所有器官，凡是可以挽救他人生命的，尽可以捐给他人使用……"二十九岁的北大女博士生娄滔在患上"渐冻症"以后，以口授护士执笔的方式留下了遗嘱。据报道，10月9日清晨7时，经过湖北省红十字会牵线搭桥，娄滔被接到武汉汉阳医院，家属替她在人体器官捐赠登记表上签下了名字。

高学历、高颜值，正值大好年华，却患上世上五大绝症之一的渐冻症，娄滔的不幸经历让人扼腕痛惜。值得献上敬意的是，娄滔有一颗善良的心，她在遗嘱中说道："一个人活着的意义，不能以生命长短作为标准，而应该以生命的质量和厚度来衡量。""希望医学能早日攻克这个难题，让那些因为'渐冻症'而饱受折磨的人早日摆脱痛苦。"

古人云："善人者，人亦善之。"有个细节不能不提，娄滔捐献器官是向社会提供正能量，而她本身也是正能量的受益者。据报道，娄滔患病后，很多人都伸出援手，在"轻松筹"平台，两次爱心筹款共计一百多万元。这也是一个让人动容的温情故事。也许娄滔不捐献器官也不会受到指责，但她在患上渐冻症后，"多次要求死后将器官捐献出来"，则体现了精神上的高贵，这也是对慈善的深层次理解和把握。

器官捐献，让生命以另一种方式延续。然而，不容回避的是，由于传统观念影响、公众对之认识不足等种种原因，很多人并不愿意在辞世前捐献器官。据统计，截至2016年底，全国累计实现逝世后器官捐献9996例，捐献器官27631个。尽管我国器官捐献事业正在走进春天，但仍不容乐观。权威统计显示，中国器官移植数量已位列世界第二，每年实现的器官移植手术有一万多例，但现阶段的器官供需比是1∶30。中国每百万人口的年捐献率从2010年的0.03上升到2016年的2.98，位列全球第44位，要达到国际先进水平还任重道远。

在这种背景下，娄滔的选择弥足珍贵。娄滔捐献器官，不仅可带动全社会关注器官捐献事业，也带动更多人关注渐冻症。对多数人来说，渐冻症是一个陌生的疾病，但它是一个极端折磨人的疾病——比癌症还要残忍的绝症。据统计，从出现症状起，其五年死亡率为90%。渐冻症患者的渗透就像被冰雪冻住，今天是腿，明天是手，最后连控制眼球转动的肌肉都不例外。

全社会都有责任一起关注渐冻症，关注渐冻症患者，让他们拥有卸载悲伤的勇气，有抵御疼痛的能力，以及抚慰心灵的动力。娄滔很不幸，某种程度上说，她又是"幸运"的，因为她遇到了无数热心人，遇到了不少伸手相助的人，也得到了全社会的倾情关注。

而在看不见的地方，还有很多渐冻症患者不为人知，有的连医药费都无法承受。值得一提的是，渐冻症患者等来了好消息。日前媒体报道，自2017年9月1日起，唯一经严格临床试验并验证可有效延长渐冻症患者生存期的药物——利鲁唑正式陆续进入全国十六个省市的医保乙类药物目录，将极大地降低渐冻症患者就医的负担，患者平均每年治疗费用可节省约41600元。不让渐冻症患者以一己之力对抗困苦，这是政府部门和全社会的责任。通过医保体制变革，让渐冻症患者感受到制度暖意，他们才更有力量向前。

每年6月21日被定为全球渐冻人日，旨在动员全社会关注渐冻症患者的遭遇，让他们更有质量地活下去。我国著名渐冻症患者王甲在与病魔抗争中设计了大量作品，备受赞誉，他说过："我知道我是个病着的穷人，我试着让灵魂更加丰富，做个精神富翁。"每名渐冻症患者都有权利做个精神富翁，这离不开患者自强，也离不开全社会伸出援手。

曾经流行一时的冰桶挑战，让一些人了解到了渐冻症。热度一过，渐冻症似乎不再引发那么强烈的关注。对渐冻症患者的关注应更持久一些，让娄滔们活得更有尊严一些，我们仍有较长的路要走。就当下而言，需要全社会联合政府部门，共同解决渐冻症患者的实际困难，让制度性阳光取代病理性寒冬，让患者的灵魂舒展开来，而不是继续被囚禁在身体里。

《北京青年报》2017年10月16日

见义勇为就是要用重奖来撑腰

毛建国

见义勇为者死亡,将一次性给予百万抚恤金;河南人外地见义勇为,也能享受家乡待遇……近日,《河南省见义勇为人员奖励和保障条例(草案)》(审议修改稿)公布,并征求市民意见。河南这一新规亮点纷呈,其中最引人瞩目的,莫过于"因见义勇为死亡的颁发100万抚恤奖金"。

对见义勇为者重奖的地方越来越多。根据《广州市见义勇为人员奖励和保障实施办法》规定,市一级见义勇为奖励标准为1万元至100万元不等。据介绍,相关奖励有省级、市级和基金会三种,可以叠加累计起来,在广州见义勇为者最高或可获230万元奖励。现在,应该祝贺河南也加入了重奖见义勇为者的"百万俱乐部"。

马丁·路德·金有一句话:"历史将会记录,在这个社会转型期,最大的悲剧不是坏人的嚣张,而是好人的过度沉默。"这用来解释重奖见义勇为者蔚然成风很有说服力。社会对见义勇为永远处于"饥渴状态",再多的见义勇为都不嫌多。作为一种社会优质资源,见义勇为不是凭空产生的,离不开整个社会的激励。如果见义勇为成为社会常态,那么出现几个"坏人的嚣张",其实根本没有什么,很容易得到遏制和纠偏。相对于对坏人的谴责,更应该寻求对好人的激励。

这些年来,人们习惯了一句话:不让英雄流血又流泪。这其实只是一个基本状态,对于一个社会来说,不让英雄寒心是最起码的要求,从激励道德的角度出发,还应该做到让英雄暖心。这种道德激励,很大程度上就是通过重奖见义勇为者实现的。

现在,很多城市对于招才引智十分舍得投入,对一些紧缺人才不惜抛出重金,有的甚至拿出房子。其实,见义勇为何尝不是城市最需要的资源,何尝不需要城市拿出重金激励?如果一个城市居于道德的高地,又何必担心发展处于低谷?

有人担心,对于见义勇为人员的重奖,会使其演变成"见利勇为"。这样的担心很没有道理。一个人冒着风险,甚至包括失去生命的风险去见义勇为,难道是为了重奖而去?在其做出大义之举的时候,根本不会想到有没有回报、有什么样的回报,事后也未必在乎什么回报。他们可以不去想,我们却需要为他们着想。

重奖见义勇为者,不仅是对英雄的关爱,更重要的是传递一种社会导向,让人们看到,这个社会肯定什么、否定什么,从而促进良性循环的道德生成机制。反之,当一个社会连对自己的英雄也吝啬表达时,见义勇为只能成为一种稀缺品。

见义勇为者不仅需要重奖特奖,而且需要应奖尽奖,其关键就在于形成一个覆盖所有人的奖励激励机制。此前媒体曾经报道,河南农民李修国在河南与山东两地的交界地带参与救助溺水者,至今未找到其尸体。其家人先后向两地申报见义勇为认定,均未被受理。此次草案明确"河南人外地见义勇为,也能享受家乡待遇",还明确"对举荐、申报见义勇为应当受理而不受理的,将追究相关人员责任",这就体现了"应奖尽奖",相信以后类似的尴尬不会再发生。

相对于谴责"好人的过度沉默",更应该思考如何才能让好人挺身而出。其中一个关键,就是通过制度力量来为好人撑腰。见义勇为就是要用重奖来撑腰,于社会而言,重奖见义勇为应是一个必选动作。见义勇为既要重奖特奖也要应奖尽奖,做到了这一点,也就不必担心"坏人的嚣张"了。

《北京青年报》2017年10月16日

如果写作业也要"拼爹"

熊丙奇

清华附小2012级4班最近火了。该班级的微信公众号发布的"当小学生遇到苏轼"在朋友圈被刷屏。原来,这个班级的同学利用假期时间,进行了以苏轼为主题的小课题研究。微信公众号展示了五篇研究报告,引来很多网友围观。

有网友质疑,小学生能搞什么课题研究,这不是搞形式主义吗?还有人担心,小课题研究或不是学生自己做,而是家长代劳。假如小课题研究今后成为"小升初"的评价材料之一,那么这会演变为新的"拼爹游戏"。

其实,组织小学生开展小课题研究的初衷是不错的。这也是国外发达国家小学非常普遍的教学方式。老师布置学生做一个小课题研究,几个同学组成一个团队,收集资料,进行调查、分析,撰写报告,然后在班级做陈述、答辩。这种小课题研究,对培养学生的兴趣、探究精神和团队协作能力有十分重要的意义。

现在的问题是,出发点是好的,但路容易走偏。正如我国幼儿园为培养孩子动手能力,给孩子布置一些手工作业,结果最后全落在家长的头上。学生的动手能力没有得到锻炼,反而增加了家长的负担。

笔者以为,改变这种局面,需要注意几方面的问题。

首先,小课题研究也好,幼儿园作业也罢,都不是要求学生做出什么有创新价值的成果,而应重在过程。因此,老师布置给学生的任务,要适合学生(有能力、有条件),而不能追什么热点。这次清华附小的小课题研究,有的小学生选择"大数据",这令网友觉得这类小课题只适合城市孩子、城市家庭。

其次,无论老师还是家长,都不能过分看重成果本身,而应该关注孩子的参与过程。在这一过程中,父母可以给予一定的指导和帮助,但不能越俎代庖。现在,一些大学自主招生把论文、专利作为入围条件。有的学生自己根本没有进行研究,而由父母托人发表论文、买卖专利。教育部已明确这类行为是高考作弊,一旦发现,不但要取消自主招生资格,还将视为高考作弊处理。

小学、中学都应明确开展小课题研究的目的：不能用来展示学校的办学政绩，也无须以此来评价学生。学校应该重视学生通过小课题研究，培养思辨能力和表达能力，尤其要避免把那些制作精美、一看就超出学生能力的作品作为"成果展示"，这会对学生、家长做出很坏的示范。幼儿园也要避免幼儿作业"成果化"，否则最后都变成家长的事。比如，幼儿根本不会制作PPT，用PPT交上来的作业，显然就是家长做的，这类作业还不如孩子涂鸦的作业有意义。

环球网 2017 年 10 月 12 日

该让外卖小哥慢下来了

杨达卿

近日,上海市一组数据发布:上半年送餐外卖行业发生76起交通伤亡事故,平均2.5天一名送餐员伤亡。这个数据引发舆论热议,或许不只是外卖小哥的安全让人揪心,还因为在中国这个年交易额已超1700亿元的外卖大国,外卖人员骑电动自行车和摩托车闯红灯、逆行等现象日益增多,新的"马路杀手"正在涌现。

上海市是中国第一大经济城市,也是中国第一大商港。上海外卖行业情况是中国外卖市场的一个缩影。美国同是外卖大国,优步外卖等也在美国迅猛发展。笔者日前去了一趟纽约,在这个美国第一大城市、第一大商港,也是全球GDP排名第一的城市,却看不到满大街的外卖用电动车、摩托车。

原来早在2012年,因为快递电动车频引交通事故,纽约市警局以维护交通安全为由,禁止市内通行电动自行车和摩托车。2013年11月11日,禁令推及全纽约,全面禁止驾驶或出售电动自行车或电动摩托车,违者没收车辆并罚款250美元。

若在纽约市订外卖,上门送餐的或是小汽车司机,或是自行车骑士。而且在纽约即使用小汽车送外卖,也不能太快!早在2014年,纽约市就规定,市场机动车速不得超过40公里/小时,以便于行人避险。

从中国同行角度来看,这些禁令给纽约外卖、快递"最后一公里"的快送戴上了"脚镣"。2016年初,深圳、广州也先后因为电动车、摩托车频繁引发交通事故而"禁摩限电"。在没有其他快运工具可替代的情况下,"禁摩限电"造成了快递和外卖一时"断腿"。这引起广泛争议,有舆论直言"一禁了之"是懒政思想。

如今,针对城市电动自行车、摩托车的宽松管理,给外卖、快递行业带来极大的运输便利。中国在线外卖交易额目前已超227亿美元,而美国仅60亿美元。而2016年中国网购消费总额也超过美英两国之和。这些发展离不开一线快递和外卖大军的勤奋，也离不开奔波的电动自行车和摩托车。

　　但我们不能忽视快递、外卖等新兴跑腿服务经济崛起背后的问题。虽然现行国家标准规定电动自行车时速不能超过 20 公里／小时，但往往外卖用电动车、摩托车均超过 30 公里／小时，一些非法改装车时速甚至可达 50 公里／小时。高时速下逆向驾驶、闯红灯，常常会付出血的代价，这是我们为了"便利"付出的越来越高昂的社会成本。这终将成为我们这个社会的不可承受之重，而其对规则、秩序及法治精神的戕害，更是我们不易察觉但实则更为深远的危害。

　　市场的主体企业是否该担负起社会责任？中国外卖常在比拼三十分钟甚至更短的配送时间，但也许每快一分钟，就意味着多出一些交通事故，多付出一些生命代价！日渐成熟的中国外卖企业是否该改变飙车突进模式？我们是否该反思反思，到了需放慢一些脚步而兼顾社会责任的时候了吗？

　　对飙驰的外卖用电动车及摩托车一禁了之确有"懒政"之嫌，但也不能放任不管。"互联网+"餐饮、零售等衍生了许多经济新物种。面对互联网下的新物种，如果按照传统模块化管理，部门分割管理，对这些飙驰的新物种喊"慢下来"无济于事，我们是否可切换管理方式，强化交通、公安、食药、商务等多部门横向协同，一起喊"慢下来"？互联网企业多跨界经营，管理者也需要更多横向协同，齐抓共管。

环球网 2017 年 10 月 12 日

院士风范，光风霁月

夏振彬

假如你有八百八十万元存款，却身染重病、来日无多，剩下的时光你会怎么度过？

弥补遗憾？及时行乐？每个人都会有各自的选择。而八十七岁的中科院院士卢永根选择将八百八十万元积蓄全部捐出，无偿献给教育事业，作为"最后的贡献"。

看过他的故事，很多网友"泪目"了。尤其这样一幅画面堪比"催泪弹"——卢永根家中摆设还停留在20世纪80年代：破旧的木沙发，老式电视，铁架子床锈迹斑斑；去过他家的人，都会产生一种印象——"家徒四壁"……春蚕到死丝方尽，蜡炬成灰泪始干。这个为科研奉献了一生的老人，始终过着清贫的生活，即便走到生命的尾声，所思所想，依然是发挥光和热！

其实，这样的"院士风范"我们并不少见。九十二岁的崔昆院士一件衬衫穿三十多年，却累计捐款四百余万元，甚至将自家的轿车都捐出去；九十三岁的黄旭华院士五十五年没进过理发店，全靠夫人在家"帮忙"；已故的徐祖耀院士，起居室狭小不堪，找不到一件像样的家具，而他却累计捐出五百余万元……在这些老科学家眼里，财物重于泰山，一粥一饭、一丝一缕都不敢浪费；财物也轻于鸿毛，当他人、社会有需要时，他们可以不计得失、倾囊相赠。

这些可爱、可敬的人，为什么频频打动人心？因为人们在他们身上看到了"痴"的力量。因为"痴"，他们对科研以身相许、兢兢业业。就像卢永根为了水稻研究，年过七旬依然翻山越岭，寻找珍贵的稻种；印遇龙院士平时身着冲锋衣、脚蹬运动鞋，以备随时进猪栏工作；赵淳生院士为了研究超声电机，三餐不定时，有时烧一锅粥和菜吃上一周……"书痴者文必工，艺痴者技必良。"他们痴心于工作、痴情于事业，也因此能在各自的领域建下不朽的功业。

同样因为"痴"字，他们往往心无杂念，淡泊名利，科研中不务虚名、沉心实干，生活中低调简单、朴实无华。在日常生活中，他们的一言一行好像都跟周围格格不入，有的节约到"穷酸"，有的朴实到"邋遢"，他们崇尚吃苦，强调奉献，不追求生活上的奢华，不攀比物质上的享受……而这些背后，都离不开信念的力量。他们是真正拥有高尚情操、崇高信仰的人，也因此，即便朴实无华，也能光芒四射，并带给人灵魂的震撼。

鲁迅先生说过，我们自古以来，就有埋头苦干的人，有拼命硬干的人，有为民请命的人，有舍身求法的人……这就是中国的脊梁。对于卢永根这样的暖心故事，一位微博网友的评论写得好：真的，社会上不缺这八百多万元捐款，更缺的是像您这样的人。

卢永根院士的人生故事，就像一面镜子，照出了境界的高下；也应该像一把标尺，让更多人去校正自己的追求和方向，让更多人去思考——人的一生，到底应该追求什么？

《广州日报》2017年10月16日

保护野生动物,光靠严罚还不够

项向荣

> 这种保护动物权利的意识,无法完全依靠制定法律来规范,更多的是依靠自律。

10月8日晚,西藏自治区林业厅公布了"越野车追赶藏羚羊"的最新调查结果,并依法对七名涉事人每人处以15000元罚款的行政处罚,共计105000元。经调查核实,10月4日,这七人乘坐两台白色越野车自驾游,途经那曲地区申扎县雄梅镇八村附近时离开公路,进入色林错国家级自然保护区藏羚羊栖息地,追赶藏羚羊群拍照,时长一分多钟。

虽然,起初网传的"越野车疯狂追逐碾压"和"致多只藏羚羊受伤死亡",如今都被证实与真实情形存在出入。但是,即便无藏羚羊因此死亡,看到照片和视频中黄尘满天,成群结队的藏羚羊在滚滚车轮追逐下的那种惊慌,人们也难以抑制愤怒。特别是网上流传的一段视频里,车内一位男子甚至高喊:"同志们,追藏羚羊呀。"这种建立在对其他生灵凌虐之上的快意更让人啮齿痛恨。

虽然,这几位驱车追逐藏羚羊的游客,并非像那些盗杀藏羚羊取皮的犯罪分子一样动机是谋财,当事人声称他们只是为了靠近藏羚羊群拍摄。但是,为了获得一种放纵的快感,就以凌虐其他生灵为乐,难道这不也是一种伤害吗?难道不也是暴露出人性之恶吗?并且,为拍照而擅闯禁区或擅自违规,惊扰野生动物,成了当下旅游的"新患",对这类事新闻也屡有曝光。但是很多人仍然不以此为意,甚至抱怨制止这种行为的人多管闲事。实际上,野生动物之所以为野生动物,就是因为它们的天性与家养动物大不相同,它们恐惧与人类的近距离接触。特别是藏羚羊这类天性胆小的动物,受到惊扰后可能出现强烈应激反应进而造成心肺功能衰竭,如果被追赶的羊群中有怀孕的藏羚羊,还可能受惊吓导致其流产。为此国家林业局在2015年就发出通知,严禁游客与珍稀濒危野生动物近距离接触,避免惊扰野生动物也是人类的文明规则之一。人类活动曾经造成藏北高原藏羚羊生存环境的恶化而种群数量锐减。如今，藏羚羊刚刚缓过劲来，就想出另外的花招了？

应当说，如今保护野生动物的意识已经在人们心中扎下了根，但离开花结果还有一段距离。保护野生动物，并不只是在肉体上不直接剥夺它们的生命即可，我们还应该有保护动物福利、尊重动物权利的意识。这种保护动物权利的意识，无法完全依靠制定法律来规范，更多的是依靠自律。就"越野车追赶藏羚羊"事件而言，事发之初，曾有人指责保护区管理不力，但是设身处地地想一想，在地广人稀的西部荒原，当涉事人员不顾警示，擅自离开公路进入保护区藏羚羊栖息地，这种防不胜防的临时起意，靠管护人员能管住？谁又能时时刻刻看着他们？所以，严罚之外加强自律是最重要的。

如今，生活越来越好，自驾旅游更是寻常事了。但我们如何与时俱进地提升自己做一个文明的人？首先要学会自律，文明的底线就是自律与尊重，不仅要尊重当地的居民，尊重当地的风俗，也要爱惜当地的动植物，保护当地的环境。

《钱江晚报》2017年10月10日

打击你的力量就是你的力量

高 伟

一个亲友的女孩在今天的早晨呱呱落地。她哭声重大，仿佛在向这个尘世报到，仿佛表白她的独特与唯一。我知道，这是我在替这个小婴儿抒情。实际上，每一个婴儿来到世上，都在本能地哭，本能地吮吸。如果他们没有母亲的呵护与爱，完全没有能力存活下去。他因弱小而让亲人们加倍地疼爱。他的哭声是全世界最强权的命令，让大人们拿出全部的热情去呵护。他的一个皱眉都是天底下最妩媚的呼唤，让大人们拿出全部的柔软来为他服务，以舒展自己那宝贝的眉心。在动物世界，人类的幼弱有最长的时间要求着成人的保护。狗狗们在娘胎里两个月就出生，没有几天，就能独自站立和行走，就可以脱离母亲而独自生存。人类不行，人类的独立，需要近十年甚至十几年的成人关照，不然存活下来都成问题。是的，在动物界，人类长久的幼年抚育期与人类超群脱俗的智商，也许是上帝安置在人类生命硬币中的两面。

小小的婴儿来人间的第一个报到是用他的哭声。我们早就有所解释，说人生是苦难，是哭着来到人世间的。这当然是从一种宏大的背景之下说这个问题的，我们甚至笑着倾听婴儿的哭声。因为我读了《必要的丧失》这本成长心理学的书籍，知道这哭声还是因为婴儿在脱离母体的那一瞬，刚刚经历了人生的第一次丧失。他丧失了与母体的那种无菌般安全的连接，突然断掉的脐带让他失去了与母亲的共生。这是他人生中第一次必要的丧失。丧失是痛苦的，所以他使用了他的哭泣。我知道，他像所有的生命一样，慢慢地长大，慢慢地丧失。这却是一种必要的丧失，在丧失中他获得成长，得到他的安全和力量。我也知道，他将有属于他的一生，他的命运里面有他的爱与挣扎，有他的喜悦与苦难。

人的一生是这样的：一开始我们就是这个小小的婴儿，束手无策，没有丁点儿独立生存能力。然后，我们经过被我们说成的漫长的或者迅疾的一生。漫长，是因为我们所遭受的痛苦的磨损是漫长的，对生命的修持是漫长的。迅疾，如白驹过隙，是因为我们本能的活着的欲望、长生不死的欲望。其实，我们活下去的动力特别简单，哪怕还存在一息小小的希望，有可能的一丁点儿幸福，我们都会不想死。这使我感到活着真是一件悲壮的事件。是的，假如我们能活到人类的平均年龄——七十多岁，成为老年人，满是白发和皱纹，那么，这个婴儿和这个核桃一样的老人，果真是一个人。但是，果真是一个人吗？那一颗心，从一个蛋白那么柔软的肉体，变成一个核桃皮一样坚固的核。这样的皮相，这样的心，是怎么熬变出来的？在变更的过程中，岁月对我们使用了什么？是的，是喜悦，是痛苦。是瞬息即离的喜悦和漫天遍野的痛苦，中间还有大量的无聊，和对无聊无可奈何的忍受。是丧失，这必要的丧失，对我们的凿砌。爱的割舍，生的离与死的别，然后，这生离死别的力量就是我们的力量。肉体的和精神的刀伤，因丧失而留下疤痕，然后疤痕的力量就是我们的力量。人与人本质上的疏离，即使在人群的热闹中，灵魂依然是本质上旷野中的孤魂，孤独成孤绝。然后，孤绝的力量就是我们的力量。

是的，打击我们的力量就构成了我们的力量。

父亲在五十岁高龄的时候有了我，然后把我拉扯大。他一路活着，活了九十多岁。这一路，我几乎没有听过他一句对岁月控诉的话语。就在去年，我扶着走不动路了的父亲，他像个被岁月退回的婴儿一样指望着我的搀扶。他小声地有些小孩子气地对我说，婴儿那样单纯地说："没有想到，我已经这么老了。"然后，他依然一声不吭。直到他死去的时候他依旧一声没吭。我曾经总是觉得我的没有本事的父亲呵，我曾经总是觉得没有给我励志力量的平凡的父亲呵，其实他是多么棒！他连一只蚂蚁都打不过了的时候，他竟然也是一声不吭。是的，打击他的力量就是他的力量。岁月把他打击得只剩下喘气的力气了，他也一声不吭地喘气。他就是使用了命运的这种打击他的力量，才能够一声不吭地不给我们添麻烦。我的婆母，八十多岁了，若干年前，她还说，如果她多病的老头子没有了，她肯定也不活了。后来，公公去世了，她竟然也是挺拔着过来了，一个人活着，活得够坚强。我也知道，打击她的力量正在形成她的力量。

我活着，已经老旧。我在丢东西地活着，因为知道外物的无用。确凿无疑的那种无用。我丢物质的东西，外在喧哗的东西。岁月也在帮我丢，我所有的一切都在逐渐地被岁月帮着丢掉。我知道，我活着的过程就是丢失的过程，我将丢掉我现在拥有的一切。已经老旧的容颜将继续老旧下去，以惊心动魄的样式老旧下去。我的皮相里面的器官将像一个一个坏掉的零件在我的体内消极怠工，哪一个零件一怠工，我的命就会失却了稳定的常态，甚至会丢掉。我的剩余的亲人和朋友，假如我比他们长一点地活过，那么我将一个一个地看着他们，在那个著名的大炉子里面化成灰,变成一包骨头搁置在一个几十平方厘米的盒子里面,他们的离去就是我生命的部分离去。是的,假如我还没有死去,我一定得把一切活着的活气一点一点地丧失掉。

我必须把自己生命的力量积攒到与丧失给我的击打所匹配的程度。我甚至必须把自己的力量积攒到死亡给我的击打所匹配的程度。不然我就会活得叽叽歪歪,抱苦连天。我看到那么多的人在用酒精麻醉着自己,以回避自己丧失的痛苦,被击打的痛苦。我不愿意和他们一样。决不愿意。我不能瞧不起自己。我不愿意成为那样的可怜人。我看到女诗人李南写给阿赫玛托娃的诗句:俄罗斯广阔无垠的大地上/你跌跌绊绊/倒下又爬起/我也一样,像牲口那样/在晨光里/倔强地仰起头来……我愿意自己也有这样的高贵的跌绊,就是绝望也不怕。

在另一首诗歌中,李南还写道:再有一年/我就活过了曼德尔施塔姆/却没有获得那蓬勃的力量……是的,如果我没有积累到曼德施塔姆的那种生命力量,我就没有他迎面尘世和死亡的洒脱和安稳。

我知道,我写文章,与人谈话,无论我使用了什么样的抒情方式,对命运,对人生,对红尘,说着世态炎凉与命运的不公,看似多么合理的抱怨与调谑,看似多么高雅的无望与指责,其实都不是因为我有多么哲学与渊溥,而是因为我本质上的贫与弱,是因为我的生命还没有积累到对生命的承担,我的视线还没有升腾至足够平视沧海人间与死亡的精神视野。

打击我的力量就是我的力量。我现在要学着的,就是将这种平缓的或者是猛烈的被击打的力量,平和地落实到自己的生命里面。是的,我要着重学习的就是这个。

《青岛文学》2016 年 10 月